회귀자 사용설명서

WISHBOOKS FANTASY STORY

회귀자 사용설명서 22

흙수저 판타지 장편소설

초판 1쇄 찍은 날 | 2020년 2월 19일
초판 1쇄 펴낸 날 | 2020년 2월 26일

지은이 | 흙수저
펴낸이 | 예경원

기획 | 위시북스
편집책임 | 이은송
편집 | 위시북스

펴낸곳 | 예원북스
등록번호 | 제396-2012-000132호
등록일자 | 2012. 7. 25
KFN | 제1-503호

주소 | 경기도 고양시 일산동구 호수로 646-24 위너스21 II빌딩 206A호 (우)10401
전화 | 031-819-9431 팩스 | 031-817-9432
E-mail | yewonbooks@naver.com

ISBN 979-11-365-0679-5 04810
979-11-6098-877-2 (set)

※ 이 도서의 국립중앙도서관 출판시도서목록(CIP)은 서지정보유통지원시스템 홈페이지(http://seoji.go.kr)와 국가자료공동목록시스템(http://www.nl.go.kr/kolisnet)에서 이용하실 수 있습니다.

22
회귀자 사용설명서
흙수저 판타지 장편소설
WISHBOOKS FANTASY STORY
Wish Books

회귀자
사용설명서

CONTENTS

145장
녀석이 원하는 것

‘사실 될지 안 될지는 저도 확신할 수가 없어요. 평범한 인간이라면 들어가는 게 쉬웠겠지만, 이기영 님께서 들어가시고자 하는 인간 같은 경우에는 저와 같은 격을 가지고 있는 인간이라 무의식에 들어가기도 쉽지 않은 데다가 들어간다고 해도 금방 튕겨 나갈 가능성이 클 거예요. 어쩌면 위험해질 수도 있고. 시, 시간은 현세로는 1시간, 꿈속 시간으로는 하루가 걸리지 않는다고 보시면 될 것 같아요.’

‘현세에서의 1시간이 꿈속에서의 하루라는 겁니까?’

‘그건 조정하기 나름이지만…… 일단 최대로 잡을 수 있는 시간은 3일 정도라고 말씀드릴 수 있겠네요. 따로 주의 사항은 없지만, 확신을 드릴 수가 없어서 자신 있게 말씀드리기가 민망하네요.

물론 저 인간의 상태를 보면 가능할 것 같기는 하다만, 보통 격이 올라간 인간의 정신력은 그렇게 쉽게 뚫을 수 없어서……'

'시도는 한번 해보는 게 좋을 것 같습니다. 생각하던 것보다 조금 더 혼란스러워하고 있는 것 같은 터라.'

'힘들 것 같은데……'

'한번 시도해 봅시다.'

걱정스러운 표정으로 될 것 같지 않다고 혼자 중얼거리던 로노베의 모습을 떠올린 것은 당연한 일이었다.

로노베, 그녀가 판단하는 것보다 김현성이 망가져 있을 거로 생각하긴 했지만 이렇게 쉽게 진입할 거라고는 나도 생각지 못했다.

마치 자동문처럼 열린 녀석의 무의식은, 외부의 침입을 거부하기는커녕 '어서 오세요!'를 외치며 들어오라 재촉하는 것 같았다. 그만큼 스무스했던 과정. 음마 로노베조차 의아함을 표현할 정도였으니 다른 말이 필요 없다.

'좋다고 봐야 하는 건지 모르겠네.'

일단 들어온 것은 좋지만, 그만큼 김현성의 정신이 흔들리고 있다는 걸 설명해 주는 것 같아 불안한 것도 사실이다.

녀석의 무의식을 설명해 주는 주변 풍경을 둘러보니 더욱더 걱정될 수밖에 없었다. 폐허가 된 공간을 메우고 있는 것은 칠흑 같은 어둠. 벨리알의 그것보다 더욱더 칠흑 같은 어둠이다.

그 안에서 웅크리며 앉아 있던 녀석을 본 순간 이상할 정도로 짠한 느낌이 들기 시작한다. 평소의 김현성답지 않게 눈물을 흘리며 이쪽을 바라보는 모습은 가관이다.

이런 최악의 상황에서도 잘생김을 잊지 않는 모습에는 괜스레 짜증이 일었지만, 기본적으로는 반가운 마음이 먼저였다. 녀석 역시 그건 마찬가지인 모양인지 믿기지 않는다는 듯이 이쪽을 올려다보고 있었다. 그 얼굴에는 뭐라고 형용하기 어려운 감정이 들어가 있는 건 당연했고.

'정신을 차리긴 한 거야?'

무의식 속이라서 그럴 수도 있겠지만, 생각보다 빠르게 정신을 차린 모습이었다.

연패를 반복했던 히로인들처럼 나 역시 패배할 수도 있다고 생각했지만, 문제의 원인이라고 할 수 있는 이가 나타나자 조금이지만 정신을 차리기 시작한 것 같았다.

일이 한층 더 쉬워질 것 같다. 저쪽에서 1시간, 즉 이쪽에서의 3일은 사랑스러운 회귀자의 멘탈을 케어하기에는 나름대로 충분한 시간으로 여겨졌기 때문이다.

아직도 두 눈을 비비고 있는 녀석에게 다시금 입을 열자 뭐라 말하지 못하고 입을 뻐끔뻐끔하는 모습이 눈에 들어왔다.

"뭐라고 말씀을 드려야 할지 모르겠습니다만."

"아……."

"제법 오랜만에 보는 것 같습니다."

"아으……. 어…… 흐윽……."

'이 새끼 실어증 걸렸나. 왜 이래, 진짜.'

"하, 하하."

"아……. 윽…… 끄윽……."

뭐라고 말을 하려고 하는 것 같기는 하다. 하지만 자꾸만 목이 메는지 속 안에 있는 말을 입 밖으로 내뱉지 못하고 있다. 끄윽, 끄윽 흐느끼는 소리를 애써 속으로 삼키는 소리가 들려와 내가 다 민망할 정도.

"……."

슬퍼 보이기도 하지만 기뻐 보이기도 했다.

혹시라도 박덕구처럼 꽉 껴안아 오는 감동적인 연출을 할 수 있지 않을까 기대하기는 했지만, 왠지 모르게 자신을 억누르고 있는 것이 보인다.

눈물을 보이는 것이 민망해 고개를 돌릴 만도 하건만 혹시라도 도망칠까 봐 시선이 고정된 모습도 확실히 녀석다웠다.

"괜찮으신 겁니까?"

"……."

'그냥 진정할 때까지 놔둬야겠네.'

감정에 북받쳐 대화할 수 있는 상태가 아니다.

'고맙긴 고마워……. 언제 또 형을 그렇게까지 생각해 주고 있었니. 새끼야. 표현 좀 하지 그랬어. 이 정도일 줄은 몰랐다, 진짜.'

"이제 조금 괜찮아지셨습니까?"

아직 완전히 진정됐다고 하기에는 힘들긴 했지만 아까 전보다는 상태가 좋다.

다시 한 발자국 앞으로 더 다가가 슬쩍 손을 뻗자 다시금 눈에서 눈물이 차오른다. 당황한 듯했지만 이내 숨을 가다듬으며 뻗어온 손을 잡고 몸을 일으키는 것이 시야에 비쳤다.

"죄송…… 죄송합니다."

'아 씨, 또 울지 마.'

"죄, 죄…… 죄송합니다."

'너 이렇게 눈물 많은 캐릭터 아니잖아.'

"그렇게 죄송하다고 말씀하지 않으셔도 됩니다. 현성 씨 잘못이 아니니까요."

"그, 그렇지만, 그렇지만."

"일단 일어납시다. 계속 여기에 머무를 수는 없으니까요."

중의적인 표현이었다.

'우리 빨리 나가자. 이제 알을 깨고 나와야지'라고 에둘러 표현한 것이다. 하지만 그 말이 녀석에게는 전해지지 않는 모양.

아주 잠깐이었지만 몇 가지 고민을 해볼 수밖에 없었다. 무엇이 옳은 선택인가.

'이거 어떻게 해야 하는 거지?'

지금 뭘 하는 거냐고 다그치는 것이 좋을지, 아니면 살살 달래는 것이 좋을지, 그것도 아니라면 구해달라고 소리치는 것이 좋을지 도무지 감을 찾을 수가 없다.

녀석의 멘탈이 바닥을 향해 사정없이 꼬꾸라졌다고 판단되는 만큼 조심스러울 수밖에 없는 상황.

정말로 싸우는 게 무서워서 회피하고 있는 거라면 다그치는 것은 역효과다. 혹시라도 내가 잘못되는 게 무서운 거라면 구해달라고 소리치는 것 역시 역효과를 초래할 수 있다. 혹시나 자신의 실수로 인해 이쪽을 죽이는 상황을 상정하고 있다면 더욱더 그렇다.

잠깐 정신을 차리기는 했지만, 금방이라도 깨질 것처럼 위태로운 상태. 강경하게 수정 펀치를 날리기에는 열심히 일하는 녀석의 눈물샘이 신경 쓰일 수밖에 없었다.

'시간이 많이 남기는 했으니까.'

일단 몇 시간 정도는 상황을 지켜보는 것도 나쁘지는 않을 것 같았다.

복잡한 내 마음을 아는지 모르는지 김현성은 희미하게 미소를 지으며 주변을 둘러보는 중이다. 자신이 현재 어디에 있는지, 무엇을 보고 있는지 의아해하는 얼굴이었다.

"여긴……. 그렇군요. 그렇게 된 거군요."

'그렇게 되긴 뭘 그렇게 돼.'

잠시 의문을 품기는 했지만, 함께 길을 걷자 녀석이 무슨 말을 해오는지 알 수 있을 것 같았다.

'이 새끼, 구분 못 하고 있구나.'

지금 자신이 바라보고 있는 것이 현실인지, 무의식인지 구분하지 못하고 있다.

"전부 끝났군요. 전부……."

본인이 정신을 잃은 사이에 모든 상황이 마무리됐다고 생각하고 있다.

어떻게 하면 그런 생각을 할 수 있는 건지 의아하기는 했지만, 다시 한번 주변을 둘러본 이후에는 어느 정도 고개를 끄덕일 수밖에 없었다. 칠흑 같은 어둠, 완전히 폐허가 되어 무너져 내린 도시, 확실하지는 않지만, 현재 나와 김현성이 함께 있는 곳은…….

"린델……."

"네, 린델인 것 같습니다. 결국…… 이번에도……. 그, 그보다 기영 씨는 어떻게 된 겁니까? 어째서…… 정신이 돌아오신 겁니까? 악마들, 아니……, 그들이 결국……."

"……."

"그렇죠. 전부 끝났는데, 이런 질문 같은 건……."

"……."

'이건 시바, 뭐라고 말해줘야 하나.'

일단은 닥치고 있는 게 답. 뭐라도 호응해 주고 싶기는 했지만, 완전히 폐허가 되어버린 린델을 본 이후에는 나 역시 머릿속이 복잡해졌다.

이건 1회차의 풍경. 멸망한 이후의 대륙이다. 김현성의 무의식이 만들어낸 1회차의 기억이다. 카스가노 유노를 통해서도 보기는 했지만, 시간이 전부 지난 이후를 보는 것은 또 처음이었다.

녀석이 여기에서 어떻게 살아남았는지, 이 이후에 무슨 일이 일어났길래 이 모양 이 꼴이 됐는지는 알 수 없었다. 하지만 그것과는 별개로 녀석이 측은하게 느껴질 수밖에 없었다. 무의식에서조차 이런 풍경을 봐왔다는 건 녀석이 아직 1회차에 매달려 있다는 것을 보여주는 지표였으니까. 완전히 무너져 내린 상황에서조차 여기에 매달려 있다.

'이 새끼 괜히 사람 심각해지게 만드네.'

더 씁쓸하게 느껴졌던 것은 녀석이 조금은 편해 보였다는 것. 기뻐 보이지는 않았지만 무거운 짐을 내려놓은 듯한 표정이 무척 편해 보였다.

"제대로 된 게 있을지는 모르겠지만 일단 들어가시죠."

"……."

'파란 길드 하우스.'

내가 모르는 풍경. 전부 다 무너져 내려 제대로 확인할 수는 없었지만 모르는 사람의 액자와 내가 본 적 없는 물건들이 나뒹굴고 있는 게 눈에 띈다. 김현성은 아직 눈치채지 못한 것 같았지만 말이다.

조금 흥분한 표정으로 주방에 들어간 녀석은 이것저것 뭔가를 챙겨오기 시작했다.

"깨지지 않은 게 남아 있었군요. 운이 좋았습니다."

"그건……."

"입맛에 맞으실지는 모르겠습니다. 상황이 이렇다 보니 남아 있는 게 별로 없는 것 같아서……. 아마 붉은 용병 쪽이나 검은 백조 쪽으로 가면 나오는 게 더 있을지도 모릅니다. 오늘은 시간이 조금 늦었으니 여기서 주무시고 내일부터 천천히 움직이는 게 좋을 것 같습니다."

"누울 곳이……."

"걱정하지 않으셔도 됩니다. 기영 씨."

'현성에몽, 오랜만이네.'

뭐라 말을 시작하자마자 어딘가로 들어가 침대를 가져오는 모습은 가관이었다.

무의식 안에서도 힘이 센 것은 마찬가지였는지 매트리스를 손으로 팡팡 내려치는 모습이 시야에 비친다. 한순간에 커다란 먼지가 훅 들어오자 콜록거리는 모습은 꽤 귀엽게 보이기도 했다. 얼굴에 흙먼지가 묻을 거라는 건 생각하지 않은 모양.

이윽고 폐허였던 장소가 한순간에 그럴듯한 공간으로 변했다. 마법이 없어 클린 마법을 사용할 수는 없었지만, 기민한 움직임으로 이곳저곳을 싸돌아다닌 덕분.

한번 움직일 때마다 살림살이가 조금씩 늘어나는 것 같은 느낌에 정말로 여기에서 며칠 지내도 괜찮을 것 같다고 느껴질 정도였다.

앉아 있는 테이블 위에 놓인 것은 시간이 지나도 먹을 수 있는 통조림과 아직 깨지지 않은 싸구려 와인.

조금은 어린애 같은 얼굴로 내 옆에 자리 잡은 이후에 와인을 따라주는 모습을 보니 나도 모르게 웃음이 나왔다.

즐거웠기 때문이 아니다. 녀석의 행동이 부자연스럽다고 느껴졌기 때문이다.

"무슨 즐거운 생각이라도 하십니까?"

"아뇨, 딱히 그렇지는 않습니다만……. 상황이 조금 재미있게 느껴져서 말입니다. 이런 상황에서 너무 여유를 부리고 있는 것 같아서……."

"생존자는 없을 겁니다. 아마도요. 이곳저곳을 돌아다닌다고 한들 아무것도 발견할 수 없을 겁니다."

"그렇군요."

'눈치 못 챌 리가 없지.'

그래 다른 사람도 아니고, 씨발. 김현성이다. 1회차의 기억으로 만들어진 파란 길드의 흔적을 녀석이 눈치채지 못할 리가 없다. 바닥을 나뒹굴고 있는 모르는 이들의 사진. 미묘하게 달라진 인테리어. 누구의 것인지 가늠조차 되지 않은 여러 가지 물건. 나는 모르고 녀석은 알고 있는 1회차의 흔적.

아무리 폐허가 됐다고 한들 김현성이 이걸 놓치고 있다는 건 상식적으로 말이 되지 않는다.

'알고 있는 거네.'

자신을 둘러싸고 있는 환경이 현실이 아니라는 걸 이 새끼는 벌써 눈치채고 있었다.

'너, 여기서 나갈 생각이 없구나.'

"그래서 부정하고 있는 거야."

아무것도 모르겠다는 표정으로 나를 바라보며 웃고 있는 김현성의 얼굴이 시야에 비쳤다.

"부정하고 있는 게 아닙니다. 아직 모르고 계실 수도 있습니다만……. 정말로 살아 있는 인간은 없을 겁니다. 내일 함께 나가보시면 아마 직접 눈으로 확신하실 수 있을 겁니다. 린델은 물론이거니와 실리아 그리고 공화국과 왕국 연합 역시……. 아마 이종족들도 찾아보실 수 없을 겁니다."

"그런 걸 말하고 있는 게……."

“기영 씨 역시 막 정신을 차린 상태라 여러 가지로 이해하기 힘든 부분이 많으시다는 건 이해할 수 있지만……. 제가 전부 설명드릴 수 있습니다. 사실은 한참 전에 설명해 드려야 했던 이야기였지만……. 일단은…… 네, 차근차근 전부 다 이야기해 드릴 수 있도록 하겠습니다. 최대한 빠르게요. 일단은 조금 쉬도록 합시다.”

“그러니까.”

“힘드시겠지만 일단은 마음을 편하게…….”

‘마음을 편하게 먹긴 뭘 편하게 먹어, 이 현실 도피 장인 새끼야.’

무슨 말을 해도 먹히지 않을 거라고 깨달은 건 순식간이었다. 현재 상황을 그대로 받아들이겠다고 마음먹은 것 같은 느낌.

어처구니가 없어 실소가 나왔다. 아무것도 없이 딸랑 둘만 떨어진 멸망한 대륙에서 진심으로 살아갈 생각을 하는 것 자체가 당황스럽다.

현세의 상황은 안중에도 없는 모양이다. 지금 이 폐허가 돌아간 이후에 자신이 마주할 상황보다 더 나을 거라고 판단하는 것이다.

‘뭐가 그렇게 무서운 거야, 이 새끼는…….’

이렇게까지 하면서 자기 자신을 속이려고 하는 것 자체가 이해가 가지 않다. 솔직히 말하면 조금 소름이 돋을 정도.

이 공간이 자신이 만든 무의식이라는 걸 자각하고 있다면, 지금의 내 모습 역시 자신이 만들었다고 생각하고 있을 확률이 높았으니까. 혼자 북 치고, 장구 치고 생쇼를 하고 있다고 봐도 무방했다.

혹시라도 이쪽이 침투했다는 걸 알고 있는 것은 아닌가 생각했지만, 로노베피셜에 의하면 눈치채기 힘들다는 것이 정설이다.

만약 이 장소에 있는 내가 본인이 만든 환상이 아니라 진짜 이기영이라는 사실을 알았더라면, 이런 형태로, 이렇게 진실을 외면하는 방법으로 나를 가두려 하지는 않았을 것이다.

'이렇게까지 해야 되겠냐, 현성아.'

충분한 휴식 시간을 줬다고 생각했는데도 아직도 더 쉬고 싶은 모양이다. 아니, 이제는 쉬는 걸 넘어서 모든 걸 내려놓으려고 하고 있었다.

심각하다는 건 알고 있었지만 내가 생각하던 것보다 더 심각하게 느껴진다. 지금 당장 주먹이라도 휘두르는 게 맞지 않을까 하는 생각마저 들 정도. 하지만 아직 불안정해 보이는 정신 상태 때문에 어떤 반응을 보일지 예상이 되지 않았다.

한 가지 확실한 것은 지금 보이는 것이 현실이 아니라는 걸 다시 한번 녀석에게 자각시켜야 한다는 것이다.

녀석이 그걸 알고 있느냐 모르고 있느냐는 중요하지 않다.

한 번 더, 타인의 입으로 그걸 전해야만 했다.

'시간이 얼마나 남았지?'

이곳에서의 사흘은 저곳에서의 한 시간이다.

당연히 사흘을 다 채울 생각은 없다. 흥분한 박덕구가 무슨 개짓거리를 할지 불안했으니까. 그래도 일단은 장단을 맞춰주는 것도 나쁘지 않으리라.

맛이 느껴질지는 정확히 알 수 없지만 아무 말 없이 술을 한 잔 들이켜자, 김현성답지 않게 입을 열어오는 모습이 시야에 비쳤다. 대부분이 쓸데없고 영양가 없는 이야기였다. 딱, 그저 그런 추억 이야기. 하지만 즐거운 이야기이기도 했다.

"처음 만났을 때……. 기억하고 계십니까?"

"네. 사실 그때를 생각하면 지금의 현성 씨가 떠오르지 않습니다. 조금 더 차갑고 냉정한 성격인 줄 알고 있었는데……. 솔직히 몇 년 전까지만 해도 웃는 모습을 볼 거라고는 상상도 못 했습니다."

"조금 부끄럽군요."

"……."

"저도 제가 이만큼 달라질 수 있을 거라고는 생각하지 못했으니, 그렇게 느끼시는 것도 아마 무리가 아닐 겁니다. 기영 씨를 만나지 않았더라면 이렇게까지 변하지 않았을 겁니다. 기본적으로 의사소통에 조금 서툴렀으니……."

"그렇게 느껴지지는 않았는데."

"정말입니까?"

'아니, 너 의사소통 엄청 서툴렀어, 이 새끼야.'

"네. 하지만 정말 현성 씨가 그렇게 느끼고 있었다면 영향을 끼친 것은 저뿐만이 아니었을 겁니다. 파란 길드원 모두가……."

"네, 그렇죠. 네, 기영 씨 말이 맞습니다."

처음 만났을 때의 이야기나.

"그리폰을 선물로 받았을 때는 깜짝 놀랐지 뭡니까."

"아, 막 수도에서 돌아왔을 때였죠. 저도 좋아할지 걱정했었는데. 그때는 현성 씨가 그렇게 그리폰을 좋아할 줄은 몰랐습니다. 관련 용품이나 축제 같은 걸 즐기실 거라고는 생각도 하지 못했고요. 솔직히 조금 다행이라고 생각했었습니다. 당시에는 혜진 씨 때문에 조금……."

"하하하. 그게 정말입니까?"

"갑자기 비서실장으로 임명한다고 했을 때는 얼마나 황당했는지 모를 겁니다."

"그, 그건 죄송합니다."

그리폰을 선물한 이야기, 조혜진에 관한 이야기, 원정 이후의 회식이나, 굵직한 사건들 전부.

주제는 많았다. 녀석도 나도 웃을 수 있는 이야기였다. 그리 길지 않은 시간이기는 했지만, 함께한 시간이 길었으니까. 의

외로 공감대가 많았다.

대략적인 상태를 파악하려 대화하다 보니 어느덧 아침이 찾아왔고, 기껏 정리한 침대에는 눕지도 않은 채 하루가 시작됐다.

아마 이때 즈음부터는 나 역시 반포기 상태로 녀석을 지켜보기 시작했던 것 같다. 정확히 말하면 대충대충 고개를 끄덕이며 맞춰줬다는 표현이 알맞으리라.

'그래, 어디 너 하고 싶은 거 다 해봐라, 이 새끼야.'

물고기 같은 게 있을지는 알 수 없었지만, 함께 낚시하러 가기도 했고, 생존자를 찾는다는 명목으로 폐허가 된 린델을 돌아다니기도 했다.

당연하지만 생존자가 있을 리가 없다. 여긴 녀석이 만든 무의식 세계였으니까.

나 역시 천천히 최후를 맞은 린델을 바라볼 수 있었는데, 확실히 처참하게 무너진 곳들이 눈에 들어왔다.

1회차의 세계다. 정하얀이 스스로 목매달고, 카스가노 유노가 죽고, 선희영과 차희라는 물론 대륙 위에 존재하는 거의 모든 생명체가 없어져 버린 세계. 궁금증이 일지 않는 것이 이상하리라.

이곳저곳을 살펴보며 한참이나 걷다 보니 린델 이 전부 내려다보이는 곳까지 올라왔다. 조금 숨을 헉헉거리기가 무섭게 김현성이 말을 걸어왔다.

"몸은 조금 괜찮으십니까?"

"조금…… 허억……. 힘이 드는 거 같은데……."

무의식 속에서도 체력이 발목을 잡는다. 슈바.

"아, 그럼 여기서 조금 쉬는 게 좋을 것 같군요. 아니면 오늘은 여기까지만 하고 종료해도 되고요. 어차피 시간은 많으니. 어쩌면 숲 쪽에 야생 동물 몇 마리가 있을 수도 있습니다. 운이 좋으면 그리폰을 발견할 수도 있고요. 내일은 그쪽으로 한 번 가보는 게 어떻겠습니까?"

'야생 동물은 개뿔.'

"글쎄요. 그보다는 이곳을 더 둘러보고 싶은데……. 아니면 라이오스 쪽은……."

"아마 그쪽은 여기보다 더 심각할 겁니다. 여기 물 좀 드시는 게 좋을 것 같습니다."

"고맙습니다."

"숨은 조금 괜찮아지셨습니까?"

"네, 덕분에. 그나저나 정말 아무것도 없군요. 아무런 소리도 들리지 않고……."

"네, 고요하기도 하고요."

"……."

"기영 씨."

"네?"

"인간이라는 건 참 이상한 것 같습니다."

'뜬금없이 왜.'

"모든 게 다 무너진 폐허인데 조금은 예쁘게 보이기도 합니다. 신비롭게 보이기도 하고요. 붉은 노을이……."

"확실히 운치는 있네요. 완전히 어두워진 줄 알았는데 그래도 해가 있기는 있는 겁니까?"

"한 번도 뜨지는 않았습니다. 사실 빛이라고 할 수 있는 걸 본 적도 없는 것 같고요. 하지만 시간이 되면 이렇게 붉은 노을빛이 보이는 것 같더군요. 아, 그리고 일정 지역을 벗어나면 별이 보이기도 합니다. 어제는 보지 못했으니 오늘 한번 보러 가는 것도 나쁘지 않을 겁니다. 한 3일은 걸어야 하는데, 지금 당장은 힘드실 테니 피곤하시면 다음에 보러 가셔도 됩니다. 어차피 시간은 많으니까요."

"생각보다 많이 알고 계시는 것 같은데, 이곳에서 혼자 얼마나 지내신 겁니까?"

"글쎄요. 그렇게 오래는 아니었던 것 같습니다."

'구라 치고 있네.'

마음의 눈으로 보면 보이는 게 있는 법이다.

비교적 최근에 만들어진 흔적들이 곳곳에 비친다. 아마 이 흔적 역시 녀석이 무의식적으로 만들어낸 것일 테다. 어째서 저런 흔적이 만들어졌는지도 뻔했다. 확실한 것은 아니지만,

김현성이 이 세계에 혼자 남겨진 적이 있었을 것이다.

회귀하기 직전인지, 아니면 한참이나 이곳에 남겨져 있었던 건지는 정확하게 알 수 없지만, 틀림없이 김현성은 이곳에 있었다. 며칠인지 몇십 년인지도 알 수 없지만, 녀석은 틀림없이 이 장소에서 이 붉은 노을을 바라보고 있었다.

계속. 계속. 매일 같이 바라보고 있었을 것이다. 이 어두운 곳에서 확인할 수 있는 유일한 세계의 변화는 이 현상이 전부였을 테니까.

거의 모든 인류가 사라진 상황이었다는 건가? 현성이는 어떻게 살아남을 수 있었던 거지?

가능성이 큰 가설은 알타누스가 녀석을 보호했다는 것. 지금 보이는 게 정말로 김현성이 회귀하기 전인가? 확실하지는 않지만, 가능성은 컸다.

너무 여러 가지 정보가 머릿속에 들어와 머리가 지끈거렸다. 솔직히 아직 받아들일 준비가 되지 않았다는 표현이 맞으리라. 당장 눈앞에 있는 일만 해도 산더미였고, 지금 중요한 것은 1회차의 이야기가 아니었으니까. 기분 탓인지는 모르겠지만, 녀석이 당시 느꼈던 감정이 한꺼번에 쏟아져 들어오는 것처럼 느껴졌다.

'로노베가 말했던 위험할지도 모른다는 게…….'

확실히는 알 수 없다. 하지만 눈에서는 내 의지와 상관없이 뚝뚝 눈물이 쏟아져 내린다.

한참이나 붉은 노을을 바라보던 녀석은 이내 내 모습을 보고 천천히 입을 열기 시작했다.

"기, 기영 씨. 괜찮으십니까? 갑자기…… 갑자기 왜."

"아무것도 아닙니다."

"……."

"아무것도 아니에요."

"하지만 지금……."

"제기랄! 아무것도 아니라고!"

"……."

"……."

"죄송합니다. 제가 너무……."

"아무것도 아니니까……. 신경 쓰지 않아도 됩니다. 정말로요."

"……기영 씨."

"네."

"제가 어제 해드릴 말씀이 있다고……. 그러니까 사과드리고 싶은 게……."

"하지 않으셔도 됩니다."

"네?"

"하지 않으셔도 된다고요."

"그게 무슨……."

"이렇게 말하려고 한 거 아니었잖아, 제기랄."

입술을 꽉 깨물고 있는 녀석의 얼굴이 시야에 비쳤다.

뭘 말하려고 하는지 당연히 알 것 같다. 본인이 회귀했다는 소리를 지껄이려고 하는 게 틀림없다. 그렇게 마무리하고 그걸로 2회차에 짊어진 마지막 짐을 버리고 홀가분해지려고 하는 것이 분명했다.

아까부터 계속 생각하고 있었던 게 맞다. 김현성이 원하는 건 피하는 것이다. 책임을 피하는 것, 실패로부터 도망치는 것, 진실로부터 멀어지는 것, 동료를 잃고 친우를 잃고 연인을 잃을지도 모르는 상황으로부터 회피하는 것. 더 이상은 감당할 자신이 없어 놓아버렸고, 내 등장으로 인해 마지막으로 지고 있던 짐까지 놓아버리려고 하고 있다.

머리가 지끈거려 제대로 된 말이 나오지는 않았지만, 저 어처구니없는 사과를 받아줄 수 있을 리 만무했다.

'이 새끼가 키워놨더니 어딜 도망치려고 그래. 캐리는 하고 가야지.'

세계가 이 모양, 이 꼴이 된 걸 눈으로 확인했는데, 그렇게 쉽게 도망치게 놔둘 리가 없지 않은가.

"안 나갈 거야?"

"무슨 소리를 하는지 모르겠습니다."

"알고 있잖아. 내가 무슨 말 하는지. 여기서 계속 이렇게 있을 거야? 정말로 이렇게 끝낼 거야? 이 머저리 새끼. 뭐가 그렇게 무서워서 여기서 이러고 있는 건데. 사실은 알고 있잖아."

"……."

"지금 눈에 보이는 풍경이 전부 가짜라는 거."

"……."

"정신 차리자마자 눈치챘잖아, 이 새끼야."

그때였다. 쾅 하는 소리와 함께 몸이 벽으로 밀려난 것은.

충격으로 잠깐 비틀거렸을 때 시야에 비친 것은 이쪽을 노려보고 있는 김현성의 얼굴이었다.

'이 새끼가…….'

무섭지는 않았다. 표정을 구기고는 있었지만, 위협하거나 해코지를 하려는 얼굴을 아니었으니까.

오히려 조금 슬퍼 보이기까지 한 얼굴에 나 역시 녀석을 똑바로 바라볼 수밖에 없었다. 벽에 밀어붙여진 상황이 그리 달갑지는 않았지만 말이다.

빤히 내 얼굴을 바라보던 녀석이 천천히 고개를 숙인 것은 바로 그때. 간헐적으로 어깨가 파르르 떨리고 있는 모습은 김현성의 심정을 대변해 주는 듯했다. 이쪽의 말에 부정하지도 않았고 긍정하지도 않고 있었지만, 분위기만 보면 받아들이고 싶지 않은 것 같기도 했다.

고통스럽다는 듯이 살짝 인상을 찌푸리자 깜짝 놀라는 표정으로 천천히 물러나고 있었지만, 무슨 말을 해야 할지 모르겠다는 반응 자체는 여전했다.

"무슨 말씀을 하시는지 모르겠습니다."

"모르긴 개뿔……."

"오늘은 그만하시고……."

"그만하긴 뭘 그만해, 이 새끼야. 내 눈 똑바로 쳐다봐. 정말 여기서 전부 끝낼 거야?"

"아직 정신이 완전히 돌아오지 않으신 것 같습니다."

"맛탱이가 간 건 내가 아니라 너야."

묵묵히 등을 돌린 채로 차분하게 자신의 짐을 챙기고 있는 모습을 보니 괜스레 화가 치밀어 오르기 시작한다. 뭔가 조금이지만 이해되는 부분이 있었기 때문이다.

"많이 피곤하신 것 같습니다."

"말 돌리지 마."

"……어째서 당신이 그런 말을 하는 겁니까."

"그건 네가 더 잘 알고 있을 거 아니야, 김현성."

"이제는 지쳤습니다. 더 이상은 하고 싶지 않아요. 이 건에 관해서도 이야기 나누고 싶지 않습니다. 그만해 주세요."

"너는 지친 게 아니라 도망치고 있는 거야. 정말로 여기에서 평생 썩고 싶어?"

"당신이 신경 쓸 일이 아닙니다."

"너만 바라보고 있는 사람들은 어떻게 하려고."

"이제…… 그만해요."

"죽게 내버려 둘 거야?"

"그들이 죽는 걸 보고 싶지 않습니다. 보고 싶지 않아요."

"네가 보지 않는 곳에서 뒈질 거다. 네가 깨어나지 않으면 그렇게 될 거야, 패배자 새끼."

"네, 저는 이미 한번 실패한 인간입니다. 제가 이곳을 벗어난다고 한들, 달라지는 건 없을 겁니다. 결국에는 지금과 같은 상황이 찾아올 겁니다. 그곳에서는 기영 씨도 없을 거예요. 다시 모두가 죽는 걸 보게 될 겁니다. 비난하셔도 상관하지 않겠습니다. 하지만 저는 감당할 자신이 없습니다. 그러니 이제 그만해 주세요."

"이미 많은 게 달라졌어."

"그건…… 기영 씨 때문입니다."

"네가 날 살렸기 때문에 달라진 거야. 병신 새끼, 그 누구도 너한테 무거운 짐을 혼자 들고 있으라고 한 적 없고 뒈지는 걸 지켜봐 달라고 말한 사람도 없다. 한번 미끄러졌다고 전부 다 끝난 것처럼 이야기하지 마. 나는 이렇게 마무리할 생각 죽어도 없으니까."

"인제 그만하라고 하지 않았습니까!"

"그만하긴 뭘 그만해! 이 미친 새끼가, 진짜."

"제기랄! 네가 뭘 알아! 네가 뭘 아느냐고!"

"……."

"제길, 제길! 흉내 내지 마. 흉내 내지 말라고. 제기랄! 그런 모습으로 나타나서 나에게 책임을 강요하지 마. 이렇게까지 나타나서 나한테 책임을 강요하지 말란 말이야. 나는 다시 시작하고 싶다고 말한 적 없어. 다시 한번 하고 싶다고 부탁한 적도 없다고! 그러니까 그만 내버려 둬. 제발 그만! 그만 내버려 둬! 더 이상 나한테 책임을 강요하지 마! 이 개새끼들아! 나한테 씨발, 책임을 강요하지 말라고, 씨발……."

"……."

"제발 생각하지 마……. 제발……. 제발 생각하지 마. 떠올리지 말라고……. 이제 지긋지긋하잖아. 제발 떠올리지 마. 아무것도 떠올리지 마."

"……."

"제발 그만해……. 제발…… 제발 그 모습으로 나한테 책임을 강요하지 마요."

얼굴이 구겨진 것은 물론 완전히 멘탈이 나간 것 같은 모습은 뭐라 형용하기 힘들 정도였다.

갑자기 소리를 지른 녀석에게 깜짝 놀라기는 했지만, 아마 나를 향한 건 아닐 거다.

지금 이 자리에 있는 이기영이라는 인간이 진짜라는 사실을 모르고 있을 테니, 자신 안에 있는 무의식에 화내는 거로 판단하는 게 맞다. 마음속 깊은 곳에서 짐을 짊어져야 한다는 무의식이 자신이 만든 이기영을 통해 나온다고 생각하는 것이다. 저 책임을 강요하지 말라는 말과 이제 그만하라는 말은 기실 자기 자신에게 외치는 소리와 다를 바 없다.

책임에 대해 떠올리지 않으면…….

'내가 다른 말이라도 꺼낼 거로 생각하는 건가.'

몇 가지 가설이 있기는 했지만 이게 가장 가능성이 큰 가설.

잠깐 조용해진 녀석이 이쪽의 눈치를 살피는 걸 보고서는 내 생각이 반쯤 맞았다고 인정할 수밖에 없었다.

하지만 이 개자식의 행동에 맞장구쳐 줄 수 있을 리 만무. 판단하는 건 녀석의 몫이지만 나는 다시 한번 녀석을 바라볼 수밖에 없었다.

"책임 같은 거 강요한 적 없어."

"……."

"그래도 네가 엎지른 물은 네가 주워 담아야지. 안 그래?"

"……."

"왜. 나도 네가 만든 사람인 줄 알았어?"

녀석의 표정이 달라진 것은 바로 그때. 무언가를 깨달았다는 듯 다시 한번 나를 바라보는 얼굴이 시야에 비친다.

"아……."

"……."

"아아…… 아……."

'먹힌 건지 모르겠네, 씨발.'

사실 도박이기도 했다. 조금 더 저 장단에 어울려 주고 싶었지만, 어느 기점에서 끝맺음하지 않는다면 계속해서 질질 끌려다닐 것 같았기 때문이다.

애초에 성화를 낸 것도 머릿속에 들어오는 오만가지 감정이 원인이었다. 그리고 무엇보다 마침표를 찍기에 지금보다 나은 타이밍이 없을 거로 생각했다.

조금은 불안했던 것도 사실이었다. 어떻게 내가 녀석에게 닿을 수 있었는지 설명하는 것 역시 신경 쓰이기도 했고 나도 모르게 쏟아낸 발언들이 다시금 생각나기 시작했다. 이를테면 '지금 말하려고 하는 게 아니었잖아'라든가, '이곳이 가짜라는 걸 알고 있잖아'라든가. 김현성의 입장에서 조목조목 생각해 보면 조금 이상함을 느낄 수 있는 구석이 한둘이 아니었다.

하지만 당장은 이러한 것들에 생각이 닿지 않은 모양.

"아…… 흐…… 윽……."

'아, 이 새끼 또 우네.'

의심하기보다는 안도하고 있는 것처럼 느껴진다. 확실하지는 않지만, 이쪽이 무사하다는 것과 자신을 찾아왔다는 것 모두에 대해 확실히 안심하고 있는 것으로 보인다.

'그러게 시바……. 정신 놓지 말지 그랬어.'

혹시나 했지만 잠깐 제정신을 찾았다는 것 역시 보지 못했던 것 같았다. 히로인 3인조의 노력이 무시당한 게 아니라 정말로 들리지 않았던 것이다.

다시 한번 조혜진에게 애도를 표할 수밖에 없는 상황이었지만, 슬그머니 미소를 지을 수밖에 없었다. 아까와 분위기가 달라졌다는 걸 깨달을 수밖에 없었으니까.

김현성은 확실히 인지하고 있다. 자신이 있을 곳이 이곳이 아니라는 걸 확실하게 인지하고 있었다.

"남, 남…… 아 있으셨군요. 아직…… 남아 있으셨군요."

"……."

"찾아와 주신 겁니까."

"이러고 있을 것 같아서."

"어지간히…… 믿음직스럽지 못했던 모양입니다."

"굳이 그런 건 아니야."

"지금 기영 씨는 괜찮으신 겁니까."

"사실은 조금 위험한 상황이라고 보는 게 맞겠네. 여기에 오는 것도 도박에 가까웠고."

"추태를 보였군요."

"이해할 수 있다."

"죄송합니다."

"죄송할 것도 없고."

"……."

"아무도 네게 책임지라고 말한 적 없다. 그 누구도 그렇게 말한 사람은 없어. 기대하고 있는 사람이 있다는 게 압박으로 느껴진다는 것도, 많은 걸 감당해야 한다는 것도, 버틸 수 없을 것 같다는 것도 이해할 수 있다. 굳이 혼자 스트레스받을 필요 없어. 짐은 같이 들면 돼."

'키야……. 멘트 오졌다.'

점점 더 감정이 고양되기 시작한다. 잠시 손발이 오그라들기는 했지만 그게 무슨 상관이란 말인가. 본인에게만 잘 먹히면 됐지, 뭐.

김현성이 어째서 이렇게까지 이쪽을 소중하게 생각하는지는 알 수 없었지만, 굳이 이유를 찾으라면 이런 부분이었을 것이다.

"책임은 내가 질 테니까."

나는 녀석에게 책임을 강요하지 않는다. 적어도 겉으로는.

김현성의 입가에 미소가 그려지는 게 눈에 보인다. 손을 내밀자 녀석도 내 손을 잡고 몸을 일으켰다.

'로노베야, 지금이다. 지금이 타이밍인 것 같어! 지금 해야 돼. 지금이라고! 씨바!'

김현성과 나를 비추고 있는 것은 더 이상 붉은 노을이 아니다.

"이해하기 힘드시겠지만……."

"응."

"저는 지금까지 제가 바라보던 풍경이 해가 지고 있는 광경인 줄로만 알았습니다. 물론 이곳에 해 같은 건 없었지만 말입니다. 계속…… 그렇게 생각했었습니다."

'우리 현성이 감상적이네. 감상적이야.'

"하지만…… 그게 아니었던 모양이군요."

노을은 해가 질 때도, 해가 뜰 때도 생겨난다. 생겨나는 방향이 다르긴 하지만…… 이미 망한 세상에 그런 법칙이 통용될 리 만무하고…….

아무튼, 1회차의 김현성은 저 현상이 해가 뜰 때 생겨난다는 걸 예상하지 못했던 것 같았다.

이해야 간다. 누가 저걸 보고 해가 뜨고 있다고 생각하겠는가. 저주의 붉은빛이라면 모를까.

'사실 이 지경이 된 1회차에서는 애초에 태양 같은 건 떠오르지 않았을지도 모르겠네.'

감상적인 얼굴로 빛이 비치고 있는 걸 바라보고 있는 모습은 만족스럽기는 했지만, 왠지 모르게 조금 미안해지기 시작한다. 저 현상이 로노베가 만든 주작, 그 이상도 그 이하도 아니었다는 걸 알고 있었기 때문이다.

'진실이 뭐가 중요하겠어.'

진실이야 어떻게 되든 상관없다. 중요한 것은 녀석이 어떻게 느끼느냐에 대한 것.

터져 나온 빛에 눈을 찡그리자 폐허가 됐던 건물들이 하나씩 허물어지기 시작. 마치 김현성의 마음의 짐을 완전히 무너뜨릴 기세로 퍼져 나간 빛은 녀석에게 남아 있던 1회차의 흔적들을 완전히 지워 버리기 시작했다.

물론 이것도 연출이기는 하지만 솔직히 장관이라면 장관이었다. 어쩌면 정말로 김현성이 마음의 짐을 털어버렸을지도 모른다는 생각이 들 정도였으니 다른 표현이 필요 없으리라.

그 가운데 녀석이 천천히 걷기 시작하는 것이 시야에 비친다. 점점 더 밝아지는 곳으로 힘겹게 발걸음을 옮기는 모습. 아직 빛의 영향이 닿지 않은 곳에서 녀석을 붙잡는 손길이 느껴지기는 했지만, 김현성은 묵묵히 발걸음을 옮기며, 내 손을 잡은 채로 가짜 빛 속으로 몸을 던지고 있었다.

슬슬 마무리할 상황이라고 생각해 슬그머니 녀석의 손을 뿌리치자 의아한 얼굴로 나를 바라보는 녀석의 모습이 보였다.

"나는 여기로는 못 나가."

"아……."

"나 말고도 기다려 주는 사람이 있잖아."

'뭐야, 이 새끼. 왜 주춤거리고 난리야. 빨리 꺼져.'

"하, 하지만……."

'이 개새끼. 시바, 안 나가게? 빨리 나가라고.'

"하지만……."

'빨리 나가, 이 새끼야.'

씁쓸한 척하기는 했지만, 속으로는 온갖 똥줄이 다 타기 시작. 로노베 역시 이건 아니라고 생각했는지 급조한 인물들을 생성해 연출을 펼치는 것이 보였다. 만들어진 박덕구와 정하얀을 비롯한 파란 길드원들이 녀석에게 손을 내미는 연출은 가관.

'이건 아니지, 로노베 감독……. 아…… 이건 너무 유치하지. 쌍팔년도 클리셰라고, 이건.'

"안 오고 뭐 하고 있는 거요, 형씨. 같이 싸워야지."

씩씩하게 외치는 박덕구. 손발이 없어질 뻔했다.

"현성이 오, 오, 오빠…… 빨리 오세요."

튜토리얼 멤버 정하얀, 급조됐기 때문인지는 모르겠지만, 표정이 부자연스럽다.

녀석들뿐만이 아니다. 조금이라도 얼굴을 아는 놈들이 전부 녀석을 기다리고 있다.

"길드마스터."

"오빠."

"현성 씨."

38패를 적립한 패배한 히로인 3인방. 안기모와 선희영과 황정연과 병아리들. 이런저런 모습으로 인연을 쌓아온 모든 인물. 교국의 인물들부터 공화국의 인물들까지. 심지어…….

'재는 또 왜 여기 있어.'

얼굴 본 지 오래된 이기연마저 녀석을 향해 미소 짓는 중이다. 로노베가 얼마나 필사적이었는지 알려주는 대목이라 나조차 살짝 긴장할 수밖에 없었다.

'이딴 게 먹히겠냐고.'

다 된 밥에 재를 뿌리는 상황. 혹시라도 뭔가 이상함을 직감한 김현성이 눈치를 까지 않을까 생각하게 되는 것이 당연하리라.

"현, 현성 씨는 혼자…… 혼자가…… 아닙니다."

결국, 이 싸구려 연출에 동참해야 한다는 생각에 나조차도 대사가 꼬여 버렸다.

하지만 감상적으로 변한 김현성은 이 모든 상황이 주작이라는 걸 눈치채지 못한 것 같은 모습. 사건의 당사자인 만큼 녀석의 손발은 무사해 보였다. 심지어 주인공 같은 대사를 외치는 모습에는 입술을 꽉 깨물 수밖에 없었다.

"예. 지금은…… 혼자가 아니었죠."

'시바…… 기적이다.'

지금 보이는 광경이 기적이 아니다. 저 싸구려 연출을 보고 넘어간 김현성의 감성 자체가 기적이다.

안도의 한숨을 내쉰 채로 녀석의 가슴을 주먹으로 두드린다.

"다시 만날 수 있을 거다. 그리고……."

"예."

"믿겠습니다."

"네, 반드시, 반드시."

제법 환한 얼굴로 빛 속으로 몸을 던지는 녀석의 모습은 지금까지 봐왔던 녀석의 모습 중에서도 가장 편해 보이는 모습.

김현성이 완전히 사라진 후. 홀로 남아 주먹을 꽉 쥐게 된 건 당연했다. 마지막에 약간의 하자가 있기는 했지만, 완벽에 가까운 각성 클리셰라고 봐도 무방할 정도였으니.

"푸…… 흐…… 푸흐헤헤헤하핫!"

저도 모르게 웃음이 터져 나왔다는 것 역시 너무나도 당연한 일. 즐거운 상상을 할 수밖에 없었다.

"가즈아!! 황금의 땅, 엘도라도로!!!"

146장
김현성 각성

-외부 고문님.

“가즈아…… 황금의 땅…… 엘도라도로…….”

-외부 고문님!

“가…… 가즈아!!”

-외부 고문님!!

“아…….”

이쪽을 부르는 목소리에 감겨 있던 눈이 떠지기 시작했다. 꿀 같은 단잠을 방해받은 것 같은 느낌에 몸을 일으키는 게 불쾌해졌지만, 이내 안에서 있었던 일을 떠올리자 주먹을 꽉 쥘 수밖에 없었다.

‘성공한 건가?’

확실히 아까와 다른 것 같은 느낌. 무의식 속에 있었던 것도 꽤 현실감 넘치기는 했지만, 현실이 주는 느낌과는 확연히 다르다.

주먹을 한번 꽉 쥐자, 지금 내가 어디에 있는지 깨달을 수밖에 없었다. 처음 잠들던 마차 안이었다.

'성공한 거 맞네.'

뒷일이 조금 걱정되기는 했지만 이만하면 무난하게 성공했다는 표현이 딱 들어맞는다.

조금 더 이 느낌에 취하고 싶었으나, 여운을 느낄 시간이 있을 리 만무했다. 현재 상황이 어떻게 돌아가고 있는지 파악해야 했기 때문이다. 1시간도 채 지나지 않았을 것이 분명한 만큼 크게 불안하지는 않았지만, 일단은 서둘러 바깥을 둘러보는 게 정답이라 생각했다.

마력 홀로그램이 있다는 것도 잊은 채 고개를 밖으로 내민 순간 눈앞에 보이는 것은 이미 난장판이 된 거점. 전투를 벌인 지 시간이 좀 지나 보이는 상태의 전장이었다.

-크워어어어어어어어!!

"버텨! 버텨어어!!!"

"발사! 발사! 마법사들은 마법 준비해라. 탈진할 때까지 마법을 퍼부어. 절대로 물러서지 마라. 절대로 물러서지 마! 제기랄!"

"지지 마! 물러서지 마라! 베니고어 여신님이 아직 함께하신다는 걸 절대로 잊어서는 안 된다! 몸이 부서지라 싸워!! 더러운 악마들에게 대륙의 빛을 빼앗길 수 없다!!"

콰드드득!! 콰아아아아아아앙!!!

"올라오지 못하게 해! 절대로 성벽을 넘어서게 하지 마! 절대로!!!"

-커어어어어억! 더러운 인간 놈들이! 감히!!!

'오우야……. 생각보다 잘 버티고 있네.'

그제야 불안한 마음을 조금 쓸어내릴 수 있었다. 아직도 여기가 꿈인지 현실인지 몽롱한 느낌이었지만, 눈앞에 있는 광경을 확인하니 정신이 화들짝 깨는 것 같은 기분이 들기 시작한다.

안도의 한숨을 내쉬며 옆을 바라보니 시야에 비친 것은 코를 막고 있는 로노베.

"로노베 님?"

-아, 그, 죄, 죄송해요. 외부 고문님. 너무 자극적인 걸 봐버린 것 같아서.

'뭔 소리를 하는 거야, 얘는.'

다시 한번 힐끔 로노베를 바라보자 어째서 코를 막고 있었는지 알 것 같았다. 줄줄 새어 나오는 코피를 최대한 막고 있는 모습은 가관. 심지어는 얼굴이 무척이나 상기되어 있었는데, 자꾸만 몸을 부르르 떠는 모습은 얘가 도대체 뭘 하고 있었는지 의심이 갈 정도였다.

'이러니까 연출을 강아지처럼 했지.'

당장 탓할 생각은 없다. 어찌 됐건 일은 성공적으로 끝났고, 결과론적으로 본다면 그 연출의 도움도 받을 수 있었으니까.

조금 전 끔찍했던 연출을 상기하며 고개를 흔들자 걱정스러운 눈으로 나를 바라보는 그녀가 다시금 말을 이어왔다.

-역시…… 아쉬우세요?

'무슨 개소리야. 뭐가 아쉬워? 그래, 씨바, 연출이 아쉬웠지.'

"아니요. 아무것도 아닙니다. 그것보다는…… 현재 상황에 대해서 짧게 브리핑 부탁드립니다."

-아…… 네, 네. 그게…… 그러니까, 네, 전투가 시작된 지는 약 40분 정도가 지난 시점이에요. 보시는 바와 같이 크게 밀리고 있는 상황은 아니고요. 생각보다 인간들이 잘 저항하고 있는 것 같아서 일단은 상황을 지켜보고 있었어요.

"현성이는 아직 나타나지 않은 겁니까?"

-네, 아마 조금 더 시간이 걸릴 거라고 보시면 될 것 같네요.

"어느 정도요?"

-크게 시간이 걸리지는 않을 거예요. 외부 고문님과는 다르게 그…… 그 인간 같은 경우에는 아주 오랫동안 무의식에 체류하고 있었던 터라. 하지만 너무 걱정하지 않으셔도 됩니다.

아마 늦어도 한 시간 정도면 정신을 차릴 확률이 높아요. 더 빠를 수도 있고요. 본래대로라면 하루 정도가 걸릴 수도 있겠지만, 격이 높은 인간이니…….

'한 시간…….'

버틸 수 있나.

지금의 분위기라면 버틸 수 있을 거라고 여겨진다.

물론 확실하지는 않지만, 기본적인 수성전에 기초해 병력을 꾸역꾸역 밀어내고 있는 모습이 무척 인상적이었기 때문이다. 더 이상 물러설 수 없다고 생각하는 인류의 의지가 느껴졌다.

모두가 하나가 되어 싸우고 있기는 했지만, 확실히 눈에 띄는 것은 박덕구.

'돼지 새끼. 제법이네.'

-최대한 버티는 거요! 최대한! 조금만 있으면 근처 거점에서 지원이 올 거요!

정확히 뭐라고 설명하기는 어려웠지만, 분위기가 달라진 것처럼 느껴졌다. 아니, 실제로도 달라진 것이 맞다. 병력 전체를 뒤덮은 정체불명의 버프가 녀석의 주변에서 뿜어져 나오는 것이 보인다. 커다란 기대는 하지 않았지만 아무래도 소소한 성장을 이룩한 모양이다.

전투력 자체가 크게 성장한 것은 아니다. 하지만 병력의 중심에 서서 지친 병사들을 독려하며, 악마들을 막아내는 모습은 마치 성전의 한 장면처럼 보일 정도였다.

실제로도 성전이 맞다. 현재의 전투는 대륙과 그 대륙을 좀먹으려고 하는 악마들의 싸움이었으니까.

차희라는 강경파 만인장 하나를 상대로 대등한 싸움을 보여주고 있었고, 그 외 다른 이들 역시 다르지는 않다.

똘똘 뭉친 파란 길드가 전선의 한 축을 담당하고 있는 모습을 봤을 때는 괜스레 뿌듯함을 느낄 수밖에 없었다. 1시간 전까지만 해도 혼란스러운 모습을 보여주던 몇몇 길드원들이 새로운 활력을 받은 듯 몸을 일으켜 싸우고 있었으니 고개가 끄덕여지는 것도 무리가 아니리라.

오히려 걱정된 것은 상황이 너무 무난하게만 흘러가고 있다는 것.

'위기가 있어야.'

"조금 더 극적일 텐데……."

극단적으로 말해 이 상태라면 굳이 김현성이 등장하지 않아도 잘 막아낼 수 있을 거라 여겨질 정도.

하지만 그건 이쪽의 착각에 불과했던 모양. 시간이 지나면 지날수록 점점 밀리고 있는 모습이 시야에 들어오기 시작했다.

정확히 말하면 도노반이 합류한 시점이라 볼 수 있으리라.

27군단 쪽에서도 네임드라고 불릴 만큼 거침없이 전쟁터를 헤집고 다니는 녀석의 모습은 솔직히 말해 조금 질린다. 주먹을 한번 휘두를 때마다 수십 명이 튕겨 나가고 몸을 한번 움직일 때마다 전장의 판도에 영향을 준다. 거점을 수비하는 입장에선 녀석이 눈엣가시일 터.

곧 특임대가 꾸려질 거로 생각했지만, 병력을 뺄 여유가 없다고 생각했는지 박덕구가 녀석의 앞을 가로막는 것이 시야에 비쳤다. 이기기 위한 싸움이 아니다. 녀석은 버티기 위해서 자리해 있다.

커다란 방패를 든 채로 녀석을 막아선 모습은 마치 골리앗 앞에 선 다윗. 저 박덕구의 몸이 작게 느껴질 정도였으니 녀석의 압박감이 어느 정도일지는 감히 상상하기 힘들 정도.

도노반은 주먹을 휘둘렀고 박덕구는 그 주먹을 막아낸다. 검조차 버린 채로 방어에 집중하고 있음에도 조금 아슬아슬해 보였기 때문에 괜스레 몸을 움찔거리기는 했지만, 확실히 잘 버텨내는 것처럼 느껴졌다.

-재미있구나! 인간! 재미있어! 쓰레기 같은 인간 놈!

-후우…… 후우…….

물론 몸이 멀쩡할 리가 없다. 엘레나와 선희영의 신성력이 계속해서 들어오고, 온갖 버프가 들어오고 있다고 한들, 힘의 차이는 너무나도 명확했으니까.

온몸이 으스러지고 피투성이가 되면서도 도노반을 마크하는 박덕구를 보고 있자니 괜스레 코끝이 찡해졌다.

신성력이 들어오지 않는 타임은 꾸역꾸역 포션을 마시면서 버티고, 막을 수 없을 것 같은 공격은 몸을 구르면서까지 회피한다. 절대로 쓰러지지 않고 끈질기다는 말이 어울릴 정도로 질척하게 달라붙는다.

-쿨럭! 쿨럭!

압력을 버티지 못해 내장이 상했는지 계속해서 피가 흘러내리지만, 녀석은 그 피를 닦지도 않고 오롯이 막아서는 것에만 집중하고 있었다.

박덕구로 도노반을 고립시킨 이후에 다른 지점에서 이득을 볼 생각이라는 건 알고 있었지만, 녀석에게 너무 가혹하다는 생각이 들 수밖에 없는 상황. 녀석은 고통을 삼키며 일어나고, 일어나고 또 일어나야 했다.

확실하지는 않지만, 녀석이 자원했을 확률이 높다. 그게 아니라면 저렇게까지 버틸 수 없었을 것이다.

'도노반, 저 새끼 빨리 치워 버려야 하는데.'

김현성은 대체 어디서 뭘 하고 있는 건지 궁금할 수밖에 없는 상황. 혹시라도 다시 한번 무의식에 들어간 것은 아닌가 하는 생각에 로노베를 바라봤지만, 옆에 있는 음마는 고개를 저을 뿐 다른 말을 해오지는 않았다.

심지어 다른 곳에서도 점점 더 전황이 기울기 시작한다. 차희라는 만인장 한 명과 수준을 맞추기 위해 점점 더 지력을 내리고 있었고, 병력 전체를 휘감고 있었던 엘레나의 신성력도 점점 더 바닥나고 있다.

전선이 밀리고 있는 상황에도 박덕구는 자신의 역할을 충실히 해주고 있었지만, 타임 아웃이라고 말할 수 있을 정도로 상황이 최악으로 치닫고 있었다. 더 이상 기다릴 수가 없다.

'씨발, 여기서 등장하면 안 되는데.'

아까와는 상황이 달라졌다고 느낀 것은 바로 그때였다. 눈앞에 보이던 수많은 마력 홀로그램 중 하나에서 지직거리는 소리가 들려온 것.

'어…….'

김현성의 방 안을 지켜보기 위해 넣어뒀던 사역마에게 문제가 생겼다고 볼 수밖에 없다.

상황실에 있던 악마는 당황했지만, 입꼬리를 올릴 수밖에 없었다. 녀석을 바라보고 있던 사역마에게 문제가 생겼다는 건 녀석이 깨어났다는 것과 일맥상통했으니까.

'왔다아! 왔다아아아!!!'

"전체적인 시야 한번 부탁드립니다."

-네.

극적이어도 이것보다 더 극적일 수는 없을 것이다. 정확하게 김현성이 있던 방 안에서 커다란 빛이 터져 나오기 시작하고 광기에 몸을 맡기던 양측은 고개를 돌려 하늘을 바라본다.

'키야아…….'

-이거 돌아왔구만…….

피투성이가 된 채로 바닥에 엎어져 있던 박덕구는 조용히 중얼거렸고, 도노반 역시 이게 무슨 상황이냐는 듯 하늘을 바라보고 있다.

-길드마스터…….

조혜진 역시 마찬가지.

김예리는 여느 히로인처럼 고개를 숙이며 질질 짜기 시작했고, 박연주마저 온몸에 피를 묻힌 채로 미소 짓고 있다.

방금까지만 해도 희망을 잃어가던 파란 길드원들은 커다란 소리를 지르며 다시 한번 전열을 재정비하기 시작했다. 현재

정확히 어떤 일이 일어나고 있는지 모르고 있는 다른 병력까지 한 발자국 나아갈 힘을 얻는 모습.

분위기가 바뀌고 있다. 클리셰대로라면 이쯤에서 희망찬 음악이 들려오는 것이 맞다.

'엘도라도오!!!'

-뭐야……. 뭐가 일어나고 있는 거냐.

'전형적이고요!'

-무슨 일이 일어나고 있는 거냐. 무슨 일이…… 일어나고 있는 거야!

'아주 좋습니다. 저런 대사 아주 어울려요. 도 배우.'

전형적인 악당 대사를 내뱉는 도노반은 당황한 모습으로 박덕구를 향해 커다란 손을 뻗었지만, 뻗었던 팔이 순식간에 공중으로 치솟기 시작했다.

-아아아아아아아아아아아아아아악! 내 팔이이!!!

당하는 대사마저 전형적이다.

그 모습을 본 박덕구가 희미하게 미소 지으며 말을 건넸고, 고개를 끄덕인 인형이 차분하게 답했다.

-너무 늦은 거 아니요. 형씨…….

-죄송합니다.

도노반의 앞에 자리한 것은 완전히 각성을 끝낸 회귀자. 완벽한 왕도의 클리셰 그대로. 전형적인 소년 만화의 주인공 같은 모습에 나도 모르게 혼잣말을 내뱉을 수밖에 없었다.

"×나, ×나 멋있어……. 씨발……."

2천만 관객 돌파를 눈앞에 두고 있다고 느껴질 정도였다.

'뿌듯하다, 뿌듯해.'

본래 아티스트들은 본인의 작품이 세상 밖으로 나왔을 때 가장 흥분하는 법이다.

당연하지만 이번 극의 총책임을 맡은 둠 감독 역시 예외는 아니었다. 온몸에 소름이 쭈뼛쭈뼛 돋은 것은 당연지사. 마치 동심으로 돌아간 것 같은 기분이었으니 다른 표현이 필요 없으리라.

마치 정의의 아군이 새로운 힘을 얻은 후 빌런 앞에 서는 만화 영화처럼 김현성이 보여주는 모습은 카타르시스를 느끼기에 충분했다.

'뭐가 달라진 거지? 새로운 직업이라도 받았나? 뭐, 어떻게 각성한 거야? 진짜 각성한 건 맞나?'

천천히 확인 작업을 거쳐봐야 했지만, 직업이 준신화 등급으로 바뀐 것처럼 보인다. 베니고어나 엘룬의 도움 없이 스스로 알을 깨고 튀어나왔다고 생각하는 것이 맞다.

심지어 오른손에 쥐어진 검에서 계속해서 빛이 뿜어져 나오고 있는 걸 보면 신화 등급의 능력이 일부 해방된 모양. 박물관에서 쥐여준 검이 이렇게 도움이 될 줄 누가 알았겠는가.

'각성! 각성! 각성! 김현성 각성!'

평소와 같이 천천히 검을 든 채로 도노반을 바라보고 있는 김현성의 얼굴은 무거운 짐을 벗어버린 듯한 표정.

원래 마음의 짐을 가지고 싸우는 히어로보다 편한 상태로 싸우는 녀석이 더욱더 강한 것이 정설. 흔들리지 않는 확고한 신념을 가진 주인공은 좀처럼 패배하는 일이 없다.

조용히 숨을 내쉬는 김현성을 모니터링하자 마치 빨려 들어가는 듯한 느낌이 들기 시작했다.

확실히…….

'배우 하나는 잘 골랐어.'

비주얼이 되니 흡입력이 있다.

물론 이 무대의 주연은 녀석뿐만이 아니다. 좋은 영화는 좋은 악역이 등장해야 비로소 완성되는 법.

당초 계획과는 조금 달라지기는 했지만, 당하게 될 놈도 아주 제대로 골랐다. 전형적인 악당의 모습을 보여주고 있는 도배우의 모습은 어떻게 봐도 일품. 물론 녀석에게는 연기가 아니겠지만, 퍼즐처럼 딱딱 들어맞는 상황에는 편한 미소를 지을 수밖에 없었다.

-감히, 감히!!! 인간 따위가! 인간 따위가아아아!!!

'어우야, 그 대사 왜 안 나오나 했다.'

-감히! 내 팔을!!!

'이것도 좋고요. 이런 대사 안 나와주면 섭섭합니다, 진짜.'

순식간에 뛰어들어 가 커다랗게 휘두르는 주먹. 박덕구와의 싸움은 장난이었다는 듯 태산조차 무너뜨릴 것 같은 기운이 들어가 있는 주먹을, 사랑스러운 회귀자는 너무나도 쉽게 피해낸다. 거대한 바람 소리와 함께 풍압만으로 주변이 완전히 무너져 내렸지만, 김현성은 눈 하나 깜빡하지 않고 차분하게 공격을 읽어내고 있었다.

'예술이네.'

녀석은 붙으려고 하고 김현성은 거리를 유지한다. 정면으로 부딪친다면 자신의 몸 역시 성치 않을 거로 판단하는 것이 분명했다. 약이 올랐는지 미친개처럼 팔을 휘두르고 있었지만, 사천왕 중 최약체의 주먹이 주인공에게 닿을 리 만무.

아직 결과가 나오지는 않았지만, 이미 걱정 따위는 달나라로 보내 버린 지 오래다. 김현성은 이 싸움에서 절대로 지지 않는다.

피하는 와중에도 검을 휘두르고 있는 모습은 장관. 숙련된 검사와 전사가 검을 휘두르는 모습은 언제나 절도 있게 느껴지지만, 검의 극에 다다른 녀석의 움직임은 일반인의 눈으로는 이해하기 힘들 정도였다.

'너무 세진 거 아니야?'

공격을 허용하면 위험한 것은 마찬가지겠지만, 김현성은 마치 새로 얻은 자신의 힘을 시험하려는 것처럼 보인다. 그 사실을 알고 있는 도노반이 더욱더 날뛰게 된 것은 너무나 당연한 거고.

-감히!!! 나를 기만해! 네가 나를 기만해!? 더러운 인간 따위가 감히!! 27군단의 만인장 도노반 님의 앞에서!! 찢어 죽여주마. 네놈은 반드시 찢어 죽여주마!!

-…….

-여기 있는 다른 인간들도 마찬가지다. 벌레 같은 인간 놈

들! 벌레 같은 인간 놈드을!!! 죽어…… 아아아아아악!!

한눈을 판 사이 이번에는 다리를 깊게 베고 지나갔다. 그럼에도 연신 욕을 쏟아내며 자신의 역할에 충실한 도노반에게는 감사의 인사를 날릴 수밖에 없었다.

'잘 가라, 노반아. 진짜…… 잘 가라.'

-내 친우에게 바치는 산 제물로, 커헉!

-…….

-제기랄, 내가, 내가! 이…… 내가 고작 인간 따위에게…… 당할 수는 없어! 당할 수는 없다. 내 친우와의 약속을, 내 친우와의 약속을 어길 수는 없어.

'아이고, 노반아.'

눈물이 찡하게 차오르는 상황.

녀석이 역소환 대신 선택한 것은 남아 있는 힘마저 끌어오는 것이었다. 라이오스에서 봤던 벨리알의 모습 정도는 아니었지만 거대하게 몸을 키운 녀석이 새로운 모습으로 변하기 시작한다. 아마 쌓여 있던 실적을 전부 박아버린 모양.

옆에서 상황을 지켜보고 있는 로노베마저 한심하다는 듯 녀석을 바라보기 시작했다.

-멍청한……. 같은 동료라고 하기에도 수치스럽군요.

마치 리미트가 풀린 것 같은 모습.

본디 악마들이 현세로 소환될 때는 일정한 페널티를 안고 들어온다. 모아놨던 실적을 때려 박은 녀석은 아마 준신화 등급의 힘을 그대로 낼 수 있을 정도라고 봐도 무방하리라. 시스템에 저항해서라도 자신의 임무를 완수하고야 말겠다는 의지가 느껴져 조금 짠하기는 했지만, 본래 사천왕 중 최약체는 가장 빠르게 퇴장하게 되어 있다.

-내 친우여!

-그 사람은 네 친우가 아니야.

-뭐?

-그 사람은 네 친우가 아니라고.

'그래, 현성아. 시바…… 그거야.'

-네가 뭘 안다고 지껄이는 것이냐. 쓸모없는 필멸자에 불과한 네가! 뭘 안다고 지껄여!

-개자식들.

대화는 그것으로 끝. 하지만 김현성의 표정은 확연히 달라져 있었다.

-전부 죽여주마! 전부!!

이쪽도 흠칫할 정도로 거대한 마력이 모이기 시작했고 이윽고 커다란 주먹이 다시금 하늘에서 떨어진다. 조금 과장해서 말한다면 마치 라이오스 악몽의 재현.

하지만 김현성은 당황하지 않은 채로 천천히 몸을 날린다.

'필살기 쓰나요. 필살기 쓰나요!'

분위기만 보면 알 수 있다. 이번 일격이 서로가 서로에게 주는 마지막 일격일 것이다.

집채만 한 주먹이 떨어져 내리고 김현성의 검에서는 제대로 쳐다볼 수 없을 정도의 빛이 뿜어져 나온다. 헤어지기 전에 본 붉은 노을 같았던 빛은 어느새 사방으로 뻗어 나가며, 주변의 어둠을 모두 몰아내기 시작했다. 뭐라고 형용하기 힘들 정도로 아름다운 모습이었다.

'어우야…….'

기분 탓인지는 모르겠지만, 무의식 속에서 본 것에 영감을 받았다고 해도 반론의 여지가 없을 정도로 유사하다.

입술을 꽉 깨물고 본인 안에 있는 모든 마력과 힘을 집중시킨 이후에 약속된 우정의 검을 휘두르는 장면은 마치 그림 같다. 검에서 뿜어져 나온 거대한 빛은 어둠을 밝히는 것으로 모자라 도노반의 몸을 완전히 갈라낸다.

-하아아!!!

-제기이이이이일!!!

기합 같은 걸 잘 내지 않는 녀석이 목소리를 내지르며 도노반의 마력을 완전히 뚫어냈다.

이후에 일어난 일은 굳이 설명이 필요 없으리라.

-내가, 내가 고작…… 고작 인간 따위에게……. 미안…… 하다. 내 친우……. 죄송…… 니다. 벨리알…….

27군단의 상징이나 다름없었던 도노반의 충격적인 최후. 같은 곳에 몸을 담고 있는 만큼 재빠르게 튀어 나가야겠다는 생각이 내려 꽂히기 시작했다.

1막이 끝났으니, 2막이 시작되어야 한다. 중간 계단을 밟았으니, 최종장의 끄트머리를 확인해야 한다.

"나갑시다. 로노베 님."

-네? 설마 지금…….

"아뇨. 잠깐 얼굴 좀 비춰주고 와야 하지 않겠습니까. 다음

숙제가 뭔지는 알려줘야죠.”

-다음 숙제는 뭔가요?

“글쎄요. 대륙이 마지막 희망의 등불을 등에 업고, 하나둘 희망을 되찾을 타이밍이니……. 적당히 물러나고 이후 마지막 전투를 준비하는 게 좋을 것 같습니다. 잠깐 쉬는 시간도 주고요. 적당히 회포를 풀 시간도 필요하니까요.”

-아…….

“17거점을 지켜냈으니, 다시 한번 기회가 있을 거로 생각하고 있을 겁니다.”

이후 들어올 병력과의 최종 결전을 준비하면 된다.

물론 그 싸움은 지금보다는 더 처절할 거라고 잠정 확정되어 있다. 지금 상황에서 왕도라 할 수 있는 클리셰는 타락한 역병군주와 그의 친우인 천재 검사의 눈물 없이는 볼 수 없는 처절한 싸움일 것이다.

하지만 그것도 내가 김현성을 상대할 수 있을 때의 이야기. 혹시나 하는 생각에 조금 기대하기는 했지만, 방금의 모습을 보니 더더욱 자신이 없어지기 시작한다. 각성할 줄은 알았지만, 생각보다 더욱더 괴물이 되어버린 상황. 천재가 괜히 천재겠는가. 악마 만인장 정도는 갈라 버려야 천재지.

‘몸을 만들어야 하나……. 팔굽혀 펴기라도 좀 해야 돼?’

제대로 한판 뜨기에는 아무래도 스펙이 너무 딸린다.

다른 방법을 천천히 고민해 볼 수도 있겠지만, 만마의 지배자이신 벨리알의 도움을 받아서라도 몸을 부딪치는 게 아름답게 비칠 수 있을 거라는 생각이 든다. 서로 검을 나누며 '돌아오세요! 기영 씨! 정신을 차리셔야 합니다!' 따위의 대사는 타락한 입장에서 한 번쯤 듣고 싶은 대사가 아니던가.

'뭔 방법이 있겠지, 뭐.'

일단은 멀리서나마 얼굴을 비치는 게 먼저다.

오랜만의 등장에 로노베가 살짝 긴장하기는 했지만, 일단은 그녀의 어깨를 두드리며 먼 곳에서나마 얼굴을 비쳤다. 물론 둠기영이 쓰고 다니던 가면은 옛날 옛적에 장착한 상태.

아직 전투 중인 전장을 향해 천천히 손을 들어 올리자 악마들이 썰물처럼 거점을 빠져나가는 것이 시야에 비친다. 로노베 역시 언제 긴장했냐는 듯 고혹적인 미소를 지으며 찰싹 달라붙어 오고 있었고.

아마 모두 안심하고 있을 것이다.

전투는 끝났다. 인류의 첫 번째 승리로 그렇게 전투는 마무리됐다. 하지만 아마 지금 보이는 모습을 보고 환호할 수 있는 인간은 그리 많지 않으리라 확신할 수 있었다.

녀석들이 상대한 것은 겨우 사천왕 중 최약체. 더러운 인간놈들은 이후 벨리알 님의 선택을 받은 둠기영을 감당해 내야만 한다.

'그래, 얘들아. 그렇게 강해지는 거야. 아프니까 청춘이라고.'

무척이나 먼 거리다. 하지만 계속해서 시선이 쏠리는 것이 눈에 보인다.

관심은 없지만 제법 흥미로운 척, 어떻게 한낱 인간 따위가 도노반을 이겨낼 수 있었는지 궁금해하는 척했다. 별거 아닐 거라고, 녀석이 방심했을 뿐이라고 생각하는 최종 보스의 표정으로 김현성을 바라보자 녀석 역시 똑바로 내 눈을 바라보는 것이 보였다.

뭔가 다짐했다는 듯이 주먹을 꽉 쥐고서는 손을 가슴 위에 올리는 모습에는 반드시 구해내고야 말겠다는 의지가 담겨 있었다. 자신의 모든 걸 바쳐서라도 꼭 구해내겠다는 의지의 표현. 무의식 세계에서 두드려 준 가슴을 다시 한번 두드리는 것으로 모자랐는지 녀석은 살짝 입을 벌리기까지 한다.

이윽고 무의식 속에 있던 내가 자신에게 전했던 말을 그대로 읊기 시작했다. 거리가 멀어 들리지는 않겠지만 확실하게 말하고 있다.

"믿고 있겠습니다."

'아, 여기서는 머리 한번 쥐어 잡아주고요.'

잠깐 내면에서 충돌이 일어나고 있다는 듯 지끈거리는 머리를 부여잡은 이후에는 다시 원상 복귀.

아주 잠깐, 혹시나 하는 얼굴로 기대하는 듯한 김현성의 얼굴이 시야에 비쳤다. 그 반응에 이쪽은 은발의 머리카락을 휘날리며, 재미있다는 듯 비릿한 미소를 보낼 뿐이었다.

'카리스마 진짜 오졌다.'

"사천왕 중 최약체이긴 하다만, 한낱 인간이 도노반을 처리할 줄이야."

-…….

"돌아가지, 로노베. 재미있는 일이 생긴 것 같군."

-네, 이기영 님.

'마지막까지 몰입 오졌다, 진짜.'

완벽에 가까운 마무리였다.

147장
잠깐의 휴식

-돌아가지, 로노베. 재미있는 일이 생긴 것 같군.

-네, 이기영 님.

'키야, 한 번 더 보자.'

-돌아가지, 로노베. 재미있는 일이 생긴 것 같군.

-네, 이기영 님.

'진짜 괜찮네.'

한번 지나간 작품에 미련을 두는 타입은 아니었지만, 이건 왠지 모르게 계속 돌려 보고 싶은 장면이었다.

멀리 떨어진 두 사람이 서로 다른 생각을 하며 각자를 노려보는 모습은 그중에서도 백미라고 할 수 있는 명장면. 미련 없이 등을 돌려 자리를 떠나는 둠기영의 뒷모습 역시 마찬가지였다.

"키야, 이게 연출이지. 이게 연출이야."

사실 조금 오그라드는 것은 아닌지 생각했지만, 이 정도면 준수하게 역할을 마무리했다고 생각할 만했다. 흘러넘치는 중2 감성이 로노베의 것과 별다른 차이가 없을 수도 있다는 생각을 머릿속에서 치워 버린 채 와인을 냉큼 목구멍으로 퍼부으니 마치 천국에 온 것 같은 느낌.

이런 작지만 확실한 행복이 좋다. 소소하게 그날의 성과를 자축하며 혼자만의 시간을 보내는 것. 인간이라면 싫어할 리가 없다.

'이런 시간이 있으니까, 더 빡세게 일할 수 있는 거 아니겠어.'

사실 기왕이면 평생 쉬는 게 가장 좋기는 하다.

조금 더 편하게 있고 싶어 다리를 책상 위로 쭉 뻗은 채로 다시 한번 와인을 들이켰을 때였다. 갑작스레 상황실의 문을 두드리는 소리가 들려온 것은.

낯 뜨거운 동영상을 감상하다 습격당한 청소년처럼 황급히 영상을 끄려고 했건만, 당황한 나머지 되감기를 눌러 버렸다. 듣기 부끄러운 비음이 튀어나오지 않아 다행이라 생각했지만,

타이밍 좋게 흘러나온 영상은 다름 아닌 도노반의 영상.

'아이고…….'

-내가, 내가 고작…… 고작 인간 따위에게……. 미안…… 하다. 내 친우……. 죄송…… 니다. 벨리알…….

'에이, 씨바. 눈 버렸네.'

살짝 당황하기는 했지만 그걸 다 표현할 리 만무.

조심스레 옆을 바라보자 이쪽을 걱정스럽게 바라보는 리무르아의 얼굴이 시야에 비쳤다.

-죄, 죄송합니다. 이기영 외부 고문님. 제가 너무 갑작스럽게…….

"아, 아닙니다."

뭔가 단단히 오해하고 있는 것 같은 얼굴.

-외부 고문님의 잘못이 아닙니다.

"네? 아…… 네."

상황을 파악하는 것은 순식간이었다.

-너무 그렇게 신경 쓰실 필요 없습니다. 절대로 외부 고문님이 잘못하신 게 아닙니다. 도노반 그 멍청한 놈이 오히려…….

"……."

-이기영 님…….

“죄송할 따름입니다. 이런 사고가 터질 거라고는 생각하지 못했었는데, 도노반 님이 안타깝게 돌아가신 건…… 어디까지나 제 부주의였습니다. 다른 분들이 얼마나 실망하셨을지…….”

-아니, 그렇게 생각하지 않으셔도 됩니다. 이기영 외부 고문님께서 그렇게까지 깊게 생각하실 일이 아니에요. 예상할 수 없던 상황이었습니다. 어처구니없고 멍청한 사고였습니다.

“하지만…….”

-애초 시나리오를 무시한 채 17거점으로 달려간 것은 그자의 잘못입니다. 심지어 역소환을 할 기회가 있었음에도 완전 강림을 시도하다니……. 단순히 멍청하다는 말로는 부족합니다. 그런 멍청한 놈 때문에 이기영 님께서 마음고생하실 필요는 없습니다.

‘나도 알고 있다, 리무르아야. 내가 무슨 잘못이 있겠니. 무슨 잘못이 있겠어. 나는 잘못 없다. 이게 다 전부 다 도노반 잘못이죠. 네, 그렇습죠.’

사실 내 반응과는 별개로 악마들은 도노반의 죽음에 크게 연연하지 않았다. 어느 쪽이냐고 묻는다면 오히려 멍청한 놈이라거나 부끄러워하는 쪽.

27군단의 다른 만인장 입장에서는 당연하게 비칠 수도 있는 이야기이리라. 이를테면 연극의 배역에 너무나도 몰입한 나머지 돼진 거나 다름이 없는 상황이다.

심지어 시나리오도 무시한 채로 단독 행동을 펼치다 인간에게 몸이 반으로 갈라져 돌아가셨단다. 역소환이라는 방법을 선택할 수 있었는데도 실적을 몸에 때려 박은 이후 쓰러진 걸 떠올리면 더욱더 바보 같다고 생각할 수밖에 없었다. 숭고한 죽음이나 명예로운 죽음과는 거리가 먼 죽음.

27군단이 72군단에 합류하기 전부터 군단을 지켜온 전사 도노반의 죽음은 웃음이 나올 정도로 형편없었다. 오죽했으면 도노반 만인장에 소속된 상급 악마들 역시 그의 죽음을 애도하지 않을 정도겠는가. 군단 내 온건파들에게 힘이 더 실렸다는 건 굳이 언급할 필요도 없는 이야기였다.

마지막까지 친우를 생각하는 녀석의 마음씨 자체는 안타깝기는 했지만, 동정심 따위가 생길 리 만무한 상황이다. 악마 역사상 가장 바보처럼 죽은 녀석을 꼽는다면 단연 1위에 꽂힐 수도 있을 정도의 위엄.

자신의 소원대로 이름을 날리기는 했으니 어떻게 보면 내가 녀석의 소원을 이루어준 셈이다. 조금 방법이 다르기야 했지만 도노반 녀석도 저승에서 내심 만족하고 있지 않을까? 머릿속에서는 자꾸만 뿌듯함이 느껴지는 와중에도 얼굴에서는 악어의 눈물이 흐르기 시작했다.

"후우, 좋은 분이셨는데……. 도노반 님은 말입니다."

-네…….

“저에게 새로운 지옥을 만들고 싶다고, 모두가 만족할 만한 장소를 만들겠다고 그렇게 말씀하셨습니다. 27군단을 위해서는 죽을 수도 있다고 그렇게 말씀하셨습니다.”

-외부 고문님…….

“죄송합니다, 리무르아 님. 잠깐 혼자 있어도 되겠습니까?”

-네, 물론이고말고요.

“아, 혹시 여기 오신 이유는…….”

-아뇨, 급한 일은 아니에요. 다만 앞으로의 일을 어떻게 처리하실지 궁금해서, 개인적인 이유 때문이었습니다. 그보다는 너무 심려치 마세요. 진심으로 드리는 말씀입니다. 이번 일에 대해 불만을 품은 이들은 아무도 없어요. 정말입니다.

“네, 그렇게 말씀해 주셔서 정말로 감사합니다. 그리고 이후 일정에 대해서는 최대한 빠르게 연락드릴 수 있도록 하겠습니다.”

-아, 네. 괜히 신경 쓰이게 해서 죄송합니다.

“아니요. 오히려 제가 더 죄송합니다.”

촉수르아가 잠깐 고개를 숙여 뺨에 살짝 키스해 준 이후, 슬쩍 고개를 숙인다. 아마 그녀 나름대로 위로의 표현이었을 테지.

뭐가 됐든 상관은 없지만, 이쪽은 다시 한번 혼자만의 시간을 보낼 수 있어 다행이라 할 만했다. 즐겁게 시간을 보내는 건 보내는 거고, 이번 일에 대해 개인적으로 정리해 볼 시간도 필요하기는 했으니까. 마침 리무르아가 딱 적당한 타이밍에 치고 들어와 줬다고 봐도 무방했다.

'사실 내가 뭐 어떻게 할 수 있는 상황은 아니긴 한데……'

상황에 대한 전체적인 그림을 그리고는 있었지만, 선제권을 가진 건 어디까지나 인류 측이다. 이제 막 반격의 불씨를 피워 올리고 있었으니, 조만간 쳐들어올 것이라는 건 부정할 수 없는 사실. 아마 최종장을 아름답게 마무리하기 위해 여러 가지 계획을 머릿속에 그리고 있을지도 모른다. 물론 하루 정도는…… 분위기를 환기할 시간도 필요할 거고.

리무르아가 따라준 와인을 홀짝거리며 화면을 돌리자 확실히 좋은 분위기에 둘러싸인 대륙 연합의 본대의 모습을 시야에 담을 수 있었다.

-위하여! 위하여! 승리의 노래를 불러라. 나가자, 내 친우들과 전우들이여. 희생은 있었지만, 그들의 희생은 우리의 가슴속에 평생 기억될 것이라네. 위하여! 위하여! 우리들의 승리를 위하여!

승리의 노래를 부르는 드워프들부터.

-잔을 들어라. 승리의 축배를 올리자. 희생자들을 기리고.

작지만 커다란 승리에 감사하자.

경건한 분위기에서 승리의 축배를 드는 인간들까지.

분위기가 너무 풀어졌다는 생각은 들지 않았다. 딱 적당한 선에서 승리를 자축하고 있는 모습은 오히려 침체된 분위기에 활력을 불어넣어 주는 것처럼 느껴졌으니까.

어찌 됐건 간에 저런 종류의 시간은 꼭 필요하다. 지금 당장 다시 달려들기에는 인류가 얻은 상처가 너무 크기도 하고……. 체력적으로도 심적으로도 병력 전체가 너무나도 지쳐 있다. 아마 지휘부로서도 이번 자리는 어쩔 수 없는 선택이었다고 생각할 것이다. 당장 나였어도 비슷한 선택을 했을 거고…….

가까이서 볼 수 없는 게 흠이기는 했지만, 조금 멀리서 보기에도 흥분하고 있는 게 느껴질 정도였다.

물론 그중에서도 가장 눈에 띄는 것은 김현성을 칭송하는 이들이다.

'그래 감사해야지.'

-감사합니다. 정말로…… 감사합니다.

-인류의 새로운 영웅을 위하여. 앞으로 있을 모든 전투를 위하여.

'분위기 좋네. 진짜.'

-빛의 검을 위하여! 빛의 검을 위하여어!!

'별명 한번 좋다. 크으, 빛의 검이란다, 빛의 검! 딱 어울리네. 딱 어울려. 현성아, 들리냐.'

-노을빛의 희망을 위해 노래를 불러라!

'노을빛의 희망. 필살기가 강렬하기는 했지. 아암…….'

-노을빛의 검사를 위하여!

'아이고야. 좋다.'

완전히 무너졌던 인류의 첫 번째 승리. 모든 희망의 등불이 꺼졌다고 생각했을 때, 사천왕을 단신으로 쓰러뜨린 인류의 영웅이 등장했다. 인류 측에서 저런 반응을 보이며 설레발을 치는 것도 무리가 아니리라.

'그래, 이런 게 한 번쯤 등장할 만했다니까.'

사실 그동안 김현성의 임팩트가 약하기는 했다. 여러 가지 사건을 통해 조금씩 조금씩 인지도를 올리고는 있었지만, 아무래도 강력한 한 방이 없었다는 건 부정할 수 없는 사실.

오죽하면 내가 왜 김현성 밑에 있는지 모르겠다는 소리까지 나왔겠는가. 김현성은 바지 사장일 뿐이고, 파란의 실질적인 주인은 이기영이라는 큰일 날 소리를 떠드는 것들까지 있었다는 걸 생각해 보면 현재 상황을 응원할 수밖에 없었다.

본래 세상은 어려울 때일수록 영웅을 바라는 법이지 않겠는가. 김현성은 그 영웅의 조건에 완벽하게 부합했고, 인류를 다시 하나로 뭉치게 하는 매개체로서 커다란 역할을 하는 중이다.

그동안 인류의 희망으로서 고군분투했던 것도 마음에 들지 않았었는데, 적당한 타이밍에 김현성이 치고 들어와 줬다고 봐도 될 것 같았다.

내가 지던 짐의 반쪽을 김현성에게 떠넘긴 상황이었지만, 아이러니하게도 화면에 비치는 김현성의 표정은 짐을 버린 것처럼 보였다. 물론 거리가 멀어 자세히 보이지는 않고 있었지만, 더 이상 초조해하지 않는 것 같은 느낌. 한층 더 홀가분해진 얼굴은 녀석의 현재 심리를 설명해 주고 있는 것만 같았다.

당장 이쪽이 악마 측에 붙어 있으니 마음이 편치만은 않겠지만, 녀석이 저런 표정을 지을 수 있는 이유는 아마…….

'믿고 있겠습니다.'

이쪽이 버텨줄 거라고 믿고 있는 거겠지, 뭐.

다른 이들의 표정도 별반 다르지 않았다. 김현성이 뭐라고 말하는지는 잘 들리지 않았지만, 몰려 있는 이들의 얼굴을 보니 대충 뭐라고 하는지 예상이 간다. 물론 박덕구의 커다란 목소리가 가장 도움이 되고 있었고.

-그러니까 혀…… 형씨 말은 아직도 우리 형님이 싸우고 있다, 이 말이요?

아마도 내가 자신을 찾아왔을 때의 이야기를 하는 것이리라.

-형님이 형씨를 찾아왔다는 거요? 그러니까 형님이 형씨 가슴을 두드리고, 믿겠다고 말했다는 거 아니요?!

굉장히 쓸데없는 부분까지 말하고 있는 것 같았다.

-아니, 그러니까. 둘이 같이 노을빛을 봤다, 그 말이요?

무척 디테일한 부분까지.

-형씨가 그 악마를 싸울 때 사용한 기술이 형님의 선물이라,

이거요?

본대 전체가 들을 수 있는 목소리로 커다랗게 소리치고 있었다.

'이 새끼, 진짜…….'

이유는 모르겠지만, 여성 모험가들이 녀석의 주변에 몰려드는 것이 시야에 비쳤다. 심지어 이상할 정도로 사기가 상승한 것 같은 느낌. 무슨 수를 써서라도 이기영 명예추기경을 구해내고야 말겠다는 열망은 그 집단을 중심으로 사방으로 퍼져나가기 시작했다.

-외부 고문님, 4거점 철수 완료했어요.

"아이고, 고생하셨습니다."

-7거점도 철수 완료했습니다. 하하하.

"그동안 정말로 수고 많으셨습니다."

-저희가 무슨 수고를 했겠습니까. 전부 다 이기영 외부 고문님 덕분이 아닙니까. 사실 대륙에서는 인지도가 없어 하급 잡마와 같은 취급을 받고 있었는데, 이번 기회에 인간들에게 강한 인상을 남긴 것은 물론이거니와 괜찮은 실적까지 얻을 수 있었습니다. 제가 평생에 걸쳐 모은 실적보다 이번에 터뜨린 실적이 더 많다는 생각마저 들 정도니. 이렇게 지옥으로 돌아

가기 전에 뭐라도 남길 수 있어 정말로 다행인 것 같습니다.

"하하하……."

-그렇게 도와주신 게 외부 고문님이고요.

"그렇게까지 띄워주시니 이거 부끄럽습니다."

-약소합니다만, 이건…….

"아."

-제 마음이라 생각하시고 받아주셨으면 좋겠습니다.

"아니, 이러실 필요 없는데……."

-아니, 제 마음입니다. 하하. 넣어두세요.

"이러시면 안 됩니다. 아, 이런 걸 받으려고 한 일이……."

-에헤이! 외부 고문님 넣어두세요.

"그렇게까지 말씀하신다면……. 큼, 받을 수밖에 없겠지요. 감사합니다."

입꼬리가 슬슬 올라갈 수밖에 없는 상황.

쌓여 있는 재화도 재화였지만, 사실 돌아가는 상황 자체가 더 즐겁다고 생각했다. 연이어 들려오는 승전 소식에 미소가 지어질 정도였으니 다른 표현이 필요할 리 없다. 오늘만 해도 4거점과 7거점을 시나리오대로 철수하는 것에 성공했다. 어제는 13거점과 19거점이 안정적으로 철수했고, 성공적으로 프로젝트가 마무리됐다는 말이 연이어 들려오는 상황. 덩실덩실 춤이라고 싶은 심정이었다.

'확실히. 가장 큰 적은 내부에 있는 멍청한 아군이라는 옛말이 틀린 게 하나 없어…….'

도노반이 죽고 강경파 놈들의 기가 꺾인 이후, 프로젝트 자체가 굉장히 성공적으로 풀리기 시작한 것이다. 마치 핸들이 고장 난 8톤 트럭처럼 성공적인 돌진을 하고 있는 군단의 기세는 내가 보기에도 놀라울 정도. 현 프로젝트는 확실하게 하나의 목표를 향해 달려가고 있었다.

비록 짧은 시간이기는 했지만, 그동안 이 세상의 위기가 몇 번이나 지나갔는지 모른다. 내가 봐도 눈에 띄는 몇몇 악마들은 인간들도 놀랄 만한 연기력을 선보였고, '27군단은 다시 돌아올 것이다'라는 시그니처 대사 역시 인간들의 기억 속에 점점 더 확실히 틀어박히고 있었다.

인류로서는 성공적인 전투라고 느껴졌겠지만, 도노반 이후 악마 측에서는 묵직한 사망자가 나오지 않는 상황이다.

사실상 사망자가 나올 리가 없다. 시나리오대로 퇴장하거나 역소환을 선택하면 죽을 가능성은 무척 희박했으니까. 악마들은 그저 인류를 위협할 만한 커다란 인상을 남긴 채 시나리오를 진행하면 그것으로 끝이다. 죽을 일도 없고 즐거운 시간을 보내며 인지도도 끌어올릴 수 있다.

인류의 입장에서는 승리가 맞지만 여러 가지로 불안할 수밖에 없는 것이 사실. 본인들을 완전히 궁지로 몰아넣은 악마들이 죽지 않고 살아 있다는 걸 머릿속에 가지고 살아가게 될 테니까. 마음 약한 놈들은 어쩌면 전쟁 후유증을 겪게 될지도 모른다.

가장 덩치가 큰 본대뿐만이 아니다. 커다란 연방 전체에서 동시다발적으로 움직이고 있는 수많은 군대. 또 현 상황을 마력 홀로그램으로 지켜보고 있는 인류. 하루에도 절망과 희망을 반복적으로 느끼다 보니 실적이 쌓이는 것은 무척 당연한 순서였다.

27군단 전체의 인지도까지 폭발적으로 증가하다 보니 지휘부에 있는 악마들까지 웃음꽃을 피우게 되었다. 다시 한번 입가에 미소를 띤 채 입을 벌리는 악마들의 모습이 시야에 비쳤다.

-인간들이 기뻐하면서도 불안해하는 모습을 보는 게 얼마나 기분이 좋던지. 제가 어째서 벨리알 님을 따르려고 했는지, 다시 한번 떠올려 보게 되는 순간이기도 했습니다. 외부 고문님.

"하하하, 사실은 만족스럽지 않으실까 불안했는데 그렇게 느끼고 계시다니 정말로 다행입니다."

-실적이 말해주고 있지 않습니까. 지옥으로 돌아가 제대로 정산을 받는다면 이제는 27군단이 아니라 20군단, 아니, 19군단이라고 불러도 부족함이 없을 겁니다.

"그렇게까지……."

-이기영 님이 일으키신 반향이 어느 정도일지, 상상하기 힘

드실 겁니다. 지옥에 있는 다른 군단의 악마들까지 이번 일을 온건파의 모범 사례로 홍보하고 있을 정도니……. 아직 자리를 찾지 못한 하급 악마와 중급악마들은 2,000년 후에는 꼭 이기영 님의 밑으로 들어가고 싶다 하고 있다더군요. 심지어 10위권 안에 있는 군단장님들 역시 함께 일하고 싶다는 전언을 날려오기도 하고요.

"그건……."

-벨리알 님께서 이기영 외부 고문님을 너무 아끼시니…… 아마 직접 전해 듣지는 못하셨을 겁니다.

"하하하하. 걱정하실 필요 없다고 전해주시면 감사할 것 같습니다. 저야 뭐, 이미 27군단의 사람이 아닙니까. 지옥에 계신 다른 군단장님들의 제의야 감사하지만, 아마 어떤 조건이 나오더라도 27군단 여러분들과 함께 일하는 걸 선택했을 겁니다."

-외부 고문님은 역시…….

"이렇게 즐겁고 유쾌한 분들과 함께 일할 수 있는 게 어디 쉬운 일이랍니까."

-그렇게 생각해 주시니 감사할 따름입니다. 아, 3거점은 조금 어떻습니까.

"오늘 안으로는 무사히 철수할 것 같습니다."

-조금만 지나면 이번 일도 마지막이로군요.

"너무 아쉬워하지 않으셔도 됩니다. 분명히 다시 만날 기회가 있을 테니까요."

-외부 고문……. 마음 같아서는 계속 여기에 있고 싶은 심정입니다.

"저도 여러분들께서 계속 남아주시면 너무나도 감사하겠지만, 여러분도 어서 지옥으로 돌아가야지요. 실적이 쌓이는 것도 좋지만, 이곳은 어디까지나 일터가 아닙니까. 지옥에서 기다리고 있을 처자식과 가족들에게도 이 기쁜 소식을 전해야 하지 않겠습니다."

-…….

"너무 일에만 집중해도 효율이 떨어지는 법입니다. 열심히 일했으니 몇백 년은 푹 쉬어야지요. 다른 차원의 일도 있고요. 2,000년이 다 지나기 전에 다시 한번 소환할 수 있도록 꼭 조치하겠습니다."

-잊지 못할 겁니다, 외부 고문님.

"저도 마찬가지입니다. 하하……."

-그리고 그…… 혹시 작은 부탁을…….

"무엇이든 말씀하셔도 됩니다."

-부끄럽습니다만, 사인을 받고 싶습니다. 혹시 괜찮으시겠습니까?

"제 사인이 뭐가 어떻게 도움이 될지는 모르겠습니다만 우리 릴리미리안 님의 부탁이라면 당연히 들어드릴 수 있습니다.

하하.”

-그렇다면 여기 부탁드립니다.

슬쩍 전방을 바라보자 눈앞에 있는 것은 잘 만들어진 것 같은 고풍스러운 소설책.

‘그러고 보니까…….’

일이 어느 정도 궤도에 올라온 이후에는 간간이 개인 시간을 보내는 녀석들이 보이기는 했다.

물론 그중에서도 가장 눈에 띄는 것들은 저 커다란 책을 읽고 다니는 놈들. 사실 악마들이 독서하는 광경을 보게 될 거라고는 상상하지도 못했지만, 그런 상황을 겪은 게 어디 한두 번인가. 기본적으로는 인간들과 크게 다름이 없다는 걸 생각해 보면 저쪽 동네에도 베스트셀러가 있다고 해도 이상하지 않다.

‘지옥에서 온 베스트셀러라고 생각하니까…… 궁금하기는 하네.’

슬그머니 아래쪽으로 시선을 돌리자 책 제목이 눈에 들어오기 시작. 악마어를 배우기 시작한 게 최근이라 제대로 읽히지는 않았지만, 눈에 보이는 제목은…….

[역병군주와 천재 검사가 사랑하는 법.]

어딘지 모르게 익숙한 타이틀이었다.

'요즘은 뭐 어쩌고 어쩌고가 사랑하는 법이 유행이야?'

현세나 지옥이나 트렌드는 비슷한 모양이다. 천재 검사 같은 경우야 어디에도 빠지지 않을 정도로 클래식한 소재고…….

악마들이 사랑하는 법이라는 책을 들고 다니는 게 웃기기야 하지만, 저 사랑은 내가 생각하는 사랑이 아닐 가능성이 크다. 역병군주라는 이쪽의 직업명이 들어가 있는 것도 의아하기는 했지만, 애초 직업명을 알고 있는 건 로노베, 리무르아를 비롯한 일부 만인장들뿐이고…… 베스트셀러라는 게 단기간에 완성될 수 있는 게 아니지 않은가. 적당히 우연의 일치라는 생각에 고개를 끄덕이며 펜을 꺼내 들 수밖에 없었다.

"하하하. 비슷한 제목의 책을 현세에서도 본 적 있었습니다. 물론 읽어본 적은 없습니다만, 제목이 비슷하니 조금 신기하군요."

-아, 그…….

"네? 알고 계십니까?"

-천연사를 말씀하시는 겁니까?

"천연사요?"

-천재 검사와 연금술사가 사랑하는 법 말입니다.

'뭐야, 얘 갑자기 왜 이렇게 진지해?'

마음에 들지 않는다는 표정은 가관, 확실히는 알 수 없지만,

저 안에 있는 무언가를 건드린 것처럼 느껴질 정도였다.

-인간들이 쓴 책답게 수준이 낮은 게 눈에 보이더군요. 클리셰를 한번 꼬는 법도 모르는 정석적인 커플링에는 지루함이 다 느껴질 정도였습니다. 필력 자체도 최악이고 쓸데없는 감정 표현에 힘을 들이고 있고요. 전체적으로 너무 심심하다는 느낌이 강했습니다. 씬은 어째서 그렇게 힘이 없는지.

'무슨 씬?'

-천재 검사가 연금술사를 아낀다는 건 이해합니다만, 폭력성과 가학성이 결여된 작품은 기본적으로 인기를 끌 수가 없어요. 한마디로 말해 자극적이지 않다, 이 말입니다. 그 책은 쓰레기입니다.

'무슨 평론가야, 이건…….'

-떡밥만 뿌린 채, 회수하는 것도 너무 느리고요. 심지어 그 떡밥도 흥미롭지 않습니다. 제가 확실하게 단언하건대 역천사와 인간들이 쓴 천연사를 비교하는 것은 이 글을 집필하신 작가님께 너무나도 큰 실례입니다.

"아, 죄송합니다. 저…… 정말로 죄송합니다."

-최근 작가님께서 현세에 있는 인간들에게도 이 책을 전파하고 싶어 번역 작업에 힘쓰시고 있다고 들었습니다. 아마 멍청하고 아둔한 인간들에게도 좋은 공부가 될 겁니다. 이 좋은 소재로 얼마나 자신들이 형편없는 글을 써오고 있었는지 분명

히 깨닫게 될 겁니다. 그 반응을 보고 싶어서라도 다시 현세로 소환되고 싶……. 아, 제가 너무 말이 길었군요. 조금 흥분하기도 했고요. 죄송합니다. 외부 고문님.

"아니요. 괜찮습니다. 무엇 하나에 집중할 수 있다는 건 좋은 일이 아닙니까. 그럼 사인은……."

-아, 타이틀 바로 밑에 해주시면 될 것 같습니다. '사랑하는 릴리마리안에게'라고 써주시면…….

"네, 알겠습니다."

-딸아이 선물이라…… 너무 감사합니다. 이기영 님.

"괜찮습니다. 하하하. 별것도 아닌 부탁이니까요. 그럼 정말로 고생 많으셨습니다. 릴리미리안 님."

-이 은혜는 절대로 잊지 않겠습니다, 외부 고문님. 그럼 이만 들어가 보도록 하겠습니다.

"네. 다시 만날 날, 기다리고 있겠습니다."

-저야말로. 지옥에서도 꼭 모니터링하겠습니다. 부디 성공적으로 잘 마무리하시길 기원하겠습니다.

활짝 미소를 지은 채로 천천히 역소환되는 악마 하나의 모습이 시야에 들어왔다. 갑작스럽게 시작된 평론에 조금 정신이 없어지기는 했지만, 확실하게 마지막 대사는 가슴속에 팍 하고 틀어박힌다.

'성공적으로 잘 마무리해야지……. 그래.'

중간 과정이 아무리 좋아도 제대로 된 매듭을 짓지 못한다면 실패한 거나 다름없다. 천연사든 역천사든 둘 다 읽어보지 않아 뭐라 제대로 된 평가를 할 수는 없었지만, 아마 승리하는 쪽은 마무리를 잘 매듭지은 쪽이 될 것이다.

물론 그건 내 쪽도 크게 다르지 않다. 아무리 실적을 올리고 악마들에게 좋은 평가를 받았다고 한들, 애매하고 힘없는 마무리가 된다면 많은 이들이 흥미를 잃을 가능성이…….

'크겠지.'

대륙과 지옥 모두가 재미있게 볼 수 있는 그림을 그려야 한다는 막중한 책임감이 갑작스레 온몸을 짓누른다.

사실 김현성과 몸을 부딪치는 엔딩은 잠정적으로 포기하고 있었던 상태다. 하지만 이것보다 더 좋은 엔딩은 아무리 생각해도 찾기 어렵다. 죽이 되든 밥이 되든 타락한 둠기영과 빛현성이 대립하는 장면은 작품의 완성도를 위해서도 꼭 필요한 장면이었다.

'제길, 방법을 찾아야겠는데.'

벨리알의 힘을 빌릴 수 있다고 해도 역병군주는 어디까지나 후방에 있는 직군이다.

전방에서 몸을 써줄 만한 이가 필요하다는 생각이 들기는 했지만, 온전히 내 것으로 싸우는 것과 악마와 함께 2:1로 싸우는 것은 또 커다란 차이가 있다. 그다지 멋진 장면이라고는 볼 수 없다는 거다. 소환수 설정으로 마물이라도 써볼까 했지만, 이것 역시 마음에 들지 않기는 마찬가지.

계속해서 머리를 굴리고 있었던 바로 그때였다. 잠깐 잊고 있었던 소환수에 대해 생각이 미친 것.

생각을 정리하는 것은 순식간, 지금 당장 연락이 닿을지는 모르겠지만, 일단은 곧바로 통신 채널을 열 수밖에 없었다.

'저기요?'

[어? 어? 정신이 들어온 겁니까? 당신……. 지금 도대체 어디에서 뭘……. 몸은 조금 괜찮은 겁니까?]

'일단 만나서 이야기하는 게 좋을 것 같습니다. 디아루기아 님.'

흑암룡, 아니, 흑역룡 디아루기아가 꼭 필요한 시점이었다.

148장

린델에서

“당신이라는 인간은 도대체…… 도대체! 어디까지 쓰레기인 겁니까!”

반가운 얼굴을 했던 것도 잠시. 전반적인 상황을 파악하자 디아루기아는 커다란 노호성을 내질렀다.

웃음기를 싹 뺀 진지한 표정에 조금 움츠러들기는 했지만 조금 더 당당해질 필요가 있다고 생각할 수밖에 없었다. 이쪽 역시 대륙의 균형을 유지하기 위해 눈물을 머금고 결단을 내리는 중이지 않은가.

“어허! 이거 아실 만큼 아시는 분이 왜 이러십니까. 어떤 게 정답인지는 디아루기아 님이 제일 잘 알고 있지 않습니까. 이 모든 일이 저를 위해서 진행되기는 했지만, 대륙을 위해서라는 것 역시 절대로 부정할 수 없는 사실입니다."

"아무리 그렇다고 해도 대륙에 악마를 풀어놓는다는 건 정도가 너무 심했습니다. 게다가 그들을 전면에 나서서 돕다니……. 지금 제정신인 겁니까?"

"그렇게 불같이 화내실 사안이 아닙니다. 디아루기아 님. 그럼 어떻게 합니까. 이게 제가 소환한 악마도 아니고, 여기에 있어달라고 부탁한 적도 없습니다. 아니, 애초에 이렇게 악마들이 쏟아져 나온 이유가 어디에 있는지 생각은 해보고 저한테 이러시는지 모르겠습니다."

"궤변으로 합리화하려고 하지 마십시오. 이제는 넌덜머리가 납니다."

"아니, 정말로 합리화 같은 걸 하는 게 아니라니까요. 애초에 베니고어와 엘륜을 비롯한 대륙의 신들이 제정신이라면 제가 여기서 이러고 있었겠습니까. 악마들이 이렇게 쏟아져 나오기 시작한 이유도 어떻게 생각해 보면 그 무능력한 신들 때문인데, 어째서 제가 나쁜 소리를 듣고 있어야 하는지……."

"……."

"제가 지금 도망자 신세에 처한 베니고어를 도와주고 있다는 건 한 번도 생각하지 않으신 모양입니다. 그동안의 사건으로 인해 세이브된 열성적인 기도만으로도 벌써 베니고어가 진 빚의 1/3은 갚았을 겁니다. 어디 그것뿐입니까. 지금 악마들이 이렇게 적당히 하는 게 누구 때문이라고 생각하시고 계시는 겁니까. 진짜…….”

“…….”

“정말로 대륙이 멸망할 수도 있는 상황이었다는 겁니다. 현재 다른 강경파 악마들이 좁은 구멍을 비집고 들어오는 걸 막고 있는 것도 벨리알 님이고 군단 내 강경파들의 세력을 줄인 것도 벨리알 님입니다.”

“아무리 그렇다고는 해도…….”

“조금 더 극단적으로 말하자면 여기 완전히 개판됐을 수도 있었어요. 인간이라는 인간들은 깡그리 죽고, 무능력한 신들이 자리 비운 틈을 타서 악마들이 완전히 대륙을 먹어버릴 수도 있었다는 겁니다.”

“그건…….”

“온건파 악마들에게 실적을, 무능력한 신들에게는 신력을, 대륙의 인간들에게는 최소한의 안전과 강해질 기회를 주고 있는 게 누구인지 알고서 저를 쓰레기로 매도하세요, 좀……. 제가 하는 일은 어디까지나 대륙을 위해서라는 걸 확실히 인지하셔야 합니다, 디아루기아 님.”

“아무리 그, 그렇다고 해도 용서받을 수 없는 짓입니다. 이런 짓은…… 이건 아니에요.”

“그러면 어떻게 합니까. 지금 당장 더러운 악마 놈들에게서 벗어난 다음에 인류와 함께 저항하는 게 옳은 선택이라고 보시는 겁니까? 그럼 지금 당장 같이 나갑시다. 어디 저항다운 저항 한번 해보자고요."

"아니요. 꼭 그런 의미로 말씀드린 게 아닙니다."

"나 참……. 애초에 대륙의 균형을 유지해야 하는 존재가 누군데. 오히려 디아루기아 님을 비롯한 드래곤들이 해야 할 일을 제가 대신해 주고 있는 상황으로 볼 수도 있습니다. 도대체 디아루기아 님은 이번 사건이 터지고 나서 뭘 얼마나 해주셨다고 저를 이렇게 압박하시는지 모르겠습니다. 솔직히 이것보다 합리적인 방법은 없다고 봅니다. 뭐, 뾰족한 수가 있으면 디아루기아 님이 직접 말씀해 주세요. 괜찮다고 생각하면 곧바로 수용해 볼 테니까."

"딱히 방법이 있어서 그런 말씀을 드린 것은 아닙니다. 다만 어디까지나 포괄적인 관점에서 제 의견을 말씀드린 것뿐이라……. 당신이 해준 일에 대해서는 확실히 가, 감사를 표할 수도 있지만, 아무리 생각해도 납득이 되지 않습니다……."

"본래 세상의 균형을 수호하려고 하다 보면 윤리적인 부분이나 다른 관점에 의해 흔들리게 마련입니다. 하지만 그게 어디 대륙의 균형을 유지하는 일보다 중요한 일이랍니까. 과정이 조금 깨끗하지 않더라도 결과 자체는 가장 합리적이지 않습니까. 대륙은 평화로울 겁니다. 똘똘이가 살아갈 세상은 정의롭고 평등하며 균등할 거고……. 큼, 그러니까 너무 여러 가지 따지면서 촬영장 분위기 흐리지 맙시다."

"……."

"자기 자신과 싸운다는 생각으로 들어갑시다. 네?"

"아무리 그래도 여…… 역병 드래곤은 조금…… 조금 그렇……."

"대륙보다 개인적인 체면이 더 중요하다고 말씀하시는 겁니까? 겨우 그 정도 드래곤이었어요?"

"아니, 아닙니다. 그건…… 아니에요."

"그럼 다시 한번 기합 팍 넣고 시작합시다. 우리 똘똘이도 마침 수면기라고 하니 절대로 볼 일은 없을 거예요."

"그렇지만 영상이 남지 않습니까."

"아……."

"아, 알겠습니다. 제대로…… 제대로 촬영할 수 있도록 하겠습니다."

"처절하게 가야 하는 겁니다. 처절하게."

"네……."

나라라도 잃은 것처럼 보이는 디아루기아의 모습이 시야에 비쳤다.

잘 구슬릴 수 있겠다고 예상은 했지만, 생각보다 자연스럽게 넘어온 듯한 느낌. 아마 딱히 반박할 말을 찾을 수 없었기 때문이리라. 모양새가 조금 안 좋기는 했지만, 현재 이쪽이 하는 행동이 가장 효율적으로 대륙을 되돌릴 방법이라는 것에는 그 누구도 이견이 없을 테니까.

그 말 그대로.

'잘하고 있는데, 뭐.'

악마들을 컨트롤하고 있는 것도 나고, 대륙을 강하게 만들고 있는 것도 이쪽이다. 심지어 베니고어에게 신력까지 밀어주고 있으니 어떻게 생각해도 가장 아름다운 상황이라는 거다.

초반에 뒤집을 수 있을 기회가 있기야 했겠지만, 현재로써는 디아루기아조차도 어떻게 할 수 없다는 게 정설. 아마 그녀 역시 이걸 알고 있기에 저 힘든 자리에서 고통스러움에 몸을 떨고 있는 것이리라.

조금 말을 더듬기는 했지만, 연기 자체는 나쁘지 않은 것 같은 느낌. 대륙 전체에 방영되기에 충분했다.

-나, 나는…… 저항할 것이다. 네놈들이 워, 원하는 대로는 절대로…… 절대로…….

-볼만하군. 이미 타락한 모습으로 그런 소리를 지껄이고 있는 꼴이라니. 대륙의 균형을 지켜야 하는 존재가 아니던가. 이제는 대륙의 적이 되어 살아가게 될 것이다. 멍청한 용이여.

-정신을 차리셔야 합니다. 내게…… 서, 선택받은 인간이여.

그들의 꾐에 넘어가서는 안 됩니다. 당신의 친우들이, 당신을 아끼고 당신이 아끼는 이들이 당신을 기다리고 있습니다. 디아루리아가 당신을 기다리고 있어요. 그들에게 지지 마세요. 아직 당신이 안에서 싸우고 있다는 걸 그 누구보다 제가 제일 잘 알고 있습니다. 부디…….

-시끄러운 소리는 여전하구나. 네가 알고 있던 신의 선택을 받은 인간은 이미 죽었다. 지금 이 자리에 있는 것은 그가 아니야. 네가 그를 선택했지만, 이번에는 내가 너를 선택하게 될 것이다. 디아루기아여. 오늘부로 너는 나의 권속으로 다시 태어나리라.

-믿고 있습니다.

-…….

-저는 아직도 당신의 영혼에 한 줌 순수함이 남아 있다는 것을 믿고 있습니다.

-우습군.

-눈을 보면 알 수 있습니다. 당신을 처음 만났을 때…… 보았던…… 그 투…… 명했던 맑…… 은 눈을 보면 알 수 있습니다. 당신은 아직도 싸우고 있는 도중입니다. 분명히요.

-그만. 이제 더 이상 쓸데없는 소리는 듣고 싶지 않다.

천천히 손을 들자 위에서 거대한 어둠의 기운이 디아루기아를 집어삼키기 시작했다.

물론 단순한 연출이었다. 하지만 그 효과가 제법 볼만하다. 광택으로 빛나던 검은색 비늘은 칙칙하고 썩은 듯한 색으로 변하기 시작했고 총기 넘치던 눈동자는 그 빛을 잃는다.

그녀의 상징이라고 불리던 거대한 한 쌍의 뿔은 또 어떠한가. 녹슬어 버린 쇳덩이처럼 변한 것은 물론이거니와 금방이라도 썩어버릴 것 같은 구역질 나는 기운이 담겨 있다.

심지어 입에서는 검녹색의 체액이 뚝뚝 떨어지는 모습. 누가 봐도 역병 드래곤처럼 보이는 외관이라 할 만했다. 다른 것보다도 일단 비주얼적으로 충격적이라 저도 모르게 박수를 보내게 되는 상황.

-그워어어어어어어어어!!!

"컷. 키야…… 디아루기아 님, 이거 뜻밖에 재능이 있으신 것 같습니다. 하하하. 이 정도로 잘해주실 줄은 상상하지도 못했는데."

-이…… 정도면 된 겁니까?

"네. 만약에 더 찍고 싶으시다면 더 찍으셔도 되고요. 사실 저도 충분히 만족스럽기는 했지만, 누가 알겠습니까. 이다음에 더 좋은 신이 나오게 될지."

-아니요. 마, 만족하신다면 이대로…… 마무리, 마무리하는

게 좋을 것 같습니다.

순식간에 인간으로 돌아온 이후에는 예의 그 나라 잃은 표정을 장착하기 시작했다. 상황에 불만이 있는 것 같지는 않았지만, 자기 자신에게 자괴감을 느끼고 있는 것처럼 보였다.

다른 사람이라면 몰라도 그녀라면 그럴 만했다. 애초에 이런 일을 하기에 알맞은 성격은 아니었으니까. 심지어 살아 있는지 죽어 있는지 모를 동족들이 자신의 모습을 볼 수도 있을 거라고 걱정하는 것 같다.

뭔가 소중한 걸 잃은 것처럼 보이는 얼굴에 괜스레 침을 삼킬 수밖에 없었다.

'계속 저런 모습이면 어떻게 써먹으라고…….'

사실 역병 드래곤의 모습과 어울리는 모습이기는 했지만, 며칠 후에는 김현성과 부딪쳐야 한다는 걸 생각하면 이런 분위기는 좋지 않다. 전위가 튼튼해야 후위도 뭘 할 수 있을 것이 아닌가.

"그럼 이제 슬슬 에베리아 왕국에 있는 벨리알의 기운을 거두라고 해주세요. 더 이상 가까이 다가간다면 세계수가 다시 한 번 위험에 처하게 될 가능성이 큽니다. 당신 말대로 대륙의 균형을 유지해야 하는 저로서는 이 이상은 두고 볼 수가 없어요."

"아……. 그쪽은 좀……."

"또 뭐, 거창한 이유가 있는 겁니까?"

"아니요. 뭐, 딱히 그런 이유가 있는 건 아닙니다만. 아무래도 조금 엎치락뒤치락하는 게 자연스럽지 않습니까. 아무리 현재의 인류가 희망의 등불을 켜고 달려오고 있다고는 하지만, 최근에 털린 거점만 해도 18개입니다. 뭔가 이상하지 않다는 걸 느끼게 하기 위해서라도 그쪽에 병력을 집중시키는 건 어쩔 수 없는 선택이에요."

"그 말씀은……."

"악마들이 노리는 장소는 세계수가 있는 엘프의 땅 에베리아. 덕분에 연방 쪽에 있는 병력의 질이 상대적으로 약해졌다는 설정이 추가로 들어가야 한다는 겁니다. 그래야 거점을 빼앗기고 철수한 악마들도 조금은 체면이 서지요."

"정말로 그 이유 때문입니까?"

"지분이 높은 이유이기는 합니다. 일차적으로는 긴장감을 계속해서 유지하기 위한 방법이고요. 당하기만 한다면 누가 악마를 두려워하겠습니까. 갈 땐 가더라도 대륙에 커다란 상처 하나는 남겨야 하지 않겠어요?"

"그…… 래서 정말로 세계수에 해를 끼치겠다는 겁니까?"

"아무리 제가 쓰레기라도 그건 좀……. 무슨 사탄 같은 생각을 하는 겁니까? 정말 끔찍한 생각을 하시고 계시네요, 진짜."

"……."

"상처를 입어야 하는 곳은 린델이에요."

"린델……."

"네. 아마 이지혜라면 대충은 예상하고 있을 겁니다. 물론 정보가 적어 확신할 수 있는 상황은 아니겠지만 27군단이 아직 철수하지 않은 거점들을 잘 보시면……."

"뭐가 어떻다는 건지 잘 모르겠습니다."

"다시 한번 잘 보세요. 지금 대륙의 본대가 유지하고 있는 거점. 그러니까 19거점과 21거점, 마지막으로 32거점을 27군단이 다시 빼앗는다고 가정해 보면……."

"린델로 가는 길이 열리는군요."

"인류 측에서도 현재 거점을 전부 유지하고 있기는 힘든 상황입니다. 27군단이 에베리아 쪽으로 접근하고 있다는 걸 알고 있으니까요. 필연적으로 전선을 유지하고 있는 병력을 뒤로 뺄 수밖에 없을 테니…… 그사이에……."

"거점을 확보하고 곧바로 린델로 들어갈 생각이로군요."

"네. 최종장은 그쪽에서 마무리될 겁니다."

"그렇다면 시기는……."

"지금부터. 소수의 병력을 제외한 후, 27군단의 전 병력은 린델로 향합니다."

"이건…… 린델이에요. 어떻게 생각해도 그렇게밖에 결론이 나질 않네요."

"그렇지만 이지혜 님. 지금 병력을 뒤로 뺀다는 건 위험 부담이 너무 높은……."

"어쩔 수 없는 선택이에요. 저 역시 지금까지 얻은 포인트를 전부 날리고 싶지는 않지만, 저쪽에서 저렇게 나오니 응할 수밖에 없어요. 정말로 무의식이 남아 있기는 한 모양이네요. 이런 상황에서 굳이 강수를 두는 걸 보면. 확실히 파란 부길드 마스터님의 작품이라 할 만해요."

"……."

"전 병력 철수합니다. 죄송하지만 다른 의견은 받지 않겠어요. 각 거점의 지휘관들에게 지금 바로 전파해 주셨으면 합니다. 추가로 현재 린델과 그 주변에 있는 모든 소도시에 완전 피난령을 내리는 게 좋을 것 같습니다. 개미 새끼 한 마리 없게 도시를 싹 비우도록 조치해 주세요. 오늘 안으로. 린델 같은 경우에는 다섯 시간."

"하지만 다른 분들의 의견을 들어봐야 하지 않을지……. 현재 전선에 계신 야전 지휘관들은 조금 생각이 다를 수도 있지 않겠습니까. 아무래도 에베리아 쪽이……."

"지금껏 만들어놓은 분위기를 전부 무위로 돌리는 것이 아닌지 걱정스럽습니다."

"여러분의 생각도 이해는 갑니다만, 여기저기서 탁상공론하며 시간을 보내기에는 상황이 너무 급박합니다. 에베리아에 주둔한 병력으로서는 지금까지 얻은 거점들을 잃는 게 불안하겠지만, 현재 저들에게 필요한 것은 전선을 유지하는 거점이 아닙니다. 린델을 목표로 한 건 저들로서도 어쩔 수 없는 선택이라고 보는 게 맞을 거예요."

"그게 무슨 말씀이신지……."

"저들이 현재 어떤 식으로 소환 유지에 필요한 마력을 얻고 있는지를 생각하면 금방 답이 나올 겁니다."

"아!"

"네. 소환 유지에 필요한 인간들이 부족한 시점이라고 판단하시면 될 거예요. 에베리아에 있는 세계수는 아마 린델을 습격한다는 걸 숨기기 위한 수단에 불과할 거고……. 악마들의 목적은 어디까지나 현세에 더 오래 체류하는 겁니다. 대륙의 중심에 있는 교국, 그 중심에 있는 린델을 교두보로 삼을 수 있다면 완전히 대륙을 잡을 수 있다고 생각하는 거겠죠."

"그렇다면……."

"아마도 마지막 전투가 될 겁니다. 이번 싸움에서 이기느냐, 지느냐가 대륙의 운명을 판가름 지을 갈림길이 될 거예요. 이해하셨다면 정확히 한 시간 뒤에 다시 모이겠습니다. 그전까지 각 거점의 지휘팀 및 전략팀에게 전달 사항 전달해 주시고, 다시 모여서 이후에 시작될 린델 전투에 대해 회의하도록 하겠습니다."

"네, 알겠습니다. 이지혜 님."

"긴 회의가 될 거예요. 다들 감사합니다."

"저희가 드리고 싶은 말씀입니다."

"후우……."

탁 하는 소리와 함께 전략 본부의 팀원들이 썰물처럼 빠져나가는 것이 시야에 비쳤다.

슬그머니 고개를 돌려 창문을 바라보자 눈앞에 보이는 것은 칙칙한 어둠. 저 이상 현상을 보며 온갖 생각을 다 했던 것이 무려 며칠 전이다.

하지만 상황이 어떻게 돌아가고 있는지 파악한 이후에는 조금 마음을 놓을 수밖에 없었다. 아니, 심지어 지금은 속에서 알 수 없는 열이 튀어나오고 있는 상황이다. 사건이 터진 초기, 당황스러워 눈물을 터뜨린 걸 생각하면, 그 누구라도 화낼 수밖에 없을 것이다.

'이 쓰레기 같은 인간.'

사실 설마설마하기는 했다. 이 쓰레기 같은 인간이 연방민의 피난을 돕다가 악마들에게 납치당했다는 사실 자체가 이해가 가지 않았으니까. 그 누구보다도 제 몸을 챙기는 바퀴벌레 같은 놈이 제 발로 그쪽 근처를 배회한 것도 신경 쓰인다.

분명 자신은 모르는 사정이 있을 거로 생각했지만, 사람이라는 게 어디 이성적으로만 생각할 수 있는 동물이던가. 마음속, 한구석에 있는 불안감이 쿵쾅쿵쾅 울리기 시작했고, 그 불안감을 애써 지우려 잠까지 참아가며 필사적으로 매달려 왔다.

이상하다는 생각이 들기 시작한 것은 파란의 길드마스터 김현성이 각성한 직후. 조금 더 정확히 말하자면 김현성이 꿈에 관한 이야기를 한 이후였다.

'진짜, 이렇게 쓰레기 같은 놈이 또 있을까.'

어떤 이유가 있었는지는 알 수 없다. 어째서 이기영, 이 쓰레기 같은 인간이 악마들과 함께 어울리게 됐는지는 여전히 오리무중이다.

하지만 한 가지 확실한 것은 둠기영이 노리는 것이 인류의 멸망은 아니라는 것. 당장 이번 일로 얻을 수 있는 게 무척 많지 않은가.

사건이 터지기 전에 가장 핫한 주제였던 인류의 성장부터, 대륙을 정상으로 돌리기 위한 신앙, 심지어는 김현성의 각성까지. 대부분 인간은 모르고 있는 사실이었지만, 하나하나 따지고 들여다보면 그에게 손해라고 할 수 있는 일이 전무했다.

'오히려 이득을 봤으면 이득을 봤겠지.'

아마 악마 쪽에 붙어 신나게 와인을 마시고 있지 않을까. 어째서 상황을 조금 더 냉정하게 보지 못했는지…… 예전의 자신에게 되묻고 싶은 심정이었다.

'연락 정도는 해줄 수 있는 거 아니야?'

물론 그중에서도 가장 열이 뻗치는 건 자신에게까지 이 모든 일을 비밀로 했다는 것. 심지어 김현성의 꿈에 나타났다는 이야기를 들었을 때는 당황스러워 입이 다 벌어질 정도였다.

아마 차희라, 엘레나, 카스가노 유노 같은 이들 역시 자신과 비슷한 감정을 느끼고 있으리라. 수많은 여자를 뒤로하고 기껏 처음 만나러 간 사람이 김현성이란다. 황당함을 넘어 분노를 느끼는 것 역시 무리가 아니다.

그래도 다른 년들의 꿈에 나타난 것보다는 조금 더 낫다고 자위하기도 했지만, 김현성의 반응을 보자니 상황 자체가 마음에 들지 않는다.

'아마…… 지금도 싸우고 있을 겁니다. 믿는다고…… 자신도 버티고 있겠다고, 분명히 그렇게 말씀하셨습니다.'

"시발."

'아…… 그 기술 말씀이시군요. 정확히 어떻게 깨달았는지는 잘 기억이 나지 않습니다만, 기영 씨가 주신 선물이라고 생각하고 있습니다. 아니, 분명히 기영 씨가 준 선물일 겁니다. 지금으로는

부족하다고 생각하고 있었던 거겠죠.'

"이기영 개새끼."

'어떻게…… 인지는 사실 저도 모르겠습니다. 어떤 방식으로 제게 찾아왔는지도 잘 모르겠고요. 아마 제가 무너져 가고 있다는 사실을 알아주셨을 거로 생각합니다. 실제로 기영 씨가 찾아오지 않았더라면…… 저는 아직도 그 무의식 세계를 헤매고 다녔을 겁니다. 분명히…… 눈치채셨던 겁니다. 본인 역시 싸우고 있는 도중에도…… 말입니다.'

"내가 슬픈 건 눈치 못 챘다 이거네. 이기영, 이 쓰레기 같은 놈."

물론 문제는 없다. 본부에서는 정확히 어떤 일이 일어났는지를 물었을 뿐이고, 김현성은 그에 대한 답을 했을 뿐이었으니까. 실제로 그가 무척이나 담백하게 이야기를 풀어냈다는 걸 생각하면 이렇게 열을 낼 필요도 없다.

하지만 본디 인간이란 이런저런 쓸데없는 감정을 느끼게 마련이다. 조용히 미소 짓고 있는 모습은 왠지 이쪽을 비웃는 것처럼 보이고, 목소리 역시 살살 약 올리는 것처럼 느껴진다. 이러니 화가 날 수밖에 없다. 정확히 이야기하자면 그 쓰레기 같은 인간에 대한 원망이었다.

애인이 자신보다 친구를 더 중요시한다는 연애 고민을 들었을 때만 해도 코웃음을 쳤다. 하지만 실제로 이런 일이 닥치니 너무나 황당했다.

'내 꿈에는 안 나타나?'

아마 모두 똑같은 생각을 하고 있을 거다. 본디 질투하는 사람이 추하다는 걸 알고는 있었지만, 괜스레 신경질이 난다. 하지만 그 얼굴을 떠올리자 괜스레 고개가 끄덕여진다.

'취향 참……. 중2병이기는 한데.'

"진짜 섹시해……."

은색의 눈동자와 은발의 머리카락. 가면까지는 취향이 아니었지만, 그것마저 섹시하게 느껴진다. 오죽했으면 저 모습을 버리지 않았으면 좋겠다는 생각마저 했겠는가.

이곳에 와서 고생이라고는 해본 적이 없는 만큼 타지 않은 하얀 피부는 조금 더 창백하게 변했고, 아이덴티티를 잊지 않으려 노력한 악역 연기 또한 일품이었다. 비릿한 미소를 지으며 이제 막 희망을 품으려는 인류를 내려다보는 영상은 개인적으로 소장까지 했다.

최근 공개된 디아루기아 타락 영상은 또 어떠한가. 하찮은 동물을 바라보는 듯한 눈빛과 태도로 멍청한 용을 다루고 있는 장면은 왠지 모르게 온몸을 찌릿찌릿하게 울리는 쾌감 같은 것을 느끼게 했다. 유치한 클리셰라는 건 안다. 언제 적 은발이고, 언제 적 타락 클리셰인지.

무대 안으로 들어가면 비극적인 장면이 따로 없지만, 무대를 벗어나면 욕을 얻어먹을 수밖에 없는 스토리텔링. 이 모든 걸 알고 있는데도 비주얼로 밀어붙이니 여심이 움직이는 것도 무리가 아니다.

'내 남자로는 딱이지.'

내면 역시 마음에 들지만, 외관 역시 완전히 취향에 들어맞는다. 가끔 짜증 나는 구석이 있어도 외모를 떠올리면 용서가 된다.

'이번에도 당해줘야지……. 뭐, 어쩌겠어.'

괜스레 테이블을 툭툭 두드리며 상황을 돌아보고 있을 때였다. 문을 똑똑 두드리는 소리가 들려왔다. 아직 한 시간이 채 지나지 않았다는 사실을 떠올린 것은 당연한 일.

'들어오세요'라는 말을 하기도 전에 활짝 열린 문 사이로 보인 건 조금 당황한 듯한 전령의 얼굴이었다.

"이지혜 님."

"네?"

'무슨 상황인지 예상이 되기는 하는데…….'

"27군단이 점령한 주요 거점들에 자리 잡고 있던 악마들의 수가…… 줄고 있다고 합니다. 각 거점에 있는 지휘관들께서 곧바로 공략하실 수 있을 정도라고…….”

‘역시나.’

“공략은 불가하다고 말씀드렸던 것 같은데……. 다시 가서 전하세요. 거점 공략은 포기한다고, 혹시 적 본대의 움직임은 포착됐나요?”

“정확히는 확인할 수 없었지만 아메라를 벗어나고 있는 악마들이 보인다고 전해 들었습니다.”

‘확실하네.’

예상하던 게 맞았을 때만큼 짜릿한 것은 없다.

조금 불안한 감이 없지 않아 있었지만, 역시나 내 남자는 마지막 무대로 린델을 선택했다.

대륙의 중심이며 교국의 중심, 모험가들이 첫발을 내딛기 시작하는 장소이며 상징. 아마 군이 마지막 장소로 린델을 선택한 이유는 전략적인 목적 외에 다른 부분도 고려하고 있기 때문이리라.

결착을 짓기에는 나쁘지 않은 무대다. 연출에 집착하는 걸 생각해 보면 더욱더 그렇다. 익숙한 장소만큼 아름다운 장면을 만들기에 적절한 장소는 없다.

타락한 둠기영과 그런 그에게 제발 정신을 차리라고 외치는 파란 길드원들. 악마의 힘에 취해 자신의 한계를 뛰어넘은 힘을 선보이는 그와 그에 맞서는 빛의 검사. 구태여 디아루기아를 섭외한 걸 보면 원하는 건 아마 김현성과의 일대일 대결이라 봐도 무방할 것이다.

"나 참……."

"네?"

"아니요, 아무것도 아니에요."

진짜 연출이 어떤 건지 확실히 보여줄 준비가 되어 있다.

조금 부족하게 느껴졌던 지난 연출 따위는 완전히 잊어버릴 수 있을 정도로. 완벽하게 세팅된 무대가 뭔지 제대로 보여주겠다는 열의가 생긴다. 무슨 사정이 있는지는 모르겠지만, 이런 이벤트에 자신을 끼워주지 않았다는 건 자신을 무시하고 있다는 거로밖에 해석되지 않았으니까.

'이번 기회에 다시 한번 돌아보게 해야지, 뭐.'

본래 능력 있는 여자라는 건 어딜 가도 매력적으로 보이는 법이다.

조금 억지스럽더라도 일단은 둠기영과 김현성을 만나게 하는 장소와 장면 자체가 중요했고, 상황을 더 극적으로 만들기 위한 장치 역시 필요했다.

병력의 편성을 머릿속으로 생각하며 둠기영과 빛의 검사를 위한 무대를 떠올리기 시작. 왠지 모르게 약 올리는 것 같이 느껴지던 표정을 떠올리면 이렇게까지 밀어주고 싶지는 않았지만, 결착을 짓기에 이것보다 더 적절한 그림은 없을 것이다.

그렇게 하루, 에베리아를 압박하고 있던 군세가 빠져나가고 있다는 소식이 들려왔고. 이윽고 27군단이 린델로 향하는 것 같다는 정보가 들어오기 시작했다.

'확실하게 찍어놔야겠네.'

저 버전의 이기영이 끝까지 남아 있을지 모르는 만큼 최대한 많은 자료를 확보해야겠다는 쓸데없는 생각과 함께 린델에는 전운이 드리우고 있었다.

"결국, 떠나지 않으셨군요. 바젤 교황님께서는……."

"그렇게 말씀하시는 오스칼 님 역시 자리를 지키고 계시지 않습니까."

"대륙 연합 역시 두려움을 참으며 자리를 지키고 있습니다. 자신만 살겠다, 몸을 내빼는 지도자가 세상천지에 어디 있겠습니까. 저는 죽더라도 교국과 함께 죽겠습니다. 이 자리에 있는 이들과 함께 죽겠어요. 그게 무능력한 지도자로서 할 수 있는 마지막 역할입니다."

조용히 옆을 바라보자 고개를 끄덕이는 바젤 교황의 얼굴이 시야에 들어왔다.

온갖 근심이 있는 얼굴이 저러할까. 교황청 내에서도 유명한 불같은 성정은 더 이상 찾아볼 수가 없었다. 몇 년 사이에 무척이나 늙어버린 것 같은 모습은 지금의 바젤 교황님의 심정을 대변해 주는 듯했다.

아마 단순히 악마들이 쳐들어 왔기 때문이 아닐 것이다. 그 사건이 있었던 이후부터 최근까지 제대로 된 숙면을 하지 못했다는 걸 생각해 보면 이유는 불 보듯 뻔했으니까.

이기영 명예추기경님이 악마에게 붙잡힌 그 순간부터, 대외적인 활동을 제외하고는 기도실에 틀어박혀 나오지 않으셨단다.

그의 심정을 대변하듯 여신상에서는 피눈물이 쏟아져 나왔고 그럴수록 바젤 교황은 더욱더 기도에 몰두했다. 몸이 망가질 정도로 필사적이었다.

"저 역시 마찬가지입니다. 다 늙어 제대로 된 신성 주문 하나를 외우기에도 불안한 몸입니다. 함께 전선에 설 수 없는 것조차 저주스러울 정도인데, 어떻게 살기 위해 교국을 벗어날 수 있겠습니까. 분명히…… 분명히 이겨낼 겁니다."

"포기하지 않으셨군요."

"하하, 사실은 며칠 전에……."

"네."

"며칠 전에 파란 길드마스터에게 연락을 받았습니다."

"파란 길드마스터라면……."

"네. 빛의 검사 말입니다. 믿어달라고, 기도해 달라고 말을 꺼내시더군요."

"아……."

"이기영 명예추기경이 아직 악마들과 싸우고 있다고, 자신에게 찾아와 그렇게 이야기했다고 말입니다. 절대로 포기하지 말고 그에게 힘을 줄 수 있는 기도를 해달라는 내용이었습니다."

"그렇군요."

"부끄러웠습니다, 오스칼 님."

"네?"

"참으로 부끄러웠어요."

"바젤 교황님……."

"제 속마음을 들킨 것 같아 부끄러웠다, 이 말입니다. 이제는 포기하라고, 이제는 틀렸다고, 무너지는 제 마음을 그 젊은 영웅이 눈치챈 것만 같았습니다. 그를 구하지 못하는 베니고어 여신님에 대한 원망을 그 젊은이에게 들킨 것 같았다, 이 말입니다."

"이기영 명예추기경님은 분명히, 분명히 이겨내실 겁니다."

"암요. 당연히 그럴 겁니다. 명예추기경은 반드시 이겨낼 겁니다. 베니고어 여신님께서는 절대로 자신의 종을 버리지 않으실 겁니다. 물론 그전에……."

"앞에 있는 산부터 넘는 것이 먼저겠지요."

"예. 저는 믿습니다. 여신님도, 미래와 대륙을 위해 싸워줄

전사들도, 그 누구보다도 내면에서 고통스러워하고 있을 이기영 명예추기경 역시 믿고 있습니다."

"저도……."

"……."

"저도 같은 심정입니다."

씁쓸한 미소를 애써 삼키고, 조용히 앞을 바라볼 수밖에 없었다.

충분히 몸을 피할 수 있는데도 도망치지 않고 있는 이들이 시야에 비친다. 린델이 점점 어둠에 침식되고 있다는 걸 알고 있음에도 불구하고, 수도의 광장에 모여 기도를 드리는 이들이.

"이번 싸움은 대륙의 명운을 결정짓는 싸움이 될 것입니다."

바젤 교황님의 말 그대로 이 싸움은 대륙의 명운을 결정짓는 싸움이나 다름없다.

전장에 있는 것은 저들이지만, 저들만 싸우는 것은 아니다. 이 자리에서 마지막 결전의 시작을 기다리는 교국민들 역시 충분히 이해하고 있을 것이다.

그렇기에 저들은 이 자리에 서 있다. 아이를 안은 채로 하늘 위를 바라보고 있는 여인, 기도를 드리는 어린 사제님들과 다가오고 있는 어둠을 바라보고 있는 병사들. 손을 잡은 연인과 노부를 모시고 있는 청년. 각자의 자리에서 각자의 역할을 다하고 있다. 대륙이 이 위기를 벗어날 수 있을 거라고, 이번에도 다르지 않을 거라고 믿는 것이 분명하리라.

혼란스러워하는 모습을 보여서는 안 된다는 건 이미 알고 있다. 하지만 계속해서 눈시울이 붉어지는 건 어쩔 수 없었다.

'무사하셔야 합니다, 명예추기경님.'

간절히 손을 모은 것은 당연지사.

'제발…… 제발 부탁드립니다. 베니고어 여신이시여.'

대륙의 무사와 그의 평안을. 그에게 이 시련을 버텨낼 힘을. 언젠가 다시 한번 아리스 시녀님이라 자신을 부르는 목소리를 들을 수 있기를.

그리고. 린델에서 전투를 준비하고 있는 성스러운 군대가 부디 이 커다란 시련을 이겨낼 수 있기를. 기도드릴 수밖에 없었다.

-긴장하지 마라, 제군들이여. 베니고어 여신님께서 우리와 함께하신다. 노을빛의 검사 역시 우리와 함께하고 있다. 우리는 결단코 쓰러지지 않을 것이다. 대륙에 평화를 가져올 그 순간까지, 절대로, 우리가 잃어버린 빛을 포기하지 않을 것이다.

"후우…… 후우……."

쿵. 쿵.

"후우……."

쿵. 쿵.

"괜찮은 건가?"

"네, 괘, 괜찮습니다."

"지원병인가 보군."

"네, 그렇습니다."

"나이가 조금 많아 보이는데……. 아니, 그것보다는…… 필드를 떠난 지 오래됐었군."

"네, 은퇴한 지는 조금 됐습니다. 위로 올라가려고 하면 할수록 한계가 느껴지는 터라……."

"하, 굳이 여기에 있는 이유는 뭔가? 강제 징용은 하지 않았던 것으로 기억하는데, 아니, 그것보다 자네의 몸은 이미 싸울 수 있는 상태가 아니야. 그 어깨…… 후유증을 겪고 있는 게 아닌가?"

"……라이오스 출신입니다."

"그렇군……."

천천히 고개를 끄덕인 병사를 정확히 확인한 이후에야 조금 안심할 수 있었다. 어색하게 창을 쥐고 있는 이 병사가 어째서 이곳으로 향한 건지 알 수 있을 것 같았기 때문이다. 누구나 다 이유는 있겠지만, 아마 이 남자가 여기에 있는 이유는 다른 이들과는 다를 것이다. 그는 라이오스 출신이었으니까.

예상했던 대로 창을 쥔 남자는 천천히 입을 열기 시작했다. 굳이 물어보지 않은 이야기였지만 들어줄 수밖에 없었다.

자신 역시 긴장이 되는 것은 마찬가지다. 눈앞에 악마의 군세를 두고 평정심을 유지할 수 있는 사람이 어디 있겠는가. 그들이 발을 내딛는 소리는 린델에 선 연합군의 심장을 두드리고 있었고, 그들이 몰고 오는 어둠은 본능적인 공포심을 유발하고 있다.

어쩌면 자신은 이 고장 난 병사를 통해 안도감을 느끼고 싶었을지도 모른다. 지금 그가 내뱉으려는 이야기는, 다리가 떨려 제대로 움직일 수 없는 자신에게 커다란 힘이 되어줄 테니까.

천천히 이야기를 꺼내오는 병사의 목소리가 들려왔다. 이미 예상했던 이야기였다.

"명예추기경님께서 아내와 딸을 구해주셨습니다."

"……."

"아마 명예추기경님은 기억하지 못하실 겁니다. 아니, 저라는 인간이 존재하는지도 모르실 겁니다. 그분께 저는…… 목숨을 빚진 수많은 국민 중에 한 사람에 불과했을 테니까요. 하지만 저는 그날 명예추기경님이 보여주신 모습은 절대로 잊을 수 없을 겁니다. 자신의 몸이 완전히 망가질 정도로 신성력을 뽑아내며 72군주가 떨어뜨린 마력에서 저희를 지켜주신 광경은 절대로 잊지 못할 겁니다."

"다시 한번 무기를 들기에 합당한 이유로군. 무섭지는…… 않은 건가."

자기 자신에게 보내는 질문이다.

"무섭기는 합니다. 왜 무섭지 않겠습니까. 하지만…… 지금 제가 이 자리에 있는 게 후회되지는 않습니다."

"용기 있군."

"용기라기보다는 죄책감일 겁니다. 아마 그날 명예추기경님께서 라이오스를 지켜주시기 위해 무리하지 않으셨더라면, 어쩌면 지금 같은 일은 벌어지지 않았을지도 모릅니다."

"이미 지나간 일로 자책할 필요는 없네. 그래서 자네가 이곳에 있는 것이 아닌가."

"하지만……."

"자네뿐만이 아니야. 아마 모두가 같은 생각이겠지. 이 대륙에 살아가는 인간 중에 어디 그분에게 은혜를 입은 이들이 한 둘이겠는가. 자네처럼 커다란 일을 겪은 이들은 물론이거니와 간접적으로 도움을 받은 이들은 셀 수조차 없을 것이네."

"예."

"그분과 함께했던 린델의 3대 길드와 주민들, 대륙에 있는 모든 모험가와 베니고어 여신님을 따르는 신도들까지. 모두가 그분을 구하려고 모여 있네. 그분 역시 싸우고 있는 도중이고……. 노을빛 검사의 꿈에 나타나 대륙을 구원할 힘을 선물했다고 하지 않았나. 나 역시 그의 목소리를 들은 적이 있어."

"네. 저도 분명히…… 들은 적이 있습니다."

"그분 역시 애타게 기다리고 있을 게 분명해. 이곳에 모인 이들을 믿으며, 다른 문제가 생기지 않을 거로 생각하며, 이 전쟁을 간접적으로 지켜보고 있을 게 틀림없겠지. 현장에 나와 있는 우리가 질 수가 있나. 여기에 있는 이들을 믿고, 함께 싸울 이들을 믿게나."

위로의 의미로 어깨를 두드리자 조금은 힘을 받았다는 듯 고개를 끄덕여 오는 얼굴이 시야에 비쳤다. 단순히 저 병사를 위로하려는 목적으로 말을 건넨 것은 아니었던 만큼 조금은 마음이 편해지기 시작했다.

"자네의 마음은 분명히 전해질 것이네."

"분명히 전해질 거요."

"아……."

"분명히, 분명히 전해질 거요. 그러니 걱정하지 않아도 된다니까."

어디에선가 들려온 목소리에 고개를 돌리자 시야에 비친 것은 무척이나 익숙한 인형이었다.

거대한 몸을 전부 가릴 수 있을 것처럼 만들어진 커다란 방패는, 들고 움직이는 것조차 버겁게 느껴질 정도. 하지만 그는 아무렇지도 않게 방패를 들고 천천히 발걸음을 옮기고 있었다.

커다란 손으로 어깨를 두드리는 것이 느껴져 얼굴을 들자 희미한 미소를 띤 얼굴이 눈에 보이기 시작했다.

"그, 그때는 저, 정, 정말 감사했습니다."

아니나 다를까 옆에 있는 지원병이 중얼거리고 있는 모습.

"내가 한 게 아니요. 우리 형님이 한 거지. 나는 그 자리에 운 좋게 있었을 뿐이라니까. 아무튼, 와줘서 고맙수다. 분명히 형님이 기뻐할 거요, 분명히. 목소리도 분명히 닿을 거요, 분명히."

거대한 몸을 가지고 있는 시선이 머물러 있는 곳은 성벽의 바깥.

아니나 다를까 거대한 뿔피리 소리가 들려오기 시작했고, 굉음을 내지르며 발걸음을 내딛는 이형의 괴물들이 시야에 비치기 시작했다.

자연스럽게 표정이 구겨졌다. 조용했던 대지가 울리고 귀를 찌르는 함성이 계속해서 들려고 있었으니까.

하지만 입술을 꽉 깨물 수밖에 없었다. 지금 현재 벌어지려는 이 싸움이 인류에게 얼마나 중요한 건지 잘 알고 있다. 옆에서 창을 쥔 채로 겁먹은 함성을 내지르고 있는 저 지원병처럼 아마 모두가, 아마 뼈저리게 느끼고 있을 것이다. 이 거점을 지킨다는 것은 꺼져가는 대륙의 빛을 지킨다는 것과 진배없는 이야기다. 하지만.

'이길 수 있을까.'

저 이형의 괴물들을 상대로 인류가 버텨낼 수 있을까.

교국의 수호용으로서 교국과 함께했던 성스러운 용은 역병에 온몸이 뒤덮인 모습으로 어두운 하늘을 배회하고 있었고, 베니고어의 상징은 타락한 가면을 쓴 채로 자기 삶의 터전이었던 곳을 적대적으로 바라보고 있었다. 대륙의 빛이 없는 현 상황에서 우리만으로 이 위기를 헤쳐 나갈 수 있을까.

적들이 점점 다가오면 다가올수록 쓸데없는 생각이 점점 머릿속을 잠식하기 시작한다. 굳건할 것 같은 신앙과 믿음은 무너지고 그 위치에 자리한 것은 공포심과 불안감. 다리는 점점 떨려오고 온몸이 땀으로 흠뻑 젖어간다.

종국에는 아무 소리도 들리지 않게 되고 저도 모르게 악에 받치는 소리를 내질렀을 때.

콰아아아아아아아앙!!! 콰아아아아앙!!!

폭발하는 소리가 터져 나오기 시작했다. 마법으로 폭격을 맞은 것이 아니다. 굉음이 들려온 곳은 바로 근처.

"전투 준비! 전투 준비!!!"

조금은 어색한 표정을 한 채 연신 주먹으로 방패를 두드리며 목이 터지라 외치는 모습은 저도 모르게 시선을 빼앗기게 될 정도였다.

"전투 준비!!! 전투 준비이이이!!!"

억지로 분위기를 끌어올리려는 것처럼 보이는 것도 무리가 아니리라. 목이 터지라 전투 준비를 외치는 모습은 여유가 있다기보다는 필사적으로 보였다.

하지만 무기를 쥔 손에는 점점 더 힘이 들어가기 시작했다. 저 영웅이 외치는 목소리는 이상할 정도로 몸 안에 있는 감정을 고양한다.

[전설 등급의 특성 사기의 외침에 영향을 받으셨습니다. 모든 능력치가 일시적으로 대폭 증가합니다.]

"하하하하……."

몸 안에 있는 서린 기운은 이해할 수가 없을 정도. 믿기지 않는다는 듯이 옆을 바라보자 조용히 중얼거리는 그의 모습이 시야에 비쳤다.

"이길 수 있을 거요."

그렇게. 인류의 존망을 건 마지막 싸움이 시작됐다.

'조금 빨리 온 건가.'

"어느 쪽이든 상관없지만, 뭐."

이지혜가 더 빠른 액션을 취하지는 않았을까 기대했지만, 어느 쪽이든 상관없었다. 아직 준비가 안 된 상태로 맞부딪치는 것 역시 그리 나쁜 그림은 아닐 테니까. 어차피 어느 정도는 이쪽에서 조절할 수밖에 없는 상황이 아니던가.

단순히 방어만 하며 기회를 노려도 되는 인간들과는 다르게, 군단 측은 여러 가지로 생각할 문제가 많다. 김현성과 나의 일대일 구도가 그렇게 쉽게 나오는 게 아닌 만큼 전투 초반부터 꾸준히 설계해야 한다. 물론, 인류 측에 너무 커다란 피해가 누적되는 것 역시 최대한 지양해야 했고.

전투 초반, 김현성을 열심히 뛰어다니게 하면서 체력을 소모하게 하고, 이후 만남의 장소에서 감동과 충격의 해후를 나누는 것은 그중에서도 가장 중요한 일.

말은 쉽지만, 행동으로 옮기기는 쉽지 않다. 여러 가지로 불안 요소가 많은 만큼 주의에 또 주의를 기울여야 했다. 나 역시 이게 될까 싶을 정도로 무리한 요소들이 많았으니, 걱정됐던 것도 사실이다.

하지만 린델에 가까워지면 가까워질수록 고개가 끄덕여졌다. 병력의 구성, 병력의 형태, 지원 병력의 위치와 저들이 촘촘하게 짜놓은 진영까지. 마음의 눈으로 바라보자 확실히 보이는 것이 많았다.

'키야, 이래야 우리 지혜 누나지.'

완벽하게 이쪽을 중심으로 맞춰져 있었던 것.

'얘, 알고 있었네. 와, 소름이 돋는다, 진짜.'

과연 1회차 가면 쓰레기와 함께 빌런 투 톱을 유지했던 쓰레기의 눈치. 지혜 누나야 이쪽과 굉장히 성향이 비슷하기도 했고, 함께 만든 작품들도 많았으니 눈치채는 게 꼭 이상한 일은 아니다. 하지만 완벽하게 생각이 맞아떨어졌다는 건 놀라울 수밖에 없는 부분.

나 역시 그녀가 뭘 원하는지 알고 있고, 그녀 역시 내가 뭘 원하고 있는지 알고 있다. 적당히 죽어야 할 놈들을 죽어야 할 장소에 모아서 배치해 놓은 것은 물론, 아군 피해가 누적되지 않도록 조치한 것도 보인다. 이쪽이 조금 더 강하게 병력을 밀어 넣어야 할 곳은 조금 더 단단하게, 뚫어내야 하는 곳은 자동문처럼 열어놓고 있었다.

심지어 이쪽이 죽여야 할 악마를 위한 덫까지 마련되어 있는 모습은 마치 잘 차려놓은 밥상 같은 느낌을 받게 할 정도였다.

'뭘 좋아할지 몰라서. 일단 준비해 놨어요.'

도저히 손을 대지 않고서는 참을 수 없는 식탁을 마련해 놓고 젓가락을 이쪽으로 떠넘기는 상황. 절로 미소가 지어지는 것도 무리가 아니리라.

김현성의 위치 역시 그렇다. 아마 녀석 같은 경우는 지원조로 따로 운영될 것이 분명. 이지혜 본인이 직접 전술 김현성을 운용해 볼 생각이라는 건 불 보듯 뻔했다.

마음의 눈이 없는 만큼 효율은 형편없고, 내려야 할 명령 자체도 굉장히 제한적일 거다. 하지만 내가 있는 쪽으로 녀석을 인도할 수는 있다는 걸 생각해 보면 쾌재를 지르고 싶은 심정. 복잡하게 생각할 게 단 1도 없다는 걸 인식한 순간이기도 했다.

'진짜 설계는 이렇게 해야지.'

나 역시도 놀랄 수밖에 없는 퀄리티. 준비해 놓은 연출도 기대된다. 아팠던 머리가 순식간에 상쾌해지는 기분이었다.

살짝이었지만 미소를 띠는 걸 눈치챘는지, 새로 수행 비서로 선정된 로노베가 이야기를 꺼내는 것이 시야에 비쳤다.

-외부 고문님.

"네, 로노베 님."

-어떻게 하시겠어요? 이곳에서 전선을 유지한 채로 한마디 하시는 게 좋지 않을까요? 선전전이라면…….

"아, 딱히 그럴 필요는 없을 것 같습니다. 평소였다면 여러 가지로 협상 카드를 내세울 수도 있겠지만, 대화 자체가 통하지 않은 간악한 존재라는 설정이 조금 더 먹힐 겁니다."

-역시……. 빨리 보고 싶으신 거군요.

'보고 싶기는 하지. 얼마나 공을 들였는데.'

"네, 그만큼 고대하고, 고대했던 일이니까요. 준비한 시간이 길었던 만큼 제대로 된 마무리를 해야 한다는 압박감도 있습니다. 로노베 님 같은 악마분들을 실망하게 할 수야 있겠습니까. 어서 제대로 된 성과를 낸 이후에 악마 여러분들이 안심하고 지옥으로 돌아갈 수 있게 해드려야지요."

-저희는 이미 충분히 만족하고 있어요. 외부 고문님. 지금까지 외부 고문님이 해주신 일을 생각하면…….

"하하하. 그렇다고 하더라고 더 잘 풀리면 더 좋은 것 아니겠습니까. 다른 악마분들께도 전파해 주세요. 도노반 님 같은 사태가 일어나지 않도록 소환, 역소환에 꼭 유의하시고 따로 드리는 지령은 꼭 완수해 달라고 말입니다."

-아, 네, 알겠습니다. 외부 고문님.

'어우야, 이거 긴장되기는 하네…….'

여러 가지로 미소를 지을 수밖에 없는 상황이었지만, 긴장되는 것은 어쩔 수가 없다. 새로운 대작 게임의 출시를 앞둔 상황에서 누가 이기는지 보자며 SNS에 뻘글을 올렸던 게임사의 심정이 이러할까. 점점 더 심장이 쿵쾅거리고 있다. 심지어 김현성과 함께 분량을 뽑아내야 한다는 생각을 하니 호흡이 가빠지기 시작.

이유야 조금씩 다르겠지만, 현재 이 지역에 자리 잡은 다른 이들도 예외는 아니었다. 27군단의 배우 여러분 역시 긴장한 것은 마찬가지. 이미 충분히 실적을 얻기는 했지만 제대로 된 마무리를 하고 싶다는 건 어딜 가나 만국 공통이 아니던가. 중요한 촬영에 진입하기 직전 대기하고 있는 배우들의 표정이라고 할 만했다.

'그래도 얘네는 조금 사정이 나은 거지, 뭐.'

27군단과 정면으로 몸을 부딪쳐야 하는 인간들 같은 경우는 공포를 넘어 혼란스러워하는 듯한 느낌. 심지어 얼굴이 파랗게 질린 채로 부들부들 떨고 있는 놈들도 보인다. 알 수 없는 신념을 가지고 검을 들고 있는 이들도 눈에 띄지만, 저들 역시 겁먹기는 마찬가지였다.

이래서 전투가 성립될까 생각하던 중이었다. 여기까지 닿을 듯한 커다란 목소리가 들려왔다.

"전투 준비! 전투 준비!!!"

어색한 표정으로 연신 주먹으로 방패를 두드리며, 목이 터지라 외치는 이는 다름 아닌 박덕구.

"전투 준비!!! 전투 준비이이이!!!"

[전설 등급의 특성 사기의 외침의 영향을 받으셨습니다. 능력치가 일시적으로 소폭 하락합니다.]

'키야, 박덕구 이 새끼…….'

동생의 성장에 기분 나빠할 형은 없다. 슬그머니 미소가 지어지는 것은 어쩔 수 없었다.

'그새 성장했네. 그새 성장했어. 돼지 새끼야, 형은 네가 자랑스럽다. 진짜.'

공포심에 짓눌려 바닥을 칠 뻔한 연합의 사기를 끌어올리는 것은 물론 버프까지 챙겨주고 있단다.

이번 일로 성장한 것은 김현성뿐만이 아니다. 1인분도 제대로 하지 못하던 고기 방패는 어느새 타 모험가들을 이끌 수 있을 정도로 성장했다.

다른 이들 역시 마찬가지다. 마음의 눈으로 보기에도 인류 전체의 수준이 전반적으로 성장했다. 파란 길드는 물론이거니와 이름 없는 중소 규모의 클랜들과 교국에 소속된 병사들 역시 고생한 것이 티가 날 정도의 급성장을 이룩해 냈다. 아마 정신적인 부분 역시 성장했으리라.

연합 안에서 사고를 치지 않고 조용히 지내는 정하얀은 물론이거니와 처음부터 심성이 여린 엘레나도 무척 독해진 모습이었다. 날뛰는 것밖에 하는 게 없을 거라고 여겨졌던 차희라는 이성적으로 판단하는 법을 배웠고, 다분히 의존적이었던 카스가노 유노도 손톱만큼의 자립심을 길렀다.

1회차의 마지막과 비교했을 때는 부족한 점이 많을 수도 있겠지만, 현재 인류는 72악마 군단 전력의 일부를 막아낼 수 있을 정도로 강해졌다.

비릿한 미소를 지으며 손을 들어 올렸다. 사기의 외침 영향을 받고 있었던 연합의 장내가 조용해진 것은 바로 그때.

인간들의 함성을 지워 버린 군단이 발걸음을 옮긴다. 군단의 만인장들은 각자의 방법으로 병력의 사기를 끌어올리며, 점점 더 린델에 다가가고 있다.

거대한 함성이 터져 나온 것은 조금 더 린델에 가까워진 이후.

"벌레 같은 놈들."

땅을 울리는 소리와 함께 전 병력이 성벽을 향해 돌진하기 시작했다.

-크워어어어어어어어!!!

-크르르르르륵!!

'얼마나 버틸 수 있으려나.'

린델의 성벽은 약하다. 캐슬락처럼 국경에 자리한 것도 아니었고, 몬스터의 숲이 커다랗지도 않았다.

튜토리얼 던전이 대륙에 자리 잡은 이래로, 수많은 모험가와 교국민들을 수용할 수 있는 부지를 마련하기 위해 너비는 넓어졌지만, 방어력은 감소했다고 보는 것이 맞으리라. 연합 측에서도 성벽에 마력을 주입하며 버티기야 하겠지만, 린델은 애초에 수성전을 하기에 적합한 장소가 아니다.

-성벽에 마력을 더 밀어 넣어! 최대한 오래 버텨야 한다! 뚫려서는 안 돼!

-벌레 같은 인간 놈들이 잘도 설치고 있구나. 이 만인장 발리토스의 도끼를 받아낼 영웅은 어디에 있나. 푸핫! 다진 고기로 만들어주지.

-서쪽 지역에 최대한 빠르게 지원 부대 보내! 빨리! 지금 뚫려서는 안 된다.

-아아아아악!

-크워어어어어어어!!

-베니고어 여신님께서 우리와 함께 싸울 것이다. 빛의 검사가 우리와 함께하고 있다.

'초반부터 격렬하네……. 어우야……'

아마 연합 측에서도 전투가 끝날 때까지 성벽을 유지할 수 있다고 생각하지는 않을 것이다. 어떤 명장이 린델의 수성전을 지휘하더라도 그만한 결과는 이룩해 낼 수 없다. 아마 적당한 시점에서 성벽을 포기하거나 성벽을 무너뜨려 소소한 이들을 취하려고 할 게 분명했다.

서로 그리고 있는 그림은 같을 터. 바로 유례없는 대규모 시가전. 린델 안에서 싸우는 그림을 그리고 있을 거라는 건, 서로 묻지 않아도 알 수밖에 없는 이야기였다.

그렇기에 이 수성전은 중요하다. 본격적인 시가전에 돌입하기 전에 얼마만큼의 병력을 줄일 수 있는지가 달린 싸움. 모든 걸 내던질 정도는 아니지만, 그 정도 각오로 싸워야만 하는 전투라고 할 수 있다.

그 각오를 보여주듯 난장판이 된 전쟁터의 모습은 가관. 끊임없이 밀고, 밀어내야 하는 처절한 싸움은 마치 지옥처럼 느껴질 정도였다.

그중에서도…….

'어우야, 저기는 왜 저렇게…… 진짜 소름 돋을 정도로 열심히 싸우네.'

여성 모험가들과 여성 악마들이 비율이 높아 보이는 장소 한 곳은 그 어떤 지역보다 더욱더 처절해 보였다.

-베니고어시여! 저 더러운 리…… 악마들을 멸하소서!!!

-주제도 모르는 인간들! 주제도 모르는 인간들이!! 너희들이 알고 있는 것만이 세상 전부가 아니다. 이 어리석은 것들!!

-죽어라! 이 악마들아! 너희들과 같은 하늘 아래 있다는 게 수치스럽구나! 절대로 용서하지 마라!! 빛과 정의가 아직 이 자리에 살아 있다는 걸!! 저 악마들에게 보여주어야 한다! 엘룬이시여! 부디 저 악마들을 멸하소서!!!

-이 땅 위에서 사라져야 할 것은 네년들이다! 절대로 밀리지 마라!! 군단의 어둠들아!!

-죽어라! 죽어!!

-아아아아아아악!!!

-마법 캐스팅해! 빨리!!! 신성 마법은 최대한 적들을 태우는 데 사용한다!! 가벼운 상처는 포션으로 응급 처치해!!

'그래도 상처는 치료해야지, 애들아…….'

-역소환은 포기한다. 군단의 어둠들아!!! 몸이 바스러지더라도 죽을 각오를 하고 싸워야 한다!!

'너희 역소환 안 하면 죽어…….'

이유가 뭔지는 알 수 없다. 애초에 저렇게 격렬하게 싸울 거라고는 생각하지 않았던 전장이었으니까.

하지만 돌아가는 꼴을 보니 이 전투에서 메인을 차지해도 되겠다는 생각이 들 정도의 장면을 연출해 내고 있었다. 특수 직업을 얻은 사제라도 있는 모양인지 뭘 자꾸 멸하라고만 하고 있었는데 그때마다 빛이 번쩍이는 중. 정확히 무슨 직업인지 보고 싶었지만, 아쉽게도 다른 전장이 신경 쓰여 제대로 확인해 볼 수가 없었다. 아무래도 메인은 만인장들이 모여 있는 전장이었으니까.

아니나 다를까 여러 곳에서 여러 가지 장면들이 연출되기 시작했다. 발리토스와 리무르아를 비롯한 몇몇 만인장들은 확실히 압도적인 존재감을 보여주고 있었다. 리무르아의 거대한 촉수를 막아내는 마법사들. 인간 고기를 즐기는 악마 발리토스는 거대한 식칼을 들고 묵직하게 전장에 자리 잡고 있었고, 다른 만인장들 역시 각자의 고유 능력을 통해 연합을 압박하고 있는 중이었다.

이쯤 되면 누가 등장할지는 뻔했다. 검 한 자루를 들고 전장을 헤집는 검사.

'현성아…….'

자신을 한계까지 밀어붙여야 할 김현성이었다.

'체력 소모 확실하게 시켜놔야지.'

체력과 마력은 무조건 절반 이상 소모하게 해야 했다. 그래야 이 비루한 몸으로 비비는 게 가능해진다.

'아이고, 열심히 싸운다, 우리 현성이. 힘내라! 힘! 힘! 옳지! 잘한다. 그래!'

149장

역병 드래곤이 울부짖었다

위대한 만마의 지배자이신 벨리알 오피셜에 따르면 이 몸으로 벨리알 님이 내려주신 힘을 온전히 사용하는 것은 불가능에 가깝다.

억지로 커다란 마력을 쑤셔 박아줄 수는 있지만, 그 마력을 배출해 내는 것이 문제가 된다는 것. 제한적으로 거대한 힘을 받을 수는 있지만, 그것도 약 1분 정도가 한계였고. 심지어 용량 자체도 크지 못해 마력도 전부 담을 수가 없단다.

이전보다 강해진다는 건 기정사실이었지만, 김현성과 몸을 부딪칠 정도로 극적으로 달라지지는 않는다는 거다.

'제기랄…….'

[어둠의 역병군주-준신화 등급]

[악마 72군단의 27군단장 벨리알이 내려준 특수 직업입니다.

기본적으로 역병을 다루는 흑마법사의 파생 직군으로 일반적인 신성력으로는 정화할 수 없는 악마의 역병을 다룰 수 있게 됩니다.

몇 가지의 고유 능력이 있습니다만, 직업 숙련도가 낮아 열람할 수 없습니다.

지력이 7 올라갑니다.

마력이 10 올라갑니다.

역병과 독에 대한 이해도가 올라갑니다.

플레이어 이기영의 고유 능력 직업 전환으로 어둠의 역병군주를 활성화할 경우, 준신화 등급의 직업 빛의 연금술사가 비활성화됩니다.]

전형적인 후위 직군이고 전형적인 디버퍼. 심지어 전투 직군으로 보기에 무리가 아닌가 하는 부분도 존재했다.

하지만 몇 가지 조건만 충족시킨다고 가정했을 시, 공격력 자체는 상당한 수준. 개인적으로는 무척 만족스러울 수밖에 없었다. 직업명이 역병군주일 뿐이다.

흑마법에서 파생된 직군인 만큼 기초적인 흑마법을 다룰 수 있다. 이곳을 기준으로 생화학 무기나 다름없는 역병을 자유자재로 사용할 수 있다는 메리트는 그 어떤 직업이 가지고 있는 그것보다 더욱더 이쪽에 잘 들어맞는다.

물론 들이마시거나 접촉하는 순간 즉사에 가까운 피해를 주는 종류를 사용하는 것은 지금으로써는 불가능. 몇 달의 잠복기를 걸쳐 언데드로 변화하게 만드는 종류나 피부에 접촉하는 순간 해당 부위를 천천히 썩게 하는 것 정도의 레벨이 현재 사용할 수 있는 역병의 전부였다. 이마저도 개인이 가지고 있는 마력이나 신성력으로 저항할 수 있다는 걸 생각해 보면 활용 가치가 낮아 보이는 것이 사실이다.

하지만 이것 역시 벨리알의 마력을 전해 받아 직접 운용한다고 가정하면 상황이 달라질 수밖에 없었다. 웬만한 녀석들의 저항력을 뚫을 수 있는 것은 물론이거니와 조금 더 상위에 랭크된 녀석들도 다룰 수 있게 된다.

물론 이 모든 게 김현성에게까지 통용되는 이야기는 아니었다.

슬그머니 전방을 바라보니 다시금 전방에서 날뛰는 녀석이 시야에 비치기 시작. 그저 그런 마법이나 공격은 기본적으로 몸에 두르고 있는 마력조차 뚫어내지 못한다.

항상 온몸을 마력으로 얇게 감싸고 있는 모습에 저게 뭐 하는 짓거리냐고 비웃는 것들도 있을 거다. 하지만 저 얇은 마력은 웬만한 탱커의 방어력을 상회한다. 어디까지나 마법 저항력이라는 부분에서.

'고급 마력 운용 지식.'

상위의 모험가라면 모두 하나씩 달고 있는 기본 패시브. 김현성의 마력 운용은 이미 인간의 그것을 뛰어넘었다. 웬만한 마법은 몸으로 견뎌낼 수 있게 설계된 개인 보호막은 간접적인 마법이나 디버프에도 저항할 수 있다.

그 활용성이 대단하다는 건 굳이 말할 필요도 없을 것이다. 녀석은 습관처럼 전투 내내 가벼운 갑옷을 두르고 있었고, 전투 내내 그 갑옷을 유지할 수 있을 정도의 용량을 가지고 있었다.

'이 새끼, 이것도 PTSD 일종인가.'

만약 우리 사랑스러운 회귀자가 1회차에서도 역병 쓰레기에게 당한 거라면…….

'이해가 가기는 하네.'

그 어떤 방법보다도 더 확실히 저항할 방법으로 보였으니 가장 합리적이라고 할 만했다. 마력의 질이 저 정도라면 벨리알의 힘을 빌린 이후에도 김현성에게 대미지를 주는 것은 불가능. 외부의 충격으로 마력 보호막을 찢는 방법도 있겠지만, 저 보호막이 그렇게 쉽게 찢어지는 것도 아니다. 능력 자체로만 봤을 때는 김현성은 이 직군의 카운터라고 해도 과언이 아니라는 거다.

'어우, 왜 이렇게 빠른 거야, 저거.'

하물며 저 속도는 어떠한가. 동에 번쩍, 서에 번쩍 홍길동처럼 이곳저곳을 빨빨거리는 속도는 녀석의 가장 커다란 장점. 녀석은 기본적으로 안정적인 피지컬과 균형 잡힌 밸런스를 가지고 있는 검사였지만, 전반적으로 속도 위주의 검사라는 인식이 무척 강하다.

'그만큼 빠르거든.'

하위 모험가의 눈에는 김현성의 모습이 제대로 보이지도 않을 정도로 빠르다. 거기에 속도를 써먹을 수 있는 검술이 합쳐지니 여기저기에서 역소환되는 악마들이 속출하는 것도 무리가 아니다.

어떻게든 김현성 공략의 불씨를 살리려 하고 있었지만, 현재 보여주는 모습은 말도 안 되게 인상적이다. 지원이 필요한 곳마다 나타나, 적재적소에서 검을 휘두르는 녀석의 모습은 다른 표현이 필요 없으리라. 전선에 합류한 지 얼마 되지 않아 굵직한 배우 몇몇을 지옥으로 되돌리고 있다.

만약 김현성이 던전의 레이드 보스고, 내가 던전 공략 지원팀에 있었더라면 나는 보스 몹 김현성에게 공략 불가 판정을 내렸을 거다. 그만큼 지금 보여주는 모습은 눈을 비비게 만드는 장면이었다.

"디아루기아 님. 거, 가만히 있지 말고 역병의 숨결이라도 몇 방 날려봐요."

-어, 역병의 숨결이 아닙니다.

“조금 익숙해질 때도 되지 않았습니까.”

-역병의 숨결이라니……. 그렇게 말하는 거 그만둬 주세요. 부탁드립니다.

하지만 이쪽의 부탁은 따라줄 요량인지 숨을 크게 들이마시는 디아루기아의 모습이 시야에 비쳤다.

관통형으로 짧게 숨을 내뱉자 이윽고 브레스가 빠르게 김현성에게 날아갔지만, 처음부터 잘못 쏜 것처럼 스치지도 못하고 바닥에 처박혀 버렸다.

만인장 하나와 전투를 벌이고서도 이쪽의 반응을 살피고 있는 모습. 저도 모르게 괴물이라는 혼잣말이 나올 정도였다.

‘1회차 역병 쓰레기가 난 놈이네, 난 놈이야.’

저런 상태의 김현성을 어떻게 궁지로 몰아넣을 수 있는지 궁금하다.

‘보나 마나 뻔하지, 뭐. 그 새끼가 뭐, 다른 방법이 있었겠어?’

김현성이 소중하다고 생각하는 이들을 인질로 잡거나, 간악하고 더러운 술수로 지속해서 멘탈을 흔들었을 거로 생각할 수밖에 없었다. 그게 아니고서는 저 검사를 상대할 방법이 없었을 테니까.

이쪽 역시 그런 방향으로 노선을 정하는 게 좋지 않을까 하고 생각했지만, 엔딩에 필요한 장면은 아니다.

‘사실 빛기영 자체가 인질이기도 하고…….’

사실상 이런 종류의 꼼수가 아니면 김현성과 제대로 붙기에는 영 무리가 따른다는 게 학계의 정설이다. 그렇기에 현재 일어나고 있는 전투가 중요했다.

다시금 김현성의 모습을 바라보니 여전히 전장을 활개 치는 모습이 눈에 띈다.

조금씩, 조금씩 틀어지는 부분이 느껴진 것은 바로 그때. 저건 김현성 문제가 아니다.

'아이고, 지혜 누나 고생하네.'

아마 이지혜의 문제일 가능성이 컸다.

'전술 김현성은 저렇게 쓰는 게 아닌데…….'

전술 김현성을 사용하는 데 난항을 겪고 있는 것이 분명한 상황.

'그래, 이해는 된다.'

세세한 부분을 캐치하지 못하고 있는 것은 물론, 정보 전달 속도가 느린 것이 눈에 띈다. 이지혜의 사고력이 김현성의 움직임을 따라가지 못하는 게 느껴질 정도. 중간중간 멈칫거리거나 방향을 급선회하는 것은 물론 전체적으로 동선이 구리다는 느낌이 강했다.

아마 그녀로서도 답답할 것이 분명하리라. 자신의 생각대로 전술 김현성이 움직여 주지 않으니까.

사실 내가 전술 김현성을 사용할 수 있었던 건 가장 큰 이유는 머리가 아닌 눈이다. 눈으로 본 정보를 연산하는 뇌 역시 한계가 느껴졌지만, 기본적으로 전장 전체를 내려다볼 수 있는 마음의 눈이 가장 커다란 역할을 했다.

이지혜는 나보다 좋은 감각을 가지고는 있었지만, 여러 가지 정보를 한꺼번에 볼 수 있는 눈을 가지고 있지 않다. 어느 정도는 커버할 수 있겠지만, 아무래도 내가 운용한 것과는 커다란 차이를 보이는 게 어쩔 수 없는 현실.

성과를 내면서도 표정을 살짝 구기는 김현성의 모습을 확인할 수 있었다. 아마 지금쯤 이런 생각을 하고 있지 않을까 싶다.

'이게 아닌데…….'

라거나.

'기영 씨가 필요해.'

라거나.

스펙이 아무리 좋은 자동차도 누가 모느냐에 따라 달라지게 마련이라는 거다.

물론 저걸 비난하고 싶은 생각은 없다. 그녀가 전술 김현성을 제대로 운용하지 못하는 건 이쪽에 커다란 도움을 주고 있으니까.

시시각각 바뀌는 전장의 정보를 제대로 습득할 수 없다 보니 기본적으로 멀티태스킹에 시간이 걸린다. 처리해야 할 대상의 좌표를 보내놨지만, 이미 도착하기 전에 전황이 바뀌어 있을 수도 있다.

이런 일이 비일비재하게 일어나다 보니 김현성은 본의 아니게 똥개 훈련을 하는 상황이 되어버렸다.

주요 거점에서 만인장급 활약을 보이는 악마 하나를 처리하라는 지령을 전달받았건만, 막상 장소에 도착해 보니 녀석이 역소환되어 있단다. 후위를 위협하는 적의 특수 부대를 막으라는 지령을 듣고 뛰어나가 봤지만, 이미 다른 탱커들이 그들의 안전을 확보한 상황이란다.

모든 행동이 똥개 훈련은 아니었지만, 그만큼 엇갈린 지령들이 많다 보니 녀석의 체력이 빨리 떨어진 것은 너무나 자명한 일. 8시간은 움직이게 하는 게 좋지 않을까 하는 생각이 무색해질 정도로 녀석은 지쳐 보인다. 겨우 3시간도 지나지 않아 일어난 일이었다.

'쯧…….'

전술 김현성이 가지고 있는 파워가 너무 막강하다 보니 적절히 사용할 수 없음에도 붙잡고 있을 수밖에 없는 게 현실이었다.

아마 김현성이 없었더라면 린델의 성벽은 옛날 옛적에 무너지지 않았을까. 조금 과장해서 말한 감이 없지 않아 있지만, 녀석이 전쟁터에서 보여주고 있는 모습은 그만큼 인상적이었다.

-하아…… 하아…… 하아…….

거친 숨을 몰아쉬는 녀석의 머리카락과 목에는 벌써 땀방울이 맺혀 있다. 덕지덕지 피가 묻어 있는 얼굴을 닦기에도 시간이 부족하다. 끊임없이 뛰어다니며 균형을 맞추고 있었고, 시간이 지나면 지날수록 점점 더 숨은 거칠어진다.

조금 더 시간이 지나자 마력을 아끼기 위해 마력 갑옷을 벗어버리는 모습. 결국 어쩔 수 없는 상처들이 계속해서 몸에 쌓였다.

물론 걱정할 정도로 크게 다친 것은 아니다. 굳이 말하자면 움직이기에 거슬리는 찰과상. 신성력으로 곧바로 회복하고 있었지만 저런 상처들을 녀석의 체력을 좀 먹게 될 것이다.

"역병의 숨결 부탁드립니다. 방사형 말고 관통형으로."

-그러니까 역병의 숨결이 아니라고, 후…….

콰아아아아아아앙!!!

"아니, 진짜로 맞추면 어떻게 합니까!"

-쏘, 쏘라고 한 건 당신이지 않았습니까.

"아니, 애 다치면 어떻게 하려고 그래요. 체력 좀 더 소비시키려는 게 목적이었는데…… 그걸 정타로 박아버리면……."

-저도 쏘고 싶지 않았습니다. 쏘라고 한 건 당신이에요. 역병의 숨결 같은 거…… 절대로 사용하고 싶지 않았다고요.

아…… 다행히 다치지는 않은 것 같습니다. 몸을 비틀기도 했고, 결정적으로 검으로 베어낸 것 같고요. 몸에는 부담이 있겠지만 움직이는 데 커다란 무리는 없을 겁니다.

"살짝살짝 빛나가게 쏴주세요. 디아루기아 님."

-저도 최대한 신경 쓰고 있습니다.

체력이 떨어지면 집중력도 줄어들 수밖에 없다. 슬슬 감각이 무뎌지기 시작한 것이다.

'저 상태면 회수해야겠는데.'

호흡이 거칠어 보인다. 몸도 무리하고 있는 것 같고. 본래대로라면 잠시라도 쉴 여유를 주는 것이 맞다. 회수, 출격, 회수, 출격하는 게 확실히 효율적으로 사용할 수 있는 방법이었으니까. 하지만 현재의 전장에서 김현성이 시간을 비운다는 것 자체가 무리수.

버티고, 버티다 못한 성벽의 한쪽이 무너지려고 하는 상황에 슬슬 복장과 가면을 가다듬었다.

'이건 들어오라는 거네.'

성벽이 무너지는 쪽으로 들어오라는 것이 아니다. 아마 저 장소는 연합 내 병력을 묶어놓기 위한 수단일 터.

애초에 역병 드래곤을 보유하고 있는 이쪽에게 성벽이라는 건 무의미하다. 정확한 장소는 무너진 성벽의 반대쪽. 조금 더 정확히 이야기하자면 대공 방어 전용 병력과 시스템이 완전히 무력화된 북서쪽 지역이었다.

"진짜 역병에 걸린 것처럼 연기해 주셔야 하는 거 잊지 마세요. 떨어진 다음에는 역병 드래곤이 울부짖었다. 크롸롸롸롸!! 같은 것도 한번 해주시고요."

-제발…….

"그럼 크롸롸롸는 뺍시다. 아쉽지만 평소보다는 더 강한 하울링 부탁드립니다."

-감사합니다. 정말로 감사합니다. 정말, 정말로 감사합니다.

무대는 나쁘지 않다. 전투가 시작된 이후에 약 4시간 정도가 흐른 상황. 조금 이른 감이 없지 않아 있지만, 모두가 지쳐 있는 상황이었고, 정신적으로도 궁지에 몰리고 있었다. 차희라나 파란 길드원들 같은 연합의 에이스는 우리 측 만인장에게 붙들려 있고, 북서쪽 지역에 대공 병력이 빠져 있는 지금이 완벽한 기회라고 할 수 있으리라.

상황실에서 빠져나온 이후에는 곧바로 가면을 장착.

대중들에게 디아루기아의 위로 기어 올라가는 추한 꼴을 보일 수 없는 노릇이다. 디아루기아가 연신 마음에 들지 않는다는 표정으로 고개를 숙였고, 천천히 그녀의 위로 올라갈 수 있었다.

-그워어어어어어어어!!!

크롸롸롸는 정말 하기 싫었던 모양인지 확실히 평소보다 힘찬 하울링.

자연스럽게 시선이 집중됐다고 생각한 바로 그때, 몸을 날린 디아루기아가 역병의 힘찬 날갯짓을 퍼뜨리며 린델의 상공을 가로질렀다.

절망에 물든 이들의 얼굴이 시야에 비친다. 자신들이 눈으로 확인한 걸 정말로 믿을 수 없다는 듯이 바라보는 이들의 표정은 가관.

물론 그럴 만하다고 생각했다. 현재의 모습을 실제로 처음 접한 이들도 있기는 있었으니까.

콰아아아아아아앙!!! 하는 소리와 함께 수년간 외부의 침략을 허락하지 않았던 광장에 그 어느 때보다도 위협적인 적이 들이닥친다.

역병에 오염된 용은 파란의 상징이었던 길드 하우스를 커다란 발톱으로 짓밟았고, 거대한 꼬리로 모험가들이 모였던 광장을 폐허로 만들어 버렸다.

그리고 거대한 발톱으로 드높은 시계탑의 위로 올라간 녀석은, 인류의 작은 불씨를 향해 그렇게 울부짖었다.

-크롸롸롸롸롸롸!!!

'너, 그건 안 한다고 했잖아.'

150장

조우

조금 황당했지만, 티를 낼 수는 없었다.

혹여나 디아루기아도 김예리와 같은 과가 아닌지 고민해 봤지만, 얼굴에 드리운 감정은 명백한 부끄러움. 의식하고 있던 게 본인도 모르게 튀어나온 것이리라.

선생님을 엄마라고 불러 버린 것 같은 사고에 침묵을 유지할 수밖에 없었다. 평소였다면 이죽거렸겠지만, 그녀가 앞으로 힘써줘야 하기에 그렇게 할 수도 없는 상황. 지금은 아무 말 없이 지지를 보내주는 게 더 중요하리라.

'……'

-그러니까 이건…….

'아니, 별말 안 할 테니까. 준비하세요.'

-네?

'아마 곧바로 올 거니까 준비하라고요.'

-그 말씀은…….

'주변 정리해요.'

-아, 네.

말보다는 행동.

어느 정도 이쪽의 생각을 알고 있는 디아루기아는 곧바로 주변에 역병의 숨결을 살포하기 시작. 높고 높았던 커다란 건물들, 지금까지의 린델이 마치 거짓말이었던 것처럼 건물들이 허무하게 쓸려 나간다.

콰드드드드득! 콰아아아아아아아앙!!

'아이고, 저 레스토랑 맛집이었는데…….'

소중한 추억이 깃들었던 장소들이 모조리 허물어진다.

'저 카페랑 바도 괜찮았던 거로 기억하는데 아이고, 아까워라…….'

린델의 상징 역시.

'저 동상은 좀 마음에 안 들었었고.'

꽤 오래된 건물 역시 바스러지고 있다.

'저건…… 복원 작업 하는 데 시간 좀 걸리겠네.'

조금 과장해서 말한다면 눈 깜짝할 사이에 린델의 1/6이 허물어진 셈.

순식간에 폐허가 되어버린 린델의 모습에 많은 이가 이쪽을 바라본 것은 이상한 일도 아니다. 일부 나라 잃은 표정을 짓는 녀석들의 얼굴도 대충 이해가 가기는 한다. 광장부터 길드 하우스를 가리지 않고, 전부 쓸려 나가고 있는 모습은 몇몇, 특히나 린델 출신의 이들에게는 무척이나 비현실적으로 보일 테니까.

내가 살던 삶의 터전이 하루아침에 폐허가 되어버린 상황에 평정심을 유지할 수 있는 이들이 누가 있을까. 분통하고 비통할 거라는 건 너무나도 자명한 일이었다. 몇몇 감수성이 풍부한 분들께서는 입술을 깨문 채로 전투에 임하는 것이 눈에 보일 정도다.

조금 미안한 일이기는 했지만, 나에게도, 이쪽에게도 이번 작업은 꼭 필요한 일이었다.

린델에 커다란 상처를 남긴다는 문제를 해결하기 위해서가 아니다. 정확히 이야기하자면 김현성이 주변 지형을 활용하는 것을 사전에 차단하기 위함이다.

다람쥐 같은 녀석에게 숨을 곳마저 생기면 싸움이 제대로 성립되지 않는다. 마음의 눈이 있다면 적어도 녀석이 어디에서 어떻게 튀어나올지는 캐치할 수 있게 되리라.

'좋아요. 아주 좋고요.'

촉매를 이용해 연금 마법을 펼친다면 내가 몸을 피할 곳은 충분히 확보할 수 있다. 마침 악마들에게 받은 촉매도 널리고 널려 있었으니까.

충분히 좌절할 수 있는 상황에도 아직 인류가 희망의 끈을 놓지 않은 이유를 잘 알고 있는 만큼 조금은 긴장할 수밖에 없었다. 혹시나 지혜 누나가 이쪽과 합을 맞춘 게 아닐까 하는 불안함이 남아 있기도 했고…….

아무튼, 외부 병력은 전부 몰려드는 악마들을 방어하기 위해 묶여 있다. 지원 병력도 전부 발이 묶여 있었던 만큼 내부에 들어온 이쪽을 컨트롤할 수 있는 인물이 없다.

보급대나 여유 병력이 역병 드래곤 디아루기아와 타락한 둠기영을 상대한다는 건 말도 안 되는 이야기다. 애초에 그런 여유 병력이 있었다면 디아루기아 특제 역병의 숨결이 도시를 파괴하도록 내버려 두지 않았겠지.

내부에 들어온 적을 거의 프리 롤로 내버려 두고 있다는 건 연합 측에서도 믿고 있는 게 있다는 뜻으로밖에 비치지 않는다. 그 믿고 있는 구석이 무엇인지는 너무나도 뻔할 뻔 자.

'준비.'

-어딜 말씀하시는 겁니까.

'성벽 쪽, 정확히는 동남쪽으로. 들이마시기만 하고 내뱉지는 마요.'

-저 인간들을 향해 발사하라는 말씀이십니까?

'어차피 뒈져도 상관없는 놈들만 모아놓은 곳이에요. 언제부터 인간들을 그렇게 좋아했다고 그러십니까, 진짜. 그리고 제 말 못 들었습니까? 진짜로 쏘라는 의미가 아니라고 했잖아요. 그냥 숨만 들이마시고 있으라는 거지.'

-그러니까 그게…… 도대체 무슨 의미가…….

'6시 방향 아래, 방사형으로 내뱉!'

-제길, 이런 거라면 빨리 말을!

'앞으로 아무 대답 하지 마요. 아무 생각도 하지 말고, 판단하라고 할 때까지 판단하지 말고 제 말에만 따릅니다.'

콰드드드드드득!!!

긍정의 뜻인지 아무 말 없이 고개를 돌려 숨결을 내뱉는 디아루기아의 표정에는 아주 약간의 초조함이 서려 있었다.

그녀의 눈에는 보이지 않았겠지만 아마 어째서 내가 이런 말을 하는지 알고 있을 게 분명했다.

아무리 용이라고 한들 사각이라는 게 있게 마련이다. 심지어 저 정도로 빠른 물체가 보이지 않는 곳에서부터 다가온다면 눈치챌 수 없었다. 아마 이쪽의 눈이 아니었다면 제대로 캐치할 수도 없었을 것이 분명.

예상했던 대로 폭음과 연기를 뚫고 오는 녀석의 모습이 시야에 비쳤다.

'반갑다, 씨바. 현성아!'

입술을 꽉 깨물고 있는 모습. 당연하지만 얼굴에는 알 수 없는 비장함이 감돈다.

아쉽게도 아까의 지친 기색은 없다. 오롯이 구해내고야 말겠다는 일념으로 움직이는 것 같았다. 너무나 굳은 결심을 한 듯한 얼굴에 내가 다 미안해질 정도였다.

하지만 그 미안함도 잠시. 거의 아무런 피해도 입지 않은 것처럼 달려오기 시작한 녀석의 모습에 나 역시 괜스레 초조해지기 시작했다.

습관처럼 손가락으로 허벅지를 두드리며 앞으로 일어날 상황과 현재의 정황을 머릿속에 그린다. 힘을 밀집시키는 관통형이 아닌 만큼 김현성의 마력 갑옷을 벗겨낼 수 없었던 것 같았지만, 체력을 소진시키기에는 충분한 공격이었다. 하지만…….

'큰 의미는 없었어.'

-어떻게…….

'질문하지도 마요. 그럴 여유 없으니까. 지금 곧바로 몸 날려요. 거주 지역에 있는 가장 큰 건물로 이동하면서 제가 찍는 좌표에서 좌표로 선 그어버리시고요.'

-네.

'할 만한 싸움이야. 충분히 할 만해.'

회귀자 사용설명서도 적을 수 있는 마당에 디아루기아 사용설명서를 적지 못할 이유는 없다.

날다람쥐가 나무에서 나무 사이로 몸을 날리는 것처럼 디아루기아 역시 이곳에서 저곳으로 몸을 날리기 시작했다.

물론 그녀가 몸을 옮기는 건 날다람쥐처럼 귀엽게 보이지는 않았다. 후드드드득 하는 소리와 함께 시계탑이 허물어진 것은 물론 풍압에 의해 폐허가 된 건물의 잔해들이 사방팔방으로 튀기 시작했으니까.

거기에 김현성의 움직임에 제한을 두기 위해 역병 브레스까지 뿜어낸다.

-크워어어어어어!!

김현성이 어디로 움직일지는 무척이나 뻔했다.

곧바로 손을 튕기자 내가 디아루기아와 함께 이동하며 흩뿌려 놓은 촉매들이 부풀어 오른다. 정확히 이야기하자면 용의 뼈와 악마의 뼈로 이루어진 합성물. 김현성의 진로를 방해하기 위해서이기도 했지만, 녀석을 한자리에 붙잡아두기 위해서이기도 했다.

콰드드드드드드득!

'비주얼 좋고.'

제한적인 범위에만 힘의 사용이 가능했던 이전과는 보이는 모습 자체가 다르다. 폐허가 된 곳을 가득 채운 뼈의 모습은 내가 생각해 봐도 장관. 악마의 팔인지, 용의 팔인지 제대로 알 수조차 없는 거대한 뼈의 팔이 김현성의 앞을 가로막는 것은 물론, 녀석을 붙잡으려 에워싸고 있다.

심지어 저 지역에 하급 스켈레톤까지 박아놨다는 걸 생각하면 몇 초 안에 수준 낮은 던전 하나를 만들었다고 해도 과언이 아닐 것이다.

콰드드드득! 콰지지지지지직! 퍼어어어엉!!

하지만. 뼈의 손바닥은 폐허가 된 린델의 바닥을 두드리거나 허공에 휘둘러진다. 어설프게 검을 휘두르는 하급 스켈레톤 역시 너무나 쉽게 부서져 버린다.

'개…… 씨바…….'

이것 역시 장관이라고 하면 장관이라고 할 수 있다. 건물 크기의 뼈 팔에 둘러싸인 인간 하나가 그 장소를 빠져나가는 모습은 솔직히 뭐라 감격하기도 힘든 장면이다. 심지어 저런 팔 수백 개가 녀석을 에워싸고 있다는 걸 생각해 보면 더욱더 그렇다.

마치 재난처럼 느껴질 정도로 압도적인 뼈의 파도를 두 다리로 서핑하는 것처럼 헤치고 나아간다. 입이 떡 벌어지는 것도 무리가 아니리라. 피할 수 없는 것은 막고, 막을 수 없는 것은 부순다. 애초 김현성의 힘에는 부서질 수밖에 없지만, 너무 쉽게 부서지는 건 아닌지 걱정이 될 정도.

조금 더 시간을 끌 수 있을 거로 생각했던 한 수가 너무나도 쉽게 파훼당하는 상황에 나 역시 인상을 구길 수밖에 없었다.

익숙하지는 않지만, 캐스팅을 외우자 희미한 연기 같은 것이 이쪽의 손에 감돈다.

유령이라고 해도 믿을 수 있을 것 같은 형태의 역병은 천천히 이쪽의 손을 떠나기 시작. 빠르지는 않지만, 은밀하고 눈치채기 힘들 게 느껴지는 기운이다.

'이대로는 안 되겠는데. 이건 이제 의미도 없는데…….'

본래대로였다면 이 역병을 뼈의 파도 안에서 고생하고 있을 김현성에게 넣는 것이 맞다. 녀석을 옭아매는 게 확실하게 대미지를 줄 수 있는 선택일 테니까. 하지만 너무나도 쉽게 1차 관문이 뚫리는 바람에 모든 게 엉망이 되어버렸다.

'이거 큰일 났는데…….'

"브레스든 뭐든 상관없으니까 곧바로 여기까지 오지 못하게 해요. 최소 거리 100m를 유지한다고 생각합시다. 손톱 같은 거 휘두르지 말고 박치기 같은 것도 금지예요. 무조건 원거리 그리고 최악의 상황에는 꼬리를 휘두르는 거로 합시다."

-무슨 뜻인지 알겠습니다. 근데…… 저걸 상대하는 게 가능한 겁니까? 당신도 격이 올라갔다고 생각했었지만, 저 인간은…….

"지금 생각 중이에요. 첫 번째부터 망했으니까. 어떻게 생각해도 다리가 문제네요. 다리가…… 저 다리만 조금 막을 수 있어도……."

'조금 더 아름답고 처절한 그림을 그릴 수 있을 텐데.'

애초에 일반인의 눈에는 보이지도 않거니와 카메라도 붙잡기 힘든 싸움이 무슨 감동이 있겠는가. 이대로라면 관객들이 볼 엔딩은 김현성이 갑자기 튀어나와 이쪽의 뚝배기를 쳐버리는 장면이 될지도 모른다. 그러면 감동은커녕 허무함만이 남을 거라는 건 너무나도 자명한 일이었다.

걱정스러운 마음에 잠깐 머리를 감싸 쥔, 그때였다.

"기영 씨!"

녀석이 허겁지겁 소리를 내질러온 것.

'아…… 이거…….'

태세 전환에 능한 정신 상태는 지금 이 순간 내가 보여야 할 반응이 뭔지에 대한 가이드라인을 제시하고 있다.

"크아아아아아악!!"

괴롭다는 듯이 머리를 붙잡는 모습에 디아루기아는 이 새끼가 또 무슨 정신병이 돋았는지 의심하는 것 같았지만, 김현성의 반응은 다르다.

"저…… 저 현성입니다. 제 목소리가! 제 목소리가 들리십니까!"

'아이고, 너무 처절하다, 목소리가…… 어구야.'

"기영 씨! 기영 씨!! 거기에 아직 계신 겁니까! 기영 씨! 눈을 뜨세요. 제발! 제발!"

'어우.'

최근 들어본 목소리 중 제일 처절하게 들려오는 목소리. 꼭 자신의 말을 들어줬으면 하는 마음을 담았는지 목에 마력까지 넣어가며 목이 터지라 외쳐대고 있었다.

"지금…… 지금 구하러 가겠습니다!"

심지어 시선까지 이쪽에 고정하고 있는 모습은 가관.

'이 새끼…… 또 정신 못 차리네. 이러니까 털렸지, 인마.'

"조금만 거기서 기다리세요. 조금만…… 제가 곧 가겠습니다."

하지만 방심하는 것 같지는 않다. 이대로는 안 될 것 같아 더욱 커다란 괴성을 내지르자 더욱더 초조해진 녀석이 조금 더 텐션을 높인다.

안 그래도 지쳐 있는 상태. 주변을 둘러보고 있지 않은 두 눈. 사고가 일어난다는 건 어찌 보면 예정된 일이었다. 천부적인 감각으로 뼈의 파도를 헤쳐 나가고 있었지만, 아까 보낸 유령 하나를 캐치하지는 못한 모양.

이윽고. 묘하게 걸음걸이가 불편해진 녀석이 시야에 비쳤다. 유령 하나가 마력 갑옷을 뚫고 침투하는 데 성공한 것이다.

'나 진짜 강해진 것 같은데……. 진짜 왜 이렇게 세졌냐.'

튜토리얼 몬스터 하나도 감당하지 못했던 애송이가 어느새 각성한 회귀자의 다리에 상처를 남기게 된 상황. 가슴이 찢어질 것처럼 아프기는 했지만 뿌듯함은 별개였다.

151장
제발 나를 죽여줘

'괜찮겠지.'

입술을 꽉 깨물고 몸을 움직이는 것이 시야에 들어온다. 본인 역시 실수했다는 걸 인지한 모양인지 표정이 어두워졌지만, 계속해서 입을 놀리는 건 여전했다. 아마 녀석에게는 어쩔 수 없는 선택이겠지.

자기 딴에는 이게 가장 확실한 방법이라고 생각하고 있을 것이다. 이쪽에서 계속해서 반응을 보여주고 있었으니까. 아직도 처절한 외침으로 나를 부르짖는 모습은 가슴이 찡해올 정도.

"기영 씨, 접니다."

'나도 알아. 이 새끼야…….'

“제발 눈을 뜨세요.”

‘눈 뜨고 있다.’

“제 목소리가 들리십니까?”

‘아주 잘 들린다. 아주 잘 들려.’

검을 한번 날리는 것보다 내면에 있는 빛기영에게 자신의 목소리를 전달하는 게 더 중요하다고 생각하는 거로 보인다. 어떻게든 정신을 차리게 하는 것이 먼저라고 판단한 것인지 처절한 목소리로 계속해서, 그렇게 울부짖는 중이다.

간혹 처절하게 외칠 때 머리를 부여잡은 효과가 있었던 게 분명하리라. 어느 정도는 영향을 받을 거로 생각했지만, 내가 생각하는 것보다 훨씬 더 잘 먹힌 것 같았다.

‘그러니까 1회차가 그 모양 그 꼴이 됐지, 이 양반아.’

아무리 노력해도 사람의 본질은 바뀌지 않는다는 말이 있다. 개인적으로 선호하는 격언은 아니었지만, 녀석을 보니 그런 말을 하는 이들의 심정이 이해가 간다.

본인 몸은 안중에도 없는지, 어떻게든 이쪽을 제정신으로 되돌리기 위해 노력하는 모습에 다시 한번 회귀자의 1회차가 어땠는지 유추해 볼 수 있었다.

이런 상황에서도 본인의 몸을 먼저 챙기지 않는 걸 보면 딱 봐도 답이 나온다. 본인 다리보다 내가 부여잡은 머리가 더 걱정되는지, 디아루기아와 거대한 뼈들의 공격을 피하고 막아내면서도 계속해서 시선을 고정하고 있었다. 두통이 있는 것처럼 살짝 머리를 부여잡기가 무섭게 소리치는 목소리가 들려온다.

한쪽 손을 뻗으며 한쪽 머리를 움켜쥐는 기믹은 기가 막히게 잘 들어맞았다. 가면을 쓴 쪽의 얼굴이 고통스럽다는 듯 머리를 움켜쥐면서도 김현성이 이쪽으로 다가오지 못하게 최대한 컨트롤한다.

김현성도 물불 가리지 않고 달려들고 있었지만, 디아루기아가 내 생각보다 훨씬 더 견제를 잘해주고 있었다.

'얘, 꽤 세네.'

전설 등급 중에서도 상위권에 랭크되는 생명체라는 걸 깜빡 잊고 있었던 게 바보같이 느껴진다. 물론 녀석이 아직도 뼈 감옥 속에서 헤엄치고 있다는 이유가 가장 컸지만, 적재적소에 들어오는 디아루기아의 역병의 숨결도 결코 무시할 수 있을 정도가 아니다.

'거기에…….'

김현성으로서는 저 뼈의 파도 사이에 유령들이 숨어 있을 거라고 판단하고 있을 테니 움직임이 제한되는 것은 너무나도 자명한 일. 아마 여기저기에 뿌려놓은 것들이 무척 귀찮고 짜증 나게 느껴질 것이리라.

'갉아먹어야 돼.'

김현성과의 전투는 그렇게 진행해야 한다.

만약 녀석이 정상적인 상태였다면 벌써 거리를 내줬을 수도 있겠지만, 현재 녀석은 결코 베스트 컨디션이라고 볼 수 없다. 이지혜의 잘못된 운용에 체력적으로 많이 지쳐 있었고, 자잘자잘한 상처도 쌓인 상태였다. 몇 시간 동안이나 전쟁터에서 격전을 치렀으니 지치지 않은 것이 이상하다. 게다가 지금은…….

'다리, 저거 괜찮겠지?'

다리까지 제대로 움직이지 않고 있단다.

유령에 영향을 받아 천천히 굳어가기 시작하는 다리는 더 이상 김현성의 말을 듣지 않는다. 마력으로 최대한 억누르고는 있었지만, 시간이 얼마 지나지 않아 제 기능을 못 할 것은 이미 예정된 이야기였다.

실제로 녀석의 움직임은 그 범위가 점점 제한되고 있는 중. 마력을 아끼며 몸을 피해내는 것보다 검을 직접 휘둘러 오는 빈도가 높아졌다. 제대로 피해낼 수 있는 공격보다 그렇지 않다고 판단하는 공격의 비율이 높아진 것이다. 김현성에 이러한 태세 전환이 전투에 변화를 준 것은 당연지사.

콰아아아아아아아아!!! 콰지지지지지직!!!

녀석이 검을 한번 휘두를 때마다 뼈의 파도가 갈라지고 디아루기아의 브레스가 빗겨 나간다. 그 영향에 이미 폐허가 된 도시는 사막이 지형을 바꾸는 것처럼 다시 한번 휩쓸리기 시작했다. 그만큼 이쪽 역시 입술을 조금 더 꽉 깨물 수밖에 없었다.

퍼엉 하는 소리와 함께 거대한 뼈의 산이 다시 한번 공중으로 치솟고, 괴물의 거대한 팔 수십 개가 동시에 가로로 두 동강 난다.

소비된 만큼 채워주는 것 역시 일. 벨리알의 마력이 아니었다면 이미 10번은 넘게 리타이어했을 정도로 힘에 부친다.

하지만 그만큼 비현실적인 광경을 만들어주고 있다는 것은 부정할 수 없다. 지금 이 싸움 아닌 싸움을 바라보고 있는 이들의 심정이 어떨지는 당연히 예상할 수 있는 부분.

한쪽 눈으로 사방을 살피자 전투 중인 것도 잊은 채 이쪽을 바라보고 있는 몇몇 이들의 모습이 시야에 비쳤다.

"말도…… 안 돼……."

"이게 인간의 싸움인가……. 정말로 인간이…… 맞는 건가……."

"저건 대체……."

나 역시 공감할 수 있다. 애초 개인과 개인의 격돌로 도시 하나가 쑥대밭이 된다는 것 자체가 말이 안 되는 이야기니까.

타락한 용을 탄 채로 도시의 반절 이상을 오염된 뼈의 파도로 뒤덮은 남자 그리고 그 모든 공격을 전부 베거나 튕겨내는 검사. 희미한 빛에 둘러싸인 녀석의 모습 때문인지 둘의 모습이 더욱더 대비되고 있으리라.

'어이구야, 좋다. 얼씨구야, 잘한다!'

관객들의 시선이 점점 집중되는 것이 당연하다.

아직도 저항하고 있다는 듯이 가면을 쓴 쪽에 계속해서 손을 가져다 댄다. 내 안에 저항하고 있는 녀석만 아니었다면 김현성 따위는 한입에 삼킬 수 있다는 듯한 표정을 내보이는 것도 포인트다.

다시 한번 손가락을 튕기자 리무르아의 촉매를 이용한 촉수들이 녀석에게 뻗어 나간다. 1페이즈는 워밍업이었다는 듯한 얼굴로 그렇게 녀석을 압박하는 중.

"재미있군. 재미있어. 푸하하하핫!"

오그라드는 대사지만 이런 대사 정도는 한번 쳐줘야 관객들이 즐거워하지 않겠는가.

사랑스러운 회귀자 역시 리무르아의 촉수를 직접 겪어본 적이 있는 만큼 얼굴에는 약간의 신중함이 들어서기는 했지만, 저 촉수들은 리무르아의 것의 열화판 그 이상도 그 이하도 아니다. 숫자만 엄청 많을 뿐이지. 하지만 겉보기에는 그럴듯하다. 일단…….

'스케일이 죽여주잖아.'

집채만 한 촉수가 휘둘러진다고 상상해 보라. 커다란 마력은 들어가 있지 않지만, 질량 그 자체가 무기다. 갤러리들이 바라보기에도 위협적인 장면이라는 것은 굳이 고려할 필요도 없다.

또 그걸 멋지게 잘라내는 사랑스러운 회귀자 역시 비현실적으로 보일 것이다. 인간의 힘을 뛰어넘는 능력을 갖추고 있는 대륙인들의 기준으로 보기에도 현재 보이는 장면은 충분히 비현실적이다.

콰드드드드드득! 콰아아아아아아아앙!!

"미친……."

-그워어어어어어어어어어!!

콰지지지지직!!

"푸하하하핫!"

"저건 도대체……."

"내가 지금 꿈을…… 꾸고 있는 건가."

"신이시여……."

"베니고어시여……."

콰아아아아아앙!!!

그에 화답하듯 김현성은 더욱더 움직임에 박차를 가한다.

물론 그 와중에도 절대로 입은 쉬지 않는다. 녀석으로서는 아마 가장 중요한 이야기일 테니까.

"제 목소리가 들리시는 겁니까? 기영 씨. 제발…… 들린다면 제발…… 대답해 주세요. 부탁입니다."

물론 목소리는 들린다만 이쪽은 대답하지 않는다.

"기영 씨, 제발…… 대답해 주세요."

'하, 이 새끼, 이거…….'

"기다리고 있겠다고…… 말씀하시지 않으셨습니까. 제발 눈을 떠주세요. 이겨내실 수 있을 거라는 거 알고 있습니다. 분명히 지지 않을 거라고, 그렇게 생각하고 있습니다. 아직 계실 거라고 그렇게…… 그렇게 생각하고 있습니다."

"……."

"기다리신다고 믿는다고 말씀해 주시지 않으셨습니까. 제가 이렇게 앞에 왔습니다. 다시 한번 눈을 떠 저를 제대로 바라봐 주세요. 부디. 부탁드립니다."

"……."

"기영 씨가 저를 믿었던 만큼 저 역시 기영 씨를 믿고 있습니다. 지지 않을 거라고 지금도 싸우고 계시는 중이라고 믿고 있습니다. 기영 씨가 계실 곳은 그쪽이 아닙니다."

'이 새끼가 괜히 사람 감성 자극하네.'

"제발…… 제발…… 포기하지 마세요."

"……."

"저도 절대로 포기하지 않겠습니다. 절대로…… 절대로 포기하지 말아주세요. 제가 혼자가 아니라는 사실을 알려주시지 않으셨습니까. 기영 씨도 마찬가지입니다. 모두가 기영 씨를 위해서 싸우고 있습니다."

"형님, 형니임! 눈을 뜨쇼. 제발 눈을 뜨쇼!"

'박덕구, 이 새끼…….'

"형님이 할 수 있다면 나는 더 잘할 수 있다고 말했던 게 진, 진짜 그렇기 때문에 말해준 거라는 거…… 잘 알고 있다니까. 형님이…… 끄윽…… 형님이 먼저 앞서가 줬기 때문에 나도 뒤따라갈 수 있었던 거요. 튜토리얼 던전 때처럼 형님이 먼저 방향을 잡아줬기 때문에 내가 걸어갈 수 있었다, 이 말이요."

"……."

"나는 알고 있다니까. 형님이 이 악마들에게 완전히 마음을 빼앗기지 않았다는 걸, 이 동생은 분명히 알고 있소. 지금까지 싸우고 있다는 것도. 이제 곧 이겨낼 거라는 것도 전부 다 알고 있다니까."

"……."

"이기영 개새끼. 이 개새끼. 정신 못 차려? 이 개자식. 정말로 이곳이 사라지는 꼴 보고 싶어?"

'희라 누나까지 왜 그래…….'

"잘 먹고, 잘 살자고 말한 건 너야. 남자 새끼가 맞으면 떨쳐내고 일어나. 개자식."

'어우야, 간질간질하긴 한데……. 나쁘지는 않다.'

흥미롭다는 표정으로 주변을 바라본다. 재미있다는 얼굴로, 마음껏 개소리를 해보라는 표정으로 악마들과 싸우는 이들을 바라본다.

이미 녹초가 된 엘레나와 선희영을 비롯한 파란의 길드원들 역시 목소리를 높이고 있었고, 이쪽과 조금이라도 연관이 있는 이들은 모두 울부짖으며 목소리를 내뱉고 있다.

여기서는 팬 서비스 차원으로 크게 고통스러워하는 반응을 보여주자.

"제길! 제기일!"

기회라 생각했는지 김현성 역시 애타게 내 이름을 부르기 시작.

"모두가…… 기다리고 있습니다. 모두가 기다리고 있어요."

언제 왔는지 이쪽과 몇 발자국 떨어지지 않은 곳에서 나를 바라보며 조용히 미소 짓고 있다.

도시를 좀 먹고 있었던 이형의 뼈와 촉수들 역시 움직임을 멈추고 온갖 소음이 끊이지 않았던 장내가 순식간에 침묵으로 가라앉는다.

"제 손을 잡아주시지 않으셨습니까. 이번에는 제 차례입니다. 부디…… 눈을 떠…… 주세요."

"……."

"아직 말하지 못한 이야기가 많습니다. 하고 싶은 이야기도 많고 하고 싶은 일들도 많습니다. 길드원들과 함께 가기로 한 피크닉도……. 항상 하얀 씨가 가고 싶어 했던 거울 호수도……. 이번에는 꼭 봐야 하지 않겠습니까."

이제는 끝났다고 생각했는지 천천히 손을 뻗는 녀석, 이미 상처투성이가 된 몸으로 나를 보며 웃음 짓고 있다. 자신의 목소리라 들릴 거라고 분명 들어줄 거라고 확신하는 표정이다.

하지만 이내 이쪽의 얼굴을 확인한 후에는 표정이 절망으로 물들기 시작했다.

가면을 쓰지 않은 쪽에서 흐르고 있는 눈물.

'좋다.'

그리고 꼭 해보고 싶었던 대사.

"제발…… 나를…… 죽여줘."

말문이 막힌 듯 입을 꾹 다물고 있는 녀석의 모습이 시야에 비쳤다.

'진짜 지렸다아아아!'

고통스러워하는 연기는 덤. 닭똥 같이 떨어지고 있는 악어의 눈물은 멈출 생각을 하지 않는다.

눈물을 한가득 머금은 채로, 이제 그만 끝내고 싶다고, 더 이상은 힘들다는 얼굴로 전방을 바라보자 당혹스러워하는 김현성의 표정이 시야에 들어왔다.

거의 완벽한 기믹에 환호성이 튀어나올 뻔했지만 기쁜 티를 내서는 안 된다. 최대한 처절하고, 최대한 슬프게. 억지로 감정선을 조절하며 모두 포기한 것처럼 자신을 내려놓는다.

손발이 없어질 것 같은 부끄러운 감정이 딸려 들어오기는 했지만 지금 이 장면보다 중요한 장면이 또 어디 있겠는가.

'이게 바로 자기희생의 끝이지. 아암, 그렇고말고.'

대륙의 평화를 위해 자신의 목숨마저 포기할 수 있다는 의지. 이 모습을 이 땅 위에 선 모든 인간이 보고 있다고 생각하자 등 뒤로 쭈뼛쭈뼛 소름이 돋기 시작했다.

자신을 죽여달라고 말하는 타락한 빛기영의 목소리를 들은 이들의 심정이 어떨지는 뻔했다.

김현성뿐만이 아니다. 박덕구와 차희라는 물론, 방금까지만 해도 이쪽의 응원을 보내던 관계자들 역시 침통한 표정으로 이쪽을 응시하고 있다.

뭔가 할 말을 찾고 있는 녀석을 향해 입을 열자 다시 한번 주먹을 꽉 쥐는 김현성의 모습을 확인할 수 있었다.

"더 늦기 전에……."

"기, 기영 씨."

"현성 씨가…… 해주셔야 합니다. 더 이상은……."

"정신이 드신 겁니까."

"크으윽!!"

"기영 씨."

"빨리 저를……. 아아아아악!"

"기영 씨!!!"

뭔가 문제가 생겼다는 걸 깨달았는지 앞뒤 안 가리고 이쪽으로 달려오는 꼴이 눈에 보인다.

하지만 녀석을 기다리고 있는 것은 빛기영의 따뜻한 품이 아닌 디아루기아의 거대한 손톱. 콰직 하는 소리와 함께 저 멀리 처박히는 녀석의 모습이 시야에 들어왔다.

-저, 정타로 들어간 것 같은데…….

'버틸 수 있을 겁니다. 생각보다 더 시선이 집중된 것 같아서…… 둘 다 상처투성이인 모습이 더 아름답게 비치지 않겠습니까.'

-어쩌다…… 내가 이런 인간과…… 아니, 방금은…… 어떻게 자기 입으로…… 그, 그따위 대사를…… 수치심이라는 것도 없는 겁니까?

수치심이 밥 먹여주는 거 아니잖아.

"구역질 나는 인…… 제발…… 아아아악! 네가 아직! 크흑!"

"……."

"현성 씨…… 현성 씨, 제발! 그…… 으읏…… 하아, 하아, 하아."

"……."

"아아아아아아악! 하아, 하아, 부탁……."

"……."

이기영 전 생을 통틀어 가장 어렵다고 말할 수 있을 정도의 연기. 안기모나 김예리도 이 정도 연기를 선보일 수 없으리라.

내면에서 빛기영과 둠기영이 정신적인 충돌을 일으키는 광경은 그 어떤 싸움보다 처절하다. 얼굴을 일그러뜨리고 온몸이 뒤틀린 채로 헛구역질을 내뱉거나 가슴을 부여잡는다.

비릿한 미소를 흘리면서도 슬픔에 가득 찬 눈은 계속해서 악어의 눈물을 쏟아낸다. 악에 대항하기에는 역부족이라는 듯이, 더 이상은 한계라는 듯이 계속해서 거친 숨을 몰아쉰다.

아마 현재가 시청률이 꼭대기에 자리해 있는 타이밍이 아닐까. 단언컨대 전 대륙의 인간들이 지금 이 모습을 바라보며 기도를 드리고 있으리라.

제발 이기영 명예추기경님이 저 타락한 자신과의 싸움을 이겨내기를. 제발 베니고어의 화신이 벨리알의 힘에 저항할 수 있기를. 제발 평소와 같은 모습으로 빛과 함께 싸워주기를 기다리고 있음이 분명했다.

하지만 본래 관객들의 기대는 배신하라고 있는 것이 아니던가. 빛기영이 마지막 말을 내뱉기 위해 튀어나왔던 것도 잠시, 찢어 죽여도 시원치 않을 둠기영이 몸의 지배권을 가져온다.

"하아, 하아, 하아."

흘러내리는 눈물을 닦고 다시 한번 가면을 매만진다. 그 어느 때보다도 비열한 미소를 내보내며 다시 한번 육체의 지배권을 획득했음을 알리는 신호탄을 전 대륙에 쏘아 올린다.

"푸하하하하핫!"

손발이 오그라들 정도로 중2력이 충만한 웃음소리였지만, 누군가에는 절망 그 자체라고 할 수 있을 정도로 충격적인 명장면.

연기가 걷히고 천천히 발걸음을 옮기고 있는 김현성의 얼굴은 뭐라고 표현하지 못할 정도로 굳어 있었다. 뭔가 결심이라도 한 것 같은 표정에 괜한 걱정이 들어와 꽂히기는 했지만…….

'이 새끼가 미쳐 가지고 진짜로 죽이지는 않겠지.'

그럴 리가 없다. 조금 전에도 사랑스러운 회귀자가 직접 입을 열지 않았던가. '절대로 포기하지 않겠습니다'라고.

한번 내뱉은 말은 웬만해서는 지키는 스타일인 만큼 녀석이 이쪽을 포기할 리는 없다. 아마 전투 불능 상태로 만들어 정신을 차리게 하겠다는 의지의 표현이 아닐까. 제발 그랬으면 좋겠다.

조금은 걱정스러운 표정으로 다시금 전방을 바라봤지만, 김현성의 표정은 여전히 싸늘했다.

'아니지? 현성아. 우리 아직 친구 맞지?'

'기영 씨 죄송합니다. 그게, 기영 씨의 뜻이라면……' 같은 말을 해오지는 않을까 불안했지만, 다행히 그런 대사를 쳐오지는 않았다. 대신이라 하기에는 뭐하지만, 녀석은 살기가 돋는 표정으로 이쪽을 향해 말을 이었다.

"그 사람을 돌려줘. 네 몸이 아니야, 개자식."

"그가 나고, 내가 곧 그다. 주제도 모르는 인간. 아무것도 모르고 있구나. 멍청한 인간 놈이."

"너는 그 사람이 아니야."

"네가 어떻게 생각해도 달라지는 건 없다. 본질은 변하지 않는 법이니."

"돌려줘. 이 개자식."

"말하지 않았나."

"돌려줘……."

"앵무새 같군."

"돌려줘, 돌려달라고! 이 씨발!! 개새끼야아!!!"

'아니, 왜 욕을 하고 그래…… 현성아…….'

"멍청한……."

"개자시익!!!"

녀석이 몸을 튕기듯이 다가오는 것은 그야말로 순식간.

'이 새끼 왜 이래. 시발, 정신 나갔어. 씨발! 너, 왜 그래!'

뭔지는 모르겠지만, 확실히 정신이 나간 것 같은 눈이었다. 검을 꽉 잡은 손에서는 핏물이 튀어나오고 있었고 방어나 생각 따위는 손에서 놓아버린 것 같은 느낌. 마치 자신을 놓아버렸을 때의 차희라를 보고 있는 것만 같다는 생각이 들 정도였다.

온몸이 분노로 불타는 것 같은 모습을 본 것은 이번이 처음. 숨도 쉴 수 없는 압박감이 저 멀리서부터 느껴진다. 고양이 앞의 생쥐, 아니, 호랑이 앞의 생쥐가 된 듯한 느낌에 몸이 절로 움츠러든다. 첫 대사를 칠 때와는 다른 의미로 지릴 것 같다.

빛기영의 생존 레이더는 계속해서 경종을 울리기 시작, 금방이라도 주저앉고 싶은 심정이다. 하지만…….

"푸하하하하핫! 재밌구나! 재밌어! 무척이나 재밌어!!"

역할극에 빠진 입은 멋대로 중얼거리기 시작했다.

'시발, 어떻게 해! 디아루기아 님……. 시바!!'

-저도 몰라요. 일단 막을 수 있는 데까지는 막아…….

"이 개자식!!!"

'브레스! 시바! 브레스으!!'

-알고 있습니다!

'빨리이이이!'

-보채지 마세요!

콰아아아아아아아아아아아!!!

"저건 또 뭐야……."

양손으로 검을 잡은 녀석이 검을 휘두르자 쏘아져 나간 브레스가 너무나도 쉽게 갈라진다.

디아루기아가 당황했는지 다소 거리를 좁힌 녀석에게 앞발을 휘두른다. 제대로 작정했는지 마력까지 퍼부은 것 같기는 했지만 올바른 판단이라고는 볼 수 없다. 지금은 몸을 뒤쪽으로 빼는 것이 우선이다.

디아루기아 역시 자신이 실수했다는 걸 인지한 모양인지 서둘러 날개를 펼쳤지만, 녀석에게 벗어날 수 있을 리 만무하다.

휘둘러진 검에 의해 땅바닥에 구르는 모습이 눈에 들어왔다. 팔이 하늘로 치솟지는 않았지만, 충격을 주기에는 충분했다.

콰아아아앙!

이해하기 힘든 소리와 함께 디아루기아의 몸이 꼴사납게 자빠지는 꼴은 뭐라 설명할 수가 없었다. 이쪽 역시 다급하게 중심을 잡았지만, 그녀가 넘어지는 방향으로 함께 넘어갈 수밖에 없었다.

그사이 언제 들어왔는지 코앞으로 들이닥친 김현성이 손을 뻗는 모습이 눈에 들어온다. 입술을 깨물고 주먹을 꽉 쥔 모습.

'왜 그렇게 이를 악물어.'

눈동자에서 갈등이 느껴진 것도 잠시, 결심한 듯 팔을 얼굴 쪽으로 뻗어오는 모습을 보고는 다급하게 벨리알 님을 찾을 수밖에 없었다.

'벨리알 님! 나 죽어…… 나 죽어요!'

동시에 내 몸으로는 컨트롤 자체가 불가능한 마력이 몸에서 뿜어져 나온다.

그 마력은 어느새 거대한 이형의 악마 형태로 이쪽을 감싸는 중이다. 마치 벨리알의 모습이라 봐도 무방할 정도였다.

차이점은 눈에 보이는 마력으로 이루어져 있다는 것. 정말로 마력이 이런 방식으로 실체화된 것을 보는 건 이번이 처음이다.

'이 새끼 진짜 때릴라고!'

이 정도 마력이 있다면 일단은 한 대 맞아도 안심이라고 생각했던 순간.

'어어어?!'

콰아아아아아앙!

몸을 통째로 뒤흔드는 거대한 충격이 온몸을 덮쳤다.

'아아아아아아악!!!'

본능적으로 입술을 꾹 다물었지만……. 내 몸이 지금 어디로 가는지도 모르겠다. 어디로 튕겨 나가고 있는 건지, 정확히 어떻게 된 건지 파악할 수 없었다. 심지어 죽은 게 아닐까 하는 생각이 들 정도로 거대한 충격에 숨이 턱 막혀왔다.

기차를 타고 달리는 것처럼 풍경이 바뀐 이후에야 정체를 알 수 없는 곳으로 처박힌 몸.

콰드드드드득!!!

"콜록! 콜록!"

자꾸만 나오는 헛기침.

'시바, 살아 있는 거 맞지.'

대부분의 충격을 마력이 막아줬는데도 이 모양 이 꼴이다.

다리가 후들거렸지만, 일단은 열심히 중얼거릴 수밖에 없었다.

“재미있구나! 재미있어!”

‘재미없어. 집에 가고 싶어……. 이제 안 할래…… 시바…….’

하지만 내 뜻과는 별개로 내 몸을 감싼 벨리알의 마력은 몸을 일으키기 시작, 곧이어 검을 들고 덮쳐온 김현성에게 그 커다란 주먹을 휘둘렀다.

김현성은 콰직 하는 소리와 함께 다시 한번 땅바닥을 나뒹굴었지만 눈 깜빡할 사이에 벌써 눈앞으로 다가와 검을 휘두른다.

‘지금 살려달라고 하면 너무 없어 보이지, 그렇지?’

콰앙!

커다란 소리와 함께 다시 한번 몸이 흔들린다.

벨리알의 마력은 녀석의 검을 완벽히 막아냈지만, 몸을 강타한 충격은 진짜. 벨리알로서도 이 내부의 충격은 어쩔 수 없는 것 같았다.

한쪽 괴물이 사정을 봐주고 있는 것 같았지만, 괴물과 괴물의 격돌이라고 해도 과언이 아닌 상황은 나 역시 침을 삼키게 만든다.

서로 계속해서 공격을 주고받는 모습은 어떻게 보면 처절해 보이기까지 하다. 피투성이가 된 모습으로, 계속해서 검을 휘두르는 녀석을 보니 괜스레 찡한 감정이 드는 것도 무리가 아니리라.

'아이고, 현성아아아아……'

"제기랄!!"

"……"

"제기라알!!!"

"푸…… 푸하하하핫!"

"으아아아아아아아!!!"

녀석답지 않게 억지로 힘을 짜내는 것이 눈에 보였다. 잘 움직이지 않는 다리를 두드리며 억지로 격전지로 몸을 옮기고 있다.

시간이 흐르면 흐를수록 벨리알의 마력은 사그라들고, 녀석의 몸에는 상처가 쌓인다. 이미 움직이기도 힘든 상태로 서로가 한계를 맞이하고 있다. 몇 시간 동안 그렇게 치고받고 있었으니까.

전장은 이미 소강상태. 이제는 한계에 내몰린 모두가 이 처절한 싸움을 바라보고 있었다.

"하아, 하아, 쓰레기…… 치고는 제법이군."

"구할 수 있어."

"무슨 말을……"

"구할 수 있어. 구할 수 있다고……"

"……"

"이번에는 구할 수 있어. 이번에는 분명히…… 구할 수 있을 거야."

누가 봐도 울먹이고 있는 표정은 정신적으로도 한계에 내몰려 있다는 걸 말해주고 있는 것 같았다. 지금껏 즐겁게만 상황을 관망해 왔던 나조차 양심에 작은 상처를 입었을 정도였으니 다른 말이 필요 없으리라.

"구할 수 있습니다, 기영 씨. 분명히…… 반드시…… 그러니까 믿고 버텨주세요. 저를 믿고 버텨주세요."

폐허가 된 린델 위에서 애써 울음을 꾹 참는 김현성의 모습이 시야에 비쳐왔다.

152장

떠오르는 빛

빛의 검사와 타락한 성자의 싸움을 뭐라고 표현해야 할까.

-구해내겠습니다. 그러니까…… 조금만 더 버텨주세요.

-…….

-조금만 더 버텨주세요. 분명히 버텨내실 수 있을 겁니다.

만약 후대의 인물이 이 싸움에 대해서 묻는다면 틀림없이 이렇게 대답할 것이다. 그 싸움은 신화 속에 나오는 장면 같았지만, 처절한 두 사람의 싸움이기도 했다고. 너무나도 비현실적이었기 때문에 크게 와닿지 않았지만, 그 어떤 싸움보다 공감할 수 있는 싸움이었다고. 그들이 겪는 고통을 느낄 수 없었지만, 그들이 느끼는 아픔은 이해할 수 있었다고.

어떻게 생각해도 부족한 표현이지만 그렇게밖에 표현할 수 없을 것이다. 아마 이곳에 모인 모든 사람이, 저 장소에 자리한 모든 이들이 같은 생각을 하고 있으리라.

격전이 벌어지고 있는 곳에서 만들어지고 있는 이야기에 나 역시 멍하니 하늘 위를 바라볼 수밖에 없었다.

"인간이 아니야……."

아니, 저들은 인간이다. 우리와 같은 보잘것없는 신의 피조물이 맞다.

"괴물……."

아니, 그들은 괴물이 아니다. 그들이 가진 힘은 신에 필적할 정도지만 그들은 절대로 괴물이 아니다. 오히려 그 어떤 인간보다 더 인간적이다. 그래, 분명, 그 어떤 인간보다 인간적일 것이다.

뭐라 말로 형용할 수 없는 장면에, 베니고어의 이름을 읊조리며 다시금 고개를 치켜들 수밖에 없었다. 아직 견습에 불과해 무대에 서지 못하지만, 신과 함께하는 사제인 만큼 후대를 위해서라도 저 싸움을 눈에 담아둬야 했으니까.

타락한 성자를 감싸고 있는 거대한 마력이 그 팔을 휘두르자 폐허가 된 도시가 다시금 뒤집힌다. 쾅! 하는 소리와 함께 빛의 검사의 몸이 튕겨 나가지만, 그는 다시 한번 몸을 일으킨다.

전투에 관해 제대로 모르고 있는 일반인이더라도 아마 알 수 있을 것이다. 이미 저 검사의 몸은 한계라고, 더 이상 움직일 수 있는 몸이 아니라고, 이 이상 몸을 썼다가는 정말로 위험할지도 모른다고, 더 이상 몸을 일으키지 말라고.

-이번에는 반드시…….

하지만 검사는 몸을 일으킨다. 잘 움직이지 않는 다리로, 이미 피투성이가 된 몸으로, 아무렇지도 않다는 듯이 그렇게 몸을 일으킨다. 울컥울컥 피를 내뱉으며 아무것도 아니라는 듯 다시금 검을 들어 올리고 있었다.

-이번에는…… 반드시…….

그 모습은 뭐라고 표현할 방법이 없을 정도로 처절해 보였다. 그 어떤 이의 모습보다 슬퍼 보였으며 많은 짐을 가지고 있는 이처럼 보였다. 후들거리는 다리를 붙잡으면서도 검사는 그렇게 검을 들어 올렸다.

안 그래도 조용했던 장내에 다시 한번 침묵이 감돈다. 기도를 드리던 이도, 세상이 멸망할 거라고 이제 대륙은 끝났다고 울부짖던 이도, 악마들을 저주하던 이들도 모두 침묵을 지키고 있다. 단순히 하늘을 올려다볼 뿐, 다른 어떤 행동도 하지 않고 있다.

당장 전투를 벌이고 있는 병사들도 그렇다. 서로를 견제하던 적과 아군도 거리를 벌린 채 일어나고 있는 처절한 싸움을 바라보고 있다. 모두가 자신과 같은 심정일 것이다.

빛의 검사는 검을 휘두른다. 타락한 성자의 몸은 물리적으로 설명이 되지 않은 거리를 튕겨 나갔고, 검사는 다시 한번 움직이지 않는 다리를 이끌고 성자에게 따라붙는다.

마력과 검이 부딪칠 때마다 들려오는 굉음과 사방으로 튀는 파편들. 두 사람의 싸움에 지형이 바뀌고 있다는 것은 결코 와닿지 않는다.

제대로 눈으로 확인할 수도 없는 싸움을 어떻게 공감할 수 있을까. 시간이 지나면 지날수록, 그들이 한계를 맞으면 맞을수록, 그들의 모습을 가까이에서 담을수록 주먹을 꽉 쥘 수밖에 없었다. 몇십 분, 아니, 몇 시간이 흘렀는지도 가늠할 수 없다. 하지만 그들의 싸움은 계속해서 이어지고 있었다.

쓰러지고 또 쓰러져도 일어나는 검사의 온몸이 넝마가 될수록 타락한 성자를 감싸고 있는 이형의 마력 또한 점점 더 힘을 잃는다.

-구할 수 있어.

-그만!

-기다려 주세요.

-더 이상 지껄이지 마라! 쓰레기 같은 인간!

-믿고 있겠습니다.

-…….

-믿고 계신 만큼 믿고 있습니다.

타락한 성자의 한쪽 눈에서는 눈물이 흘러내리고 검사는 힘이 들어가지 않는 팔에 다시금 마력을 집어넣는다. 검을 쥔 손에서는 계속해서 핏물이 떨어진다. 너덜너덜해진 팔로 다시금, 계속해서, 검을 휘두른다.

그 어떤 성전이 이보다 더 아름다울 수 있을까. 그 어떤 영웅이 저런 모습을 보일 수 있을까. 타락한 성자는 자신을 죽여달라고, 더 이상은 이런 모습으로 있기 싫다고 절규하며 다시 한번 끝을 내달라고 부르짖고 있다.

옆쪽에서 기도를 드리고 있는 이들의 모습을 본 것은 바로 그때였다.

"사제님."

"……."

"명예추기경님은……."

확신할 수 없다. 하지만.

"분명히 승리하실 겁니다. 분명히요."

최대한 긍정적으로 입을 열 수밖에 없었다. 이곳에 있는 이들을 안심시키는 것이 내게 주어진 일이었으니까.

"분명히 빛의 검사께서 길을 인도해 주실 겁니다. 명예추기경님이 계셔야 할 곳이 어디인지, 어디가 명예추기경님이 가야 할 곳인지, 인도해 주실 겁니다. 그렇기 위해 싸우고 있는 겁니다."

"……."

"명예추기경님이 있어야 할 장소는 저곳이 아닙니다. 악몽과 악의가, 어둠과 고통이 있는 곳이 아닙니다. 항상, 항상 명예추기경님은 저희를 인도해 주셨습니다. 이 대륙에 인간들이 나아가야 할 곳은 어디인지, 진정으로 대륙인들이 걸어야 할 길은 어느 곳인지 항상 아둔한 저희에게 제시해 주셨습니다."

"……."

"잠깐 길을 잃으신 거로 생각합시다. 남들보다 더 높은 곳에 있는 이상을, 더 멀리 있는 가치를 좇다가 잠깐 길을 잃으셨을 뿐입니다."

"돌아올 수 있으실까요."

"네, 분명히, 분명히 그럴 겁니다. 왜냐하면……."

"노을……."

그래. 분명히 가능할 것이다. 어두운 밤하늘을 비추기 시작하는 붉은 노을빛이 떠오르고 있었으니까.

"네. 빛께서 그분을 다시 이끌어주실 테니까요."

"어째서 악마들이……."

"글쎄요. 낸들 알겠습니까. 아마 저들도 지켜보고 싶나 봅니다. 인간을 시험하고 조롱하는 것은 그들이 가장 즐기는 일이니까요."

"그 말씀은……."

"아마 저 싸움을 지켜보고 싶은 거겠죠. 우리가 믿고 있는 빛보다 그들이 가지고 있는 힘이 더 강대하다는 걸 보여주고 싶을 테니……."

"악취미로군요."

성벽 위에 앉아 먼 곳을 바라보자 저도 모르게 착찹한 마음이 들기 시작했다.

끝나지 않을 것처럼 이어진 전투가 잠깐 소강상태가 되었다. 이미 이번 전투는 이쪽의 손을 떠났다. 당연히 그렇게 생각할 수밖에 없었다. 지금 와서 섣부르게 도우려 손을 뻗는다면 분명히 다시 한번 전투가 벌어지게 되리라.

아니, 사실 그것보다는…….

'몸이 움직이지 않는 게 가장 크지.'

더 이상 몸을 움직일 여력이 없다. 자신뿐만이 아니다. 다른 이들도 모두 마찬가지리라.

멀리 떨어지지 않는 곳에서는 붉은 용병의 단장이 거친 숨을 몰아쉬며 성벽에 몸을 기대고 있다. 검은 백조의 길드마스터인 박연주 역시 크게 다르지 않다. 잘려 나간 한쪽 다리를 치료받으며 저 멀리 있는 장소를 지긋이 응시하고 있었다. 명성 높은 파란 길드원들 역시 한곳에 모여 쓰러지듯 앉아 있었다.

대륙 내에서 손에 꼽는 강자들이 저러할진대 일반 병사들이 어떤 상태일지는 뻔할 뻔 자. 지독했던 전투에 탈진한 병력이 반이 넘는 상황이란다. 잠깐이라도 재정비할 수 있는 시간을 오히려 기회로 삼는 게 옳다. 지휘부에서도 대기하라는 명령을 내린 것은 분명 이 같은 판단이 섰기 때문이리라.

이미 성벽의 반 이상을 악마들에게 빼앗긴 상황이다. 저 전투에 희망을 걸어볼 수밖에 없다는 게 우습게 느껴졌다.

'웃기는군.'

마치 투기장이나 다를 바 없다고 생각했다. 린델을 감싼 성벽의 위에서 빛의 검사와 타락한 성자의 싸움을 구경하는 상황이었으니까.

'어떻게 움직일 수 있는 거지.'

자신 역시 잔뼈가 굵은 모험가다. 저들의 상태가 제대로 움직일 수 있는 상태가 아니라는 건 그 누구보다도 잘 알고 있다.

지금 자신의 몸 상태보다 더욱더 최악으로 보이는 모습에는 씁쓸한 웃음을 지을 수밖에 없었다.

마침 자신과 비슷한 생각을 한 녀석이 있었던 모양인지 제법 멀리 떨어진 곳에서 왠지 모르게 익숙한 목소리가 들려오기 시작했다.

"같은 사람이 맞는 건가. 어처구니가 없군. 고작 둘이서 도시를 저렇게 폐허로 만들어 버린 거로 모자라서…… 지금까지 저렇게 치고받고 있으니……."

"왜 힘들지 않겠나. 아마 당장에라도 쓰러지고 싶은 게 분명하겠지."

"그야 그렇기는 하지만……."

"장담컨대 내가 저 몸 상태였다면 제대로 설 수도 없을 거야. 마력을 전부 사용하고 체력을 조금 소진한 것만으로 이 모양 이 꼴인데……. 아마 자네도 다르지 않을 거야."

"……."

"격을 벗어난 인간이라고 해서 힘들지 않은 게 아니야. 버티고 있는 거지."

"……."

"쓰러질 수 없는 이유가 있는 게 아니겠나? 나 같이 자기 목숨만 중요한 멍청한 놈보다는 뭔가 더 그럴듯한 이유가 있다고 생각하는 게 맞아. 함께 싸우고 있는 베니고어의 상징 역시 마찬가지고."

"……."

"타인을 위해 자신의 목숨을 버리는 이타적인 행동은 상상하는 것만큼 쉬운 게 아니야. 그런 의미에서 어떤가. 우리 내기라도 하지 않겠는가."

"왜 그 소리가 안 나오나 했다. 멍청한 도박꾼 자식."

고개를 돌리자 역시나 익숙한 얼굴들이 시야에 들어왔다.

'살아 있었구나.'

펍에 함께 다니던 동료들이다. 한 녀석은 린델의 난봉꾼 캐넌, 나머지 한 녀석은 삼류 도박사 조지. 반가움에 슬쩍 손을 들었지만, 이쪽은 눈에 보이지 않는 듯했다.

"마지막까지 꼭 그래야겠어?"

"마지막이라면 더욱더 즐겨야 하지 않겠는가. 내 인생에 마지막이 될지도 모르는 도박인데. 그렇다고 해서 패하는 쪽에 거는 건 아니라네, 캐넌. 나는 저 빛의 검사 쪽에 걸지."

"이유가 따로 있나."

"삼류 도박쟁이가 무슨 이유가 있겠나. 그냥 감이 팍 하고 온 거지, 뭐."

"재수 없는 소리 하지 마. 조지. 네 감이 구리다는 건 여기 있는 사람들 모두가 알고 있으니까."

"글쎄. 한번 두고 보자고. 이번에는 왠지 맞을 것 같단 말이야. 그리고……."

"뭐?"

"이건 어디에 걸어도 이기는 도박이 아닌가. 명예추기경이 이긴다는 쪽에 걸어도 빛의 검사 쪽에 걸어도 어느 쪽이든 이기는 게임인데 내가 질 리가 있나. 콜록."

'개소리를…….'

하지만 불안했던 마음이 조금은 가시는 것 같은 기분이 든다. 기본적으로 멍청한 놈이기는 했지만 가끔씩 저런 소리를 지껄여 줄 때가 있다.

조금은 마음이 편해진 것 같은 기분, 만약 정말로 모든 게 녀석의 말대로 끝나게 된다면 펍으로 데려가 질릴 때까지 술을 먹여주리라.

그런 쓸데없는 생각을 하며 일단은 전방을 응시했다. 녀석의 도박이 이번에는 맞아떨어졌는지 확인해야 하지 않겠는가. 감이 안 좋은 녀석이기는 했지만…….

"하하."

왠지 모르게 이번에는 맞을 수도 있다고 생각했다.

"참, 타이밍도 귀신같구만. 누군가가 마련해 준 무대처럼 보이지 않은가."

눈이 부실 정도로 떠오르고 있는 붉은색의 빛.

저도 모르게 입가에 미소를 담을 수밖에 없었다.

굉음이 귀를 때리고, 땅이 제멋대로 갈라진다. 도시의 잔해들이 사방팔방 튀고 몸은 의도하지 않은 방향으로 튕겨 나간다.

마력의 압박감에 숨을 제대로 쉴 수조차 없다. 정확히 말하면 숨 돌릴 여유도 없다고 하는 표현이 맞으리라. 전방에 있는 대상에게 눈을 뗄 수가 없었으니까.

힐끔 시선을 돌리기가 무섭게 마력을 가득 담은 참격이 사방에서 날아오고 있는 것이 눈에 보였다.

콰득! 콰지지직!

이런 소리도 이제는 지겨울 지경.

도시는 완전히 폐허가 된 지 오래다. 조금 과장해서 말하자면 1회차의 린델의 모습보다 더욱더 망가져 있다고 느껴질 정도였다. 단 두 사람이 만들어낸 싸움이라고 하기에는 이해할 수 없을 정도의 스케일.

붉은 용병의 길드하우스였던 곳도, 린델에 자리 잡은 모험가들이 사랑했던 광장도, 폐허가 된 장소는 이제 어디가 어디인지 구분조차 힘들다. 병력들이 마력으로 보호하고 있는 성벽만이 남아 있는 전부, 지켜야 할 곳은 이미 없다.

그런데도 성벽 위에서 이 전투 아닌 전투를 바라보고 있는 이들이 많다. 확실히 이 전투가 이번 싸움을 결정지을 거라는 사실을 아는 것이리라.

무척이나 어수선했던 장내도 어느 정도 정리된 것 같다. 응원을 보내던 이들도 이제는 쥐 죽은 듯이 조용해졌다.

이 거대한 무대 위에서 들리는 소음을 여기 있는 두 명이서 만들고 있다는 사실이 무척 신경 쓰인다.

'시간이 얼마나 지난 거지.'

솔직히 자세하게 계산해 보지는 않았다. 아니, 계산해 볼 여유가 없었다. 이쪽 역시 정신이 없었으니까.

본격적으로 마지막 페이즈에 진입한 이후에는 뭐가 어떻게 흘러가고 있는지도 인지하기 힘들었다.

아마 김현성 역시 마찬가지일 것이다. 이쪽을 먼저 전투 불능으로 만들어야 한다는 판단이 선 이후에 이성을 잃은 것 같은 녀석 역시 몸 안에 있는 마력 대부분을 쏟아부었다.

솔직히 말해 겉모습은 조금 짠하게 느껴진다. 그만큼 필사적이었다. 물론 지금도 필사적이고. 나 역시 상태가 좋지 않기는 마찬가지였지만, 김현성보다 더하지는 않았다.

'이 새끼, 진짜…….'

넝마가 된 몸. 항상 말끔하던 녀석의 모습과는 무척 대비되는 모습이다.

적당한 시점에 끝내려고 했건만 괜찮은 타이밍이 나오지 않아 질질 끈 게 여기까지 와버렸다. 한 가지 안심할 수 있었던 것은 녀석의 두 눈이 아직 확고한 믿음을 보내고 있었다는 것. 사실 이쯤 되면 포기할 만도 하건만, 녀석의 눈빛에는 변함이 없다.

'아이고, 너무 미안해진다.'

이쯤 되면 목석같은 양심도 반응하게 마련이다.

녀석은 계속해서 구해야겠다는 말을 중얼거리며, 확신이 깃든 눈으로 다시 한번 몸을 일으키고 있다.

또다시 몸을 날려 오는 것이 시야에 비친다. 여전히 빨랐지만, 이전과 비교하면 그 날카로움이 부족하다. 녀석이 검을 휘두르고 유형화된 벨리알의 마력은 또 한 번 녀석의 검을 쳐낸다.

울컥 피가 튀어나오려고 하는 것을 참는 상황. 나 역시도 힘들기는 마찬가지다. 싸우고 있는 것은 벨리알이었지만, 이런 적이 있었나 싶을 정도로 몸을 혹사시키고 있었으니까.

이미 몇 시간 전부터 거친 숨을 몰아쉬며 다리를 떨던 김현성과 비교하자면 미안한 수준이지만 김현성이 힘들다고 내가 덜 힘들어지는 것은 아니지 않은가. 애초에 5시간만 걸어도 다리가 아파져 오는 나다. 전력을 다해 몸을 부딪쳤다는 걸 생각하면 주저앉고 싶은 마음이 드는 것도 무리가 아니다.

콰아아아앙!!

김현성이 몸을 날려오고 이쪽은 다시금 녀석을 쳐낸다. 이

지겨운 패턴만 벌써 몇 시간째인지 모르겠다. 서로 노리는 바가 너무나도 확실하니 전투 자체가 단순해지는 것도 당연하다. 거기에 움직임까지 천천히 느려지고 있으니 외부에서 보기에는 더 처절하게 느껴지리라.

콰득 하는 소리와 함께 이쪽의 마력과 저쪽의 검이 부딪치기 시작했다. 충격이 느껴지기 무섭게 몸이 뒤쪽으로 튕겨 나간다.

곧바로 몸을 일으키지는 않았다. 김현성 역시 반대쪽으로 튕겨 나갔으니까.

'일어나기 싫다.'

오래간만에 찾아온 여유에 힐끔 성벽을 살피자 이미 리타이어한 이들이 성벽 위에 있는 것이 보였다. 파란 길드원들 역시 손가락 하나 까닥할 수 없는 상태인 듯하다.

네임드라고 말할 수 있는 이들 역시 몸에 난 상처들을 치료받으며 싸움을 지켜보고 있다.

특히나 검사 직군으로 이루어진 이들은 김현성에게서 눈을 떼지 못한다. 검에 대해서 아무것도 모르는 내가 보기에도 신기할 정도였으니, 저들은 아마 나보다 더 많은 것을 느끼고 있지 않을까 싶다. 기도를 드리는 이들도 있고 서로 대화를 주고받고 있는 녀석들도 있다.

모두의 공통점은 이 싸움에서 눈을 떼지 못하고 있었다는 것. 차마 말로 표현하지 못할 정도로 처절한 싸움은, 무척 힘들기는 했지만, 저들에게 뭔가 간질간질한 감정을 전달하기에는 충분할 것이다.

그 와중에 신경 쓰였던 것 하나는…….

'하얀이는 어디에 있지.'

전장에 참여하지 않았던 정하얀의 존재였다.

멘탈이 아직 회복되지 않았다는 건 알았지만, 조금은 불안해진다. 아무리 패닉 상태에 있다고는 해도 이렇게까지 조용하니, 무언가 이상하다고 느낄 수밖에 없지 않은가.

하지만…….

'그래, 얘는 여기서 아무것도 안 하는 게 맞아.'

이번에는 그게 맞다. 기왕이면 일이 끝날 때까지 반쯤은 이런 상태를 유지했으면 좋겠다. 그래야 본인의 잘못을 더 실감할 수 있고 마무리다운 마무리를 지을 수 있을 테니까. 뭐가 어찌 됐든 눈앞에 있는 일보다 더 중요한 일은 없다.

천천히 몸을 일으킨다. 김현성 역시 몸을 일으키고 있었다. 거친 숨을 헐떡이며 계속해서 한곳만을 응시하고 있는 모습이 시야에 비쳤다.

"허억, 허억."

다시 검을 들어 올리는 모습. 여유가 사라지고 있다는 표정을 얼굴에 담는 것은 당연한 수순이다. 계속해서 가면 쪽에 손을 가져다 댄다.

이대로는 너무 힘들다. 조금이라도 쉬고 싶은 마음에 녀석을 향해 슬쩍 말을 건네기 시작했다.

"이렇게까지 밀어붙일 줄이야……. 인정하지."

"허억, 허억."

"넌 내가 본 인간 중에 가장 강해. 이 재미없는 전투를 이렇게까지 끌고 올 수 있을 줄은 생각하지 못했다. 콜록! 콜록!"

"……."

"하지만 이미 한계가 아닌가. 명백히 네 몸은 한계가 맞아. 아마 서 있는 게 한계일 테지."

"……."

'뭐라 말 좀 해줘라. 현성아. 숨 좀 돌리자.'

"혼자 싸우고 있는 게 아니니까."

'취소, 시발, 취소. 그런 대사 치지 마, 현성아. 제발…… 너무 부끄럽다. 진짜…….'

내 얼굴이 다 붉어질 정도로 부끄러운 대사를 아무렇지도 않게 던지는 모습.

'제발 날 죽여줘'가 레벨이 높기는 했지만, 이 대사 역시 얼굴이 붉어지기는 마찬가지다.

물론 녀석의 입장은 나와는 다르다. 방금의 대사는 녀석이 얼마나 이 무대에 몰입하고 있는지를 알려주고 있는 지표다.

습관적으로 머리를 매만지며 고통스러워하는 기믹을 내부에서 아직 빛기영이 저항하고 있는 모습이라고 생각하는 것 같았다.

부끄러웠지만 이건 그림이 된다. 역할에 충실하다는 건 이 모든 상황을 보고 있을 관객들에게 공감을 주고 있다는 이야기와 진배없으니까.

"그래서 서 있을 수 있는 겁니다."

'……'

"기영 씨가 아직도 싸우고 있으니까. 저도 싸울 수 있는 겁니다."

"큭……."

부끄러움에 얼굴이 빨개진 게 들킬까. 황급히 머리를 부여잡으며 고개를 숙인다.

"저도 포기하지 않겠습니다. 그러니…… 기영 씨 역시 포기하지 말아주세요."

'감정선은 좋다, 야.'

하지만 감당하는 것은 오로지 내 몫.

대화는 끝났다. 휴식도 끝났고 녀석은 다시금 이쪽으로 몸을 옮겼다. 나 역시 천천히 서서 팔을 들어 올린다.

쾅 하는 소리와 함께 서로의 몸이 바깥으로 튕겨 나가고, 또 다시 몸을 일으킨다.

명백히 한계다. 몇 시간 전부터 이런 생각을 한 건지 모르겠다. 이미 사용할 마력도 없고 팔다리는 부러졌을지도 모른다. 체력은 2페이즈에 돌입하기 전부터 바닥난 상황이었고 몸에 쌓인 대미지는 이미 몇 번 죽어도 이상하지 않을 정도였다.

"허억, 허억."

"하아……."

녀석이 검에 두른 마력의 불꽃이 점점 더 사그라진다.

그건 이쪽 역시 마찬가지다. 벨리알의 마력은 조금 남아 있을지 모르겠지만, 더 이상의 출력을 견디는 것은 내 쪽에서 무리. 아마 벨리알도 너무 많은 마력을 사용한 상황이리라. 현세에 넘어오며 몇 번의 너프를 겪기도 했고 다른 악마들을 불러오기까지 했으니, 쌓인 실적이라도 사용하지 않는 한…….

'무리겠지.'

아마 이번이 마지막, 더 이상은 김현성의 몸이 버텨내지 못한다. 온몸을 감싸고 있던 마력의 갑옷은 이미 벗겨져 있었고, 검에 맺힌 마력도 얼마 되지 않는다.

내 몸을 보호하고 있는 벨리알의 마력 역시 더 이상 온전한 모습을 유지하지 못하고 있다. 금방이라도 흩어질 것처럼, 꺼지기 직전의 촛불 같은 상태.

"후우……."

숨을 헐떡이던 녀석이 다시금 자세를 고쳐 잡은 것은 바로 그때였다.

'그래. 이쯤에서 이렇게 하는 게 맞지.'

이쪽 역시 가면을 움켜쥐며 율리에나를 검집에서 뽑아낸다.

김현성의 꿈에서 본 적이 있는 붉은빛이 천천히 떠오른 순간 다시 한번 확신할 수 있었다.

'여기서 끝내야 돼.'

이번 챕터의 마무리로 이것보다 더 어울리는 배경은 존재하지 않으리라. 그저 바라보기에도 아름다운 광경, 비현실적인 광경이다.

마치 이쪽을 향해 응원이라도 보내는 것처럼 저 노을은 평소의 노을보다 아름답다. 형형색색의 하늘에 자리한 희미한 빛이 폐허를 비추며 물들인다.

'그림 좋네.'

검을 쥔 손에 힘이 들어가는 것이 보인다. 친형제 같은 친우에게 받은 선물로 타락한 성자를 구원하기 위해 천천히 검을 들어 올리는 김현성의 모습. 전형적인 빌런이라면 이 타이밍쯤에 한마디 하는 것이 맞다.

"멍청한 도노반과 같을 거라고는 생각하지 마라, 벌레 같은 놈."

당연하지만 김현성은 대답하지 않는다. 그저 검을 들며 이쪽을 노려볼 뿐이었다.

천천히 검을 든 손을 움직이자 나조차도 깜짝 놀랄 마력이 모여들기 시작했다.

"자신의 무지함과 어리석음을 곱씹으며 죽어라."

"후우."

준비하는 기간은 길었지만 검을 휘두른 것은 찰나.

폐허를 비춘 빛이 완전히 그 모습을 드러냈을 때 김현성의 검도 함께 빛을 뿜었다.

은은한 붉은색의 빛은 어느새 제대로 눈을 뜰 수도 없을 정도의 맹렬한 빛을 내뿜으며 세상을 환하게 비췄다.

'키야!!!'

이쪽 역시 최대한 저항하며 어울려 주는 것이 맞으리라.

"죽어라! 벌레 같은 놈!"

강대한 두 기운이 맞부딪친 그 순간, 린델이 새하얗게 물들기 시작했다. 상극에 가까운 두 기운이 부딪쳤으니 뭔가 거대한 효과가 있으리라고 생각했지만 내 생각보다 훨씬 더 아름다운 광경.

물론 단순히 아름답다는 표현은 어울리지 않는다. 아마 다른 갤러리들도 비슷한 생각을 하고 있으리라.

처음에는 검과 검이 부딪쳤지만, 이후에는 점점 더 멀어진다. 각자가 내뿜는 마력에 영향을 받아 자리를 잡은 땅이 파인다. 녀석과 나를 중심으로 거대한 원이 생겨나고 그 원은 아무것도 남지 않은 린델의 잔해들을 성벽의 바깥으로 밀어 넣는다.

콰아아아아아아아아아아아아앙!!!

"으아아아아아아아아!"

이번에도 어울리지 않는 함성을 내지른다. 악에 받치는 함성이다. 아마 의식적으로 소리를 지르는 거라고 생각했다. 그렇게라도 하지 않으면 버틸 수 없다고 생각하고 있을 테니까.

"으아아아아아아아아아아아!"

보이는 모습 자체는 완벽한 영웅의 풍모. 빛에 휩싸인 채로 악마의 기운을 몰아내기 위해 최선을 다하는 녀석의 모습을 그 누가 폄하할 수 있을까. 뻔한 표현이지만 신성함마저 느껴질 정도였다.

비릿한 미소를 지으며 녀석을 바라보자 똑바로 이쪽을 바라보고 있는 김현성의 모습이 시야에 비친다. 절대로 포기할 수 없다는 듯이 눈에 눈물을 머금고 입술을 꽉 깨물며 또 한 번 몸 안에 있는 모든 기운을 쏟아붓는다.

'그래, 수고했다. 인제 그만 끝내자, 현성아…….'

그게 맞다. 더 이상 녀석을 고생시키는 건 너무나도 미안한 이야기였으니까.

하지만 속에서는 자꾸만 뭔가 아쉬운 기분이 들었다. 모두가 만족스러운 엔딩으로 생각하겠지만 본래 창작자라는 건 항상 자신의 작품이 만족스럽지 못한 법이다. 우직 우직 하는 소리와 함께 마력에 의해 가면이 점점 깨져갈수록 점점 더 초조해진다.

바로 그때였다.

'저…… 저 미친년.'

얼마 떨어지지 않은 곳에서 정하얀이 그 모습을 드러낸 것. 순간적으로 깜짝 놀란 것은 당연지사.

'제기랄!'

혹시나 김현성에게 마법이라도 퍼붓는 것은 아닌지 걱정되었다. 리무르아의 둥지에서도 내게 마법을 내리꽂는 마법사의 배를 단검으로 찌른 전적이 있었으니까.

다시금 김현성을 바라봤지만, 녀석은 지금 이 힘을 유지하는 것으로 한계, 정하얀을 바라보지 못하고 있다.

황급하게 기운을 회수해야겠다고 생각했지만, 이미 뻗어 나간 기운을 회수할 방법이 있을 리 만무.

'죽을지도 몰라.'

안 그래도 김현성은 한계다. 만약 정하얀에게 방해를 받는다면…… 뻗어 나간 마력에 의해 온몸이 산산조각…….

"어?"

그렇게 최악의 상황을 생각하고 있을 때였다. 자그마한 불꽃 덩어리가 머리를 강타한 것.

"어?! 니가……."

고개를 돌리자 시야에 들어온 것은 얼굴이 창백해진 채 팔을 부들부들 떨고 있는 정하얀의 모습.

"죄, 죄, 죄…… 죄송해요. 죄송해요, 으으으윽……."

'시…… 시바.'

"끄으으으윽…… 죄송해요…… 끄으윽……."

'장하다. 하얀아, 진짜 장하다. 그래! 씨바, 이거였어! 이 장면이 필요했던 것 같아.'

기쁜 마음으로 커다란 노호성을 내지른다.

"벌레 같은 년이!!! 감히!!!"

"정신…… 차려주세요……. 끄윽…… 정신을 차려주세요오…… 끄윽……."

'현성아! 지금이야! 지금이라구우우우!!! 이때다!! 이때라구우우우!!!'

"으아아아아아아아아아아아아아아!!!"

김현성도 '지금이야!' 클리셰를 알고 있는 모양인지 마지막 힘을 검에 몰아넣고 있다.

결국에는.

파직!

가면이 부서진다. 빛이 온몸을 뒤덮는 느낌에 황급히 직업을 전환하자 겉모습이 변하는 것이 느껴진다.

이제는 정말로 한계, 몸을 움직일 수조차 없는 상황이다. 설마 이대로 죽는 건 아닌지 하는 불안감도 있었지만, 내리쬐는 빛이 그친 뒤 떠오르는 태양을 등친 채 나에게 손을 뻗는 녀석의 모습을 본 이후에는 힘없는 표정으로 미소를 지을 수밖에 없었다.

"고생하셨습니다. 고생…… 고생하셨습니다. 흐윽, 정말로 고생 많으셨습니다."

마치 어린아이 같은 모습이었다.

"정말로…… 고생 많으셨습니다."

뭐라고 말을 꺼내야 할지 애매하다. 15살 먹은 중학생처럼 감정이 극도로 올라온 김현성을 바라보니 내가 다 민망해진다.

깨어난 이후의 첫 대사로 뭐가 제일 적절할지 판단이 서지 않았다. 기억이 난다고 이야기해야 하나, 아니면 아예 모르겠다고 이야기해야 하나.

만약 기억이 난다는 설정을 잡는다면 죄책감에 얼룩진 눈물 파티를 해야 하는 상황. 물론 어쩔 수 없는 관심 종자인 만큼 죄책감의 눈물 파티도 필요했지만, 굳이 이 순간 오열하며 산통을 깰 필요는 없다.

'3일 뒤에 석고대죄 각이지, 뭐.'

일단은 제대로 상황 파악이 되지 않는다는 반응을 보이는 것이 가장 적절하리라.

'이게 맞지. 아암, 그렇고말고.'

본격적으로 즙을 뽑아내기 전에 승리의 여운 정도는 느끼는 게 맞지 않겠는가.

천천히 하늘을 바라보자 어둠이 걷히고 있다. 이미 김현성이 빛을 등지는 모습을 봤지만 구름 한 점 없는 하늘이 눈에 띈다. 아마 녀석의 마력과 벨리알의 마력이 부딪친 영향일 터. 더없이 기분 좋은 풍경이었다는 것은 두 번 말 할 필요도 없을 것이다.

하늘 위에서 천천히 떨어져 내리는 빛의 가루는 또 어떠한가. 마치 승리를 축복해 주는 것만 같았다.

그 가운데 여전히 눈물이 그렁그렁 맺힌 채 이쪽을 바라보는 녀석의 얼굴이 시야에 들어왔다. 당장에라도 왈칵 눈물을 쏟을 것 같은 표정으로 나를 바라보고 있는 녀석의 눈동자에 오만 감정이 들어가 있다. 할 말을 찾기 이전에 양심이 콕콕 찔려오는 것도 무리가 아니리라.

이제는 모든 게 전부 끝났다는 듯, 더 이상 어둠 속에서 길을 헤맬 필요가 없다는 듯, 천천히 손을 뻗는 모습은 괜스레 심금을 울린다. 피투성이가 된 얼굴로 미소 짓는 걸 보면 자신이 현재 어떻게 비치는지 모르고 있는 것 같았다.

녀석의 잘생김도 이번만큼은 부각되지 않았다. 오히려 조금 추한 몰골이라는 표현이 적절하다. 얼굴 반쪽은 상처가 터져 붓고, 피에 젖은 상태였고 남은 한쪽 눈은 제대로 뜨지 못하고 있는 것처럼 보였다. 녀석의 무장 역시 마찬가지다. 온몸에 성한 곳이 하나도 없다는 말이 들어맞는 외관.

가까이서 다시 한번 확인해 보니 내 생각보다 훨씬 더 심각한 상황이라는 걸 깨달을 수밖에 없었다. 이쪽도 정상이 아닌 것은 마찬가지였지만, 그나마 벨리알의 마력에 보호를 받아 겉모습 자체는 멀쩡한 편에 속하는 편이다.

그럼에도 이쪽을 먼저 걱정하는 모습을 보니 내가 다 뿌듯해진다. 금이야 옥이야 보좌해 준 보람이 느껴지는 상황이었다는 거다.

'이 새끼 이거 빨리 치료해야겠는데…….'

"몸은, 몸은 괜찮으신 겁니까?"

"제가…… 지금……."

"제가 누군지 알아보시겠습니까?"

"지금…… 이건……."

"혹시나 다치신 곳이 없는지 확인을……."

'니 몸이나 챙겨, 이 새끼야.'

"일어나실 수 있으시겠습니까?"

천천히 고개를 끄덕이자 녀석이 내 손을 잡고 몸을 일으킨다. 이쪽이 무사한지 스캔을 끝낸 이후에는 안도의 한숨을 몰아쉬기 시작.

우정의 허그가 필요한 시점인 것은 아닌가 생각이 들었지만, 김현성은 자신의 몸에 묻은 것들이 영 신경 쓰이는 모양이다. 하지만 이쪽을 일으켜 세우기 위해 맞잡은 손에서는 녀석의 감정이 자연스레 전해져 왔다.

'진짜 너무 자랑스럽다. 시바, 그래야지.'

뿌듯한 게 당연했다. 녀석이 오늘 보여준 신위를 생각하면 더욱더 확신할 수밖에 없었다.

이쪽이 집어넣은 코인은 명백하게 떡상한 코인. 줄 하나는 제대로 잡았다고 느껴졌다.

"오, 오빠, 오빠아……."

'그래, 우리 하얀이. 너도 수고 많았다. 아이고 오늘따라 얘가 왜 이렇게 이뻐 보여…….'

볼이라도 꼬집어주고 싶은 심정이었다.

얼굴에 화염구를 맞고 좋아하는 게 이상하게 들리기도 하겠지만, 정하얀이 결정적이고, 합리적인 선택을 했다는 게 더 중요했다.

갑자기 튀어나왔을 때만 해도 김현성을 단검으로 찌르지 않을까 걱정했던 것이 사실. 하지만 정하얀은 김현성을 믿는다는 선택지에 발을 들여놓았다.

얼굴에 화염구를 박아 넣은 건 아주 작은 발걸음이었지만, 그녀에게는 무척이나 커다란 발걸음이었다. 아직 손이 덜덜덜 떨리고 있는 것을 보면 그 여파가 남아 있는 것 같았지만, 이내 나를 눈에 담은 정하얀이 김현성을 슬그머니 밀어내고 품에 안겨왔다.

“죄…… 끄윽…… 죄송해요. 잘못했어요…… 끄윽…… 끄윽…….”

“하얀아, 일단…….”

“잘못했어요. 끄윽…….”

“아…….”

정하얀을 잠깐 떼어놓기 위해 머리를 부여잡자 걱정스러워하는 김현성과 정하얀의 모습이 시야에 비쳤다.

이제는 함부로 머리를 잡을 수도 없을 것 같은 느낌이었지만 즐거운 것이 당연하다.

모든 게 다 끝났다. 하지만 김현성의 눈에는 아직도 끝나지 않은 것처럼 비친 모양인지, 다시금 입을 열어온다.

“지금 곧바로 성벽 쪽으로 데려가야 할 것 같습니다. 하얀 씨는 곧바로 기영 씨를 옮겨주세요.”

“…….”

“어째서…….”

“아마 저들이 다시금 공격해 들어올 겁니다. 아직 싸움은 끝나지 않…….”

‘그 몸으로 어딜 싸우려고 그래, 이 양반아. 바깥에 싸돌아다니지 말고 그냥 안에 처박혀 있으라고.’

비틀비틀 몸을 움직이면서도 검을 들어 올리는 모습에는 조금은 질려온다.

'마음은 이해한다. 진짜 애가 너무 기특하다, 진짜.'

"아, 지금, 큭……."

"갑자기 많은 걸 떠올리려고 하지 않았으면 합니다. 기영 씨. 일단은 대피하는 게 먼저입니다. 그 몸 상태로는……."

"아니, 저보다는……."

"저는 괜찮습니다."

'이 새끼, 이거 이미 마음먹었네.'

마치 죽음을 각오한 것처럼 의연한 얼굴이었지만, 아쉽게도 이후에 전투는 벌어지지 않는다. 이쪽의 계산이 대충 들어맞는다면 아마……. 존버하고 있던 베니고어 측에서도 뭔가 액션이 있을 테니까.

빛의 검사가 승리한 덕에 신에 대한 인류의 믿음이 더욱더 확고해진 타이밍. 지금 나타나는 건 포인트를 버리는 게 아니라는 것 정도는 그녀 역시 이해하고 있으리라.

화아아아아아아아악!!!

내가 딱히 무언가를 하기도 전에 커다란 빛이 이쪽을 감싸기 시작했다. 하늘이 열리고 그 안에서는 다시금 빛이 쏟아진다.

"베니고어."

파산한 주제에 신성한 척 등장한 베니고어의 모습은 가관. 이쪽이 아니었다면 저렇게 등장할 수도 없었을 것이다.

확실히 석상과 비슷한 외관이 눈에 띈다. 온몸이 빛에 휩싸여 있지만 특이하게도 그녀의 모습은 무척 눈에 잘 들어온다. 거대한 신성력으로 뒤덮인 모습도 마찬가지.

그 멍청하고 어리석었던 베니고어에게 정체불명의 경외심을 느끼게 될 정도였으니 다른 표현이 필요하지 않다.

-벨리알과 27군단의 악마들에게 고하겠습니다.

목소리에서도 기품이 느껴진다. 대외적으로 보여주는 이미지가 얼마나 중요한지 알고 있는 것이리라. 준비해도 제대로 준비한 것 같은 모습에 나 역시 절로 고개가 끄덕여졌다.

-그대들이 왔던 곳으로 돌아가세요. 이 장소는 그대들이 있어야 할 곳이 아닙니다.

[이제는 헤어질 시간인가 보군.]

'아이고 벨리알 님. 너무 감사했습니다요.'

[조금 더 머물며 현세를 즐기고는 싶지만 더 이상 머무를 수는 없을 것 같다. 저 멍청한 년도 신이라고 어떻게 수습하긴 한 모양이야.]

'이것 참, 너무 아쉽습니다요. 혹여나 시스템이…….'

[아마 외부 고문이 생각하는 게 맞겠지. 사실은 너도 예상하던 것이 아닌가. 시스템이 정상적으로 움직이고 있으니 현세에 머무르기 위해서는 그에 합당한 대가와 마력이 필요하고, 모든 게 끝나면 나는 물론이거니와 27군단의 소환을 유지하지 못할 거라는 판단이 선 것이겠지. 혹시라도 내가 뒤통수를 칠까 염려했던 것이 아니었나.]

'아이고오, 아이고오! 벨리알 님. 제가 어찌 감히 그런 쓰레기 같은 생각을 할 수 있겠습니까. 이미 벨리알 님께서 이 아둔한 인간을 꿰뚫고 있다는 걸 알고 있었습니다요. 그런 구역질 나는 생각 따위는 감히 한 적도 없습니다.'

[푸하하하핫! 걱정할 필요 없다, 구역질 나는 역겨운 인간. 그게 네 매력이 아닌가. 시간이 조금 더 지난 이후가 기대되는군. 너 같이 구역질 나는 인간과 함께하는 게 기대돼 참을 수가 없어. 오늘만 해도 군단장들이 이 모습을 바라보며 기립 박수를 치더군. 정말로 쓰레기 같은 인간이라며 감탄을…….]

[더, 더러운 소리 집어치워! 벨리알!]

[오랜만이야. 하지만 너무 늦지 않았나. 무능력한 베니고어. 벌레 같은 인간들 앞에 서서 체면을 유지하느라 수고가 많아.]

[이, 이기영 명예추기경은 절대로 악마들과 함께하지 않을 거야.]

[이미 그에게는 나의 씨앗을 심어놓았다. 너도 알고 있지 않

나. 저 인간은 네가 있는 곳보다는 내가 있는 곳이 더 어울리는데.]

[더러운 악마 주제에! 가, 감히 나의 충실하고 사랑스러운 이기영 신도에게…….]

'얘네 왜 이러냐.'

벨리알은 이해가 가지만 갑작스레 등판한 베니고어의 반응은 꽤나 의외다. 쓰레기 같은 놈이라고 말하지 않을까 싶었는데, 충실한 종이니 사랑스러운 종이니, 온갖 미사여구를 섞어가며 이쪽을 칭찬하기에 여념이 없다.

'이거 뺏길까 봐 그러는 거 맞지?'

자세히는 알 수 없지만, 이쪽이 벨리알에게 넘어가는 게 신경이 쓰이기는 모양이다. 저쪽으로 가는 걸 두고 보느니 차라리 품는 게 낫겠다고 생각하는 게 눈에 보일 정도였다.

현세로 몸을 드러낸 와중에도 이쪽을 힐끔힐끔 바라보는 것이 시야에 비친다. 뭔가 눈치를 보는 것 같은 느낌에 저도 모르게 입꼬리가 올라간 것은 당연한 일이다.

뭐가 어떻게 됐는지는 모르겠지만 한 가지는 확신할 수 있었다. 현재 상황이 내게 무척이나 유리하게 돌아가고 있었다는 것. 몸은 하난데 양쪽에서 나를 데려가고 싶단다.

'인기인은 괴롭네.'

같은 생각이 드는 것도 무리가 아니다.

흥미롭기는 했지만, 이것 역시 이후에 대화를 나누며 생각해 봐야 할 이야기. 모든 시스템이 정상화된 지금, 벨리알과 마찬가지로 베니고어가 현세에 머물 수 있는 시간은 아주 잠깐이다.

예상했던 대로 그 둘은 나라는 통로를 이용해 대화를 나누기 시작했다. 마음이 급해지는 게 당연하겠지.

[지금은 그런 이야기를 나눌 시간이 없지 않나, 베니고어.]

[뭐? 네가 감히!]

[지금은 네 사랑스러운 신도이자 내가 점찍어놓은 역겨운 인간에 대해 논하기보다는 다른 것을 논해야 할 시간이라는 거다, 무능력한 베니고어여.]

[그건…….]

[무엇을 해줄 수 있지?]

[무슨 소리야. 어차피 이곳에 오래 머무르지 못하는 것은 너 역시 마찬가지야. 꼭 물러나 주겠다는 것처럼 말하는 게 이해가 가지 않는데…….]

[평화로운 수단으로 물러나 주겠다고 이야기하는 거다. 더 이상의 현세에 피해를 주기 싫어서 직접 개입한 것이 아니던가. 알타누스의 의지를 지키고 싶어 하는 것도 마찬가지고. 아무리 대륙이 정상으로 들어왔다고 한들, 아직 내가 자리해 있는 곳이 이 장소라는 건 변하지 않아. 내가 마음을 먹는다면

대륙에 다시 한번 피해를 주는 것은 일도 아니야. 네가 제일 잘 알고 있지 않은가.]

[일터가 망가지기 싫은 건 너도 마찬가지라고 생각하는데……. 그만큼 해 먹었으면 돌아갈 때도 됐잖아?]

[72군단장으로서 체면이 있는 법이다. 네가 강림했는데도 아무것도 얻어가는 게 없다면, 내 자식들에게도 체면이 서지 않지. 너도 한 몫 챙길 수 있도록 확실하게 서비스해 줄 테니. 이만 마무리하는 것으로 하지. 시간이 없다는 건 네가 제일 잘 알고 있을 터. 생각할 시간은 10초다.]

[우리는 절대로 악마 따위와 협상하지 않아, 벨리알.]

'대화 중에 죄송합니다만 제가 중재안을 말씀드려도 되겠습니까?'

[…….]

[…….]

[들어보도록 하지, 외부 고문.]

[사랑스럽고 소중한 나의 이, 이기영 신도! 그대의 청이라면 당연히!]

'이제 막 모든 게 정상적으로 돌아온 타이밍이지 않습니까, 베니고어 님. 벨리알 님과 협상하기 싫다는 그 고결한 마음은 이해할 수 있지만 때로는 이상을 위해 자신의 신념을 포기해야 할 때도 있는 법입니다.'

[……]

[……]

'만약 벨리알 님이 다시 대륙의 구멍을 비집고 들어가 벌려 놓는다면 그 틈새로 나타날 악마는 벨리알 님 같지 않으실 겁니다. 베니고어 님께서 그런 일이 벌어지는 걸 원하지 않는다는 사실 역시 아주 잘 알고 있고요. 이제 막 신성을 회복한 상황이지 않습니까. 강림하는 데 많은 신력을 사용하셨는데, 이후의 일까지 수습하려고 한다면 틀림없이 이전과 같은 상황이 벌어질 겁니다. 그때도 강경파 악마들이 소환되지 않을 거라는 보장도 없고요.'

[나, 나의 사랑스러운 신도…… 하지만……]

'벨리알 님도 자신의 군단과 함께 계시지 않습니까. 사실은 제가 잘 마무리하려고 했습니다만, 사실은 베니고어 님이 현 타이밍에 강림해 주신 것이 조금…….'

[내가 잘못했다는 거야? 소중한 이기영 명예추기경?]

'그럴 리가 있겠습니까. 다만 베니고어 님이 현세에 모습을 드러내 주셨으니 벨리알 님의 입장이 묘하게 변했다는 사실을 말씀드린 겁니다. 이대로 빛에 밀려 악마들이 사라지는 결과가 나온다면 군단 앞에서 체면이 서지 않습니다. '베니고어에게 꼬리를 내리고 도망갔다'라는 이야기가 나올 수도 있다는 겁니다.'

[구역질 나는 인간의 말이 맞다. 멍청한 베니고어. 군단의 자식들뿐만이 아니야. 얼마나 많은 악마가 실적을 소모하면서 이 대륙을 지켜보고 있는지 생각해 봤으면 좋겠군. 몇몇을 제외한 72군단장 전원이 현 상황을 지켜보고 있다. 이대로 물러가는 그림을 보여주기에는 내 체면이 서지 않아.]

괜찮은 연계. 오지는 티키타카.

'미천한 필멸자에 불과한 제가 위쪽에 상황이 어떻게 돌아가고 있는지는 알 수 없지만 아마 다른 분들 역시 지금의 상황을 지켜보고 있지 않겠습니까. 신념을 지키기 위해 일의 크기를 키운다면 이 모습을 보고 있을 다른 분들이 베니고어 님을 질타할 것이 분명합니다.'

[그, 그럼 원하는 게 뭐야.]

[내가 원하는 것은 이후 이 대륙에 다시 한번 발을 들이는 것이다.]

[뭐? 그딴 걸 내가 허락할 것 같아? 그건 불가한 이야기야!]

[더 이상의 양보는 없다, 무능력한 베니고어.]

[역시 악마들 따위와 이런 대화를 나눈다는 것부터가 불가능한 일이었어. 그 더러운 속내를 누가 모를 줄 알아?!]

'베니고어 님. 이건 나쁜 조건이 아닙니다.'

[뭐? 이기영 신도! 진심으로 하는 소리야?]

'어차피 27군단은 현재의 대륙과 밀접하게 관계되어 있습니다. 아무리 틀어막는다고 해도 악마는 소환되게 마련이라는 겁니다. 만약 벨리알 님이 한 번 더 이 장소에 발을 들이게 된다면 베니고어 님께서 컨트롤하실 수 있는 범위 내에서 움직이게 하는 게 편하실 겁니다.'

[그건…….]

'네. 현세에 어느 정도의 힘을 가지고 올지, 대략적인 시기와 피해 규모는 어떻게 되는지, 군단은 함께 오는 것이 맞는지 같은 세부적인 계약 사항을 베니고어 님께서 조정해 주시면 됩니다. 미리 알고 대비하는 것과 한 치 앞도 볼 수 없는 현 상황과는 다릅니다. 아마 벨리알 님께서도 무리한 계획은 세우지 않으실 겁니다. 혹시나 이번 패배로 인해 대륙의 인간들이 27군단을 잊지 않을까 걱정하시는 걸 생각하면 당연한 조치라고 할 만합니다.'

[그렇지만…….]

'이번이 기회입니다. 베니고어 님. 이제야 막 일어서신 타이밍이라는 걸 생각하면 더욱더 그렇습니다. 다시 한번 도망자 생활을 하고 싶으신 겁니까? 이번 기회에 확실하게 채워 넣어야지요.'

[…….]

'지금 이 장소에서 위대한 신의 기적을 선보여 벨리알 님을 몰아내는 그림을 신도들에게 보여줄 수 있다고 상상해 보십시오. 강림으로 소모한 신력의 회복은 물론이거니와 하늘을 치솟을 만큼 그 위상이 높아질 것이 분명합니다. 안 그래도 지금 조금 불안한 상태이지 않습니까. 혹여나 실수라도 한번 하면 또다시 나락으로 떨어지는 건 순식간입니다. 이번 기회에 재기하십시오.'

[구역질 나는 인간의 말이 맞다. 그 많은 신력을 소모하면서까지 내려온 만큼 너 역시 무언가 얻는 것이 있어야 하지 않겠는가. 아이러니한 말이기는 하지만, 나 역시 대륙에서 살아가는 이들이 소중하기는 마찬가지다. 이 이상의 피해를 주고 싶지는 않아. 하지만…….]

'이곳에서 물러난다면 강경파 악마들과 척질 것이 분명합니다.'

[내가 설 자리가 축소된다는 건 굳이 말하지 않아도 알 수 있을 터. 만약 내 입지가 좁아진다면…….]

'이 대륙으로 강경파 악마들이 몰려들지도 모릅니다. 그 이후로는 저 역시 감내해 낼 자신이 없습니다, 베니고어 님.'

[너도 알고 있지 않나, 베니고어. 그나마 군단장 중에서는 내가 가장 합리적인 이라는 걸 말이야. 리리스 같은 미친년이나 맘몬 같은 쓰레기 같은 놈들이 이곳에 오는 걸 바라고 있지 않다는 건 내가 가장 잘 알고 있다.]

'벨리알 님처럼 합리적인 악마는 또 드물 겁니다. 아암, 그렇습니다. 그렇고말고요.'

[하지만…… 하, 하지만…….]

'제가 공증인이 되어드리겠습니다. 계약서를 작성하시지요.'

[뭐…… 뭣?!]

'그게 맞습니다. 베니고어 님.'

[흐음, 나쁘지 않은 생각이군. 굳이 계약서를 작성할 필요는 없다만, 확실한 쪽이 네게도 더 안심되지 않겠는가.]

'물론 계약 내용 자체에서는 벨리알 님께서 많이 양보해 주셔야 할 겁니다.'

신과 직접 계약한 악마라니 들어본 적도 없다.

아마 벨리알은 계약서만 쓸 수 있다면 계약 내용이야 어찌 되든 상관없다고 생각하고 있을 것이다. 물론 그 와중에도 소소한 이득을 챙기고야 싶겠지만, 너무 본인의 욕심대로 밀고 나가다간 계약 자체가 파기될 수도 있다는 걸 인지하고 있을 테니까.

하지만 베니고어는 여전히 모든 게 의뭉스러운 모양.

사실…… 베니고어에게도 이 조건은 나쁜 게 아니다. 벨리알이야 고객에게는 항상 최선을 다하는 악마였으니 베니고어가 앞으로 일으킬 기적에 최선을 다해 호응해 줄 것이다. 막대한 신력을 소모하며 녀석과 치고받으며 다시금 파산 상태로 진입하는 것보다는 현실감 넘치는 연기를 선보여 인류에게 신앙을 받는 것이 더욱더 효과적이다.

[계약서까지 작성한다면 추가 조건을 넣어야겠어. 나 자신의 안전을 위해기도 하지만 그게 곧 네 실적이 될 거라는 걸 알고 있는 만큼 사은품이라고 생각해, 벨리알.]

[적당한 것이라면 넣어주도록 하지.]

[그, 그렇다면 더 이상 내 사랑스러운 신도를 건드리지 않는……..]

[불가. 사은품으로 내 모든 것을 내놓으라는 소리와 진배없는 말이다. 생각보다 더 영악하군.]

[만약 더 이상 내 신도를 건드리지 않겠다는 내용을 계약서에 적는다면 앞으로 2,000년 동안 영향력을 5번 끼칠 수 있게 조치해 주겠어. 추가로 네가 넘긴 역병군주 직업도 다시 회수해. 이 정도라면 벨리알, 너도 만족스럽지 않겠어?]

[터무니없는 개소리다. 영악한 년! 무능력한 줄로만 알고 있었건만 생각보다 속이 더 검군.]

[그렇다면 계약은 없어.]

[바라던 바다, 무능력한 베니고어. 다시 한번 도망자 신세로 만들어주지.]

[내 사랑스러운 신도 역시 내 곁에서 함께 싸울 거야.]

[그 역겨운 인간은 네가 아니라 나와 함께할 것이다.]

[나의 사랑스러운 이기영 신도. 나와 함께할 거지? 응? 그럴 거지? 내가 앞으로 잘할게……. 진짜 잘해줄게……. 그러니까

이리 와서 함께 저 악마들을 처단하자.]

[구역질 나는 인간이여. 네 정체성이 어디 있는지는 네가 제일 잘 알고 있으리라 믿는다. 위에 있는 더러운 년들에게 대화를 거부한 자들의 말로가 어떤 것인지 함께 보여주도록 하지.]

'니네 왜 이래. 제발 이러지 마.'

갑자기 이 자리에서 신마대전이 일어나는 것은 막아야 한다. 갑작스럽게 흘러가는 상황에 조금은 입술을 꽉 깨물 수밖에 없었다.

이제야 모든 게 끝나고 쉴 수 있다고 생각한 타이밍이다. 다시 한번 이 전쟁터에 몸을 담그는 건 무슨 수를 써서라도 지양해야 했다. 여기에서 조금이라도 더 타격을 입는다면 인류도 회복 불능, 현성이도 회복 불능. 모든 게 걱정스러울 수밖에 없었다.

'그, 그렇다면 이렇게 하시는 게 어떻습니까. 아무래도 두 분께서 제 생 이후의 거취에 대해 관심이 많으신 것 같습니다만…….'

[나는 앞으로 2,000년 후를 기다리고 있다. 저쪽은 어떨지 모르겠다만, 아마 돌아가는 꼴을 보니 역겨운 인간 너를 원하고 있는 것 같기도 하고……. 네 구역질 나는 영혼을 교화시킬 수 있다고 생각하는지는 모르겠다만, 웃기지도 않는 짓거리지.]

그것보다는 왠지 뺏기면 안 된다고 생각하고 있는 것 같았다. 하늘 위에서 나를 노리고 있다는 건 어떻게 봐도 이해하기 힘든 상황이었으니까. 다른 곳으로 이적시키느니 차라리 품는 게 낫다고 생각하고 있는 게 틀림없으리라. 베니고어 역시 누군가로부터 언질을 받았을 수도 있다.

하지만 지금 그게 중요한 쟁점은 아니다. 이 마찰을 원활하게 풀어나가는 것이 더 중요하다. 둘 모두가 만족스러울지는 모르겠지만, 일단은 입을 열기 시작했다.

'베니고어 님 측에 우선 영입 기회를 드리면 어떨지 생각하고 있습니다.'

[……]

[……]

[그 정도라면, 나쁘지 않을 것 같군……]

[우, 우선 영입?]

'네. 우선 영입 기회입니다.'

[혹, 혹시 이쪽으로 오지 않겠다는 이야기는 아니지? 나의 사랑스러운……]

'당연히 베니고어 님과 함께하고 싶지만, 앞으로 평생 몸담을 곳인 만큼 조금은 신중해야 하지 않겠습니까. 조건이 어느 정도인지도 따져봐야 하고…… 여러 가지로 고려해 볼 사항들이 많습니다. 안심하십시오, 베니고어 님. 조건만 맞는다면 최대한 긍정적으로 생각해 보겠습니다. 그렇기 때문에 중재안으로 우선 영입권을 제시한 겁니다. 베니고어 님뿐만이 아니라

베니고어 님과 함께 일하시는 윗분들과도 이야기해 봐야 하지 않겠습니까.'

[이, 이기영 신도는 역시 눈치가 빠르네.]

'언질을 받으셨을 줄 알았습니다. 그럼 어떻게…… 계약은 진행되는 겁니까?'

[나쁘지는 않은 것 같지만…….]

'네.'

[역시나 잠깐은 더 생각을…….]

'이해할 수 있습니다.'

그래도 빛에 몸을 담은 자로서 악마와 계약한다는 선택지에 쉽게 발을 들일 수 있을 리가 없다. 여러 가지로 생각해야 할 것도 많고 또 자기 자신의 신념도 일부 던져야 했으니까. 계약서에 도장을 찍는 별것 아닌 일이지만 아마 그녀에게는 일생일대의 가장 큰 고민일 터.

잠시 후, 순식간에 무의식 세계가 만들어지고 계약서를 들고 있는 벨리알이 시야에 비친다. 베니고어 역시 책상 위에 앉아 울먹이는 모습. 여기에 정말로 자신이 도장을 찍는 게 맞냐는 듯이 나를 바라보고 있었다.

확실히 얘네가 초월적인 존재라는 걸 인지할 수 있는 순간이었다. 눈 깜짝할 사이에 다른 공간에 와 있다는 느낌이 들 정도였으니까.

하지만 베니고어의 울먹이는 얼굴은 초월적인 존재도 뭣도 아니다. 마치 노예 계약서에 서명하는 것처럼 힐끔힐끔 이쪽을 계속해서 바라보고 있다.

'믿으세요, 베니고어 님. 파산 위기도 같이 잘 헤쳐 나가지 않았습니까. 이번에는 얻는 게 더 클 겁니다.'

[시간이 없다. 빠르게 결정하라.]

[이기영 신도오……. 히끅.]

'도장 찍으시지요.'

[싫다면 회수하도록 하지.]

'오늘이 아니면 두 번 다시 오지 않을 기회입니다.'

[구역질 나는 인간의 말이 맞다.]

'도장 찍으세요.'

[히끅…… 히끅…….]

바들바들 떨리는 손. 초월적인 존재에게는 무례한 짓일 수도 있겠지만, 슬그머니 손을 잡자 떨림이 멎는 것이 느껴진다.

'저를 믿고 도장 찍으세요.'

[계약을 진행하기 싫은 모양이군.]

'마음의 준비가 필요할 뿐입니다. 조금만 기다려 주시지요.'

[히끅…….]

'자. 어서 빨리!'

[계약을…….]

'도장 찍어요! 베니고어 님!'

[나…… 나 역시…… 이건 안 될 것 같…….]

'약한 소리 하지 마세요. 빨리 도장 찍으라고요!'

[끄으윽…….]

'하나, 둘, 셋 하면 찍는 겁니다. 하나.'

[둘.]

'셋!'

다시금 손을 바들바들 떨며 손을 가져다 대는 베니고어의 모습이 시야에 비친 순간, 눈앞이 환해지기 시작했다.

"정신이 드십니까?"

"끄응……."

"기영 씨, 제 말 들리십니까?"

"아……."

천천히 눈을 뜨자 나를 바라보고 있는 이들의 얼굴이 눈에 들어왔다.

무의식 세계로 빨려 들어간 이후, 현실에서도 잠깐 정신을 잃고 있었나 보다. 김현성의 목소리가 들려오는 것을 보니 혼자 악마들을 막는다는 어처구니없는 생각은 접어둔 것 같았다.

말인즉슨…….

'계약이 제대로 마무리됐나 보네.'

그게 아니라면 녀석이 길드원들과 함께 있을 리가 없을 테니까.

다시 한번 아무것도 모르겠다는 표정으로 주변을 둘러보자 오랜만에 보는 듯한 반가운 얼굴들이 곳곳에 보이기 시작했다. 위치는 격전이 펼쳐졌었던 성벽의 위.

아니나 다를까 박덕구의 목소리가 들려온다.

“형님, 괜찮은 거요? 정말로 괜찮은 거 맞는 거요?”

“…….”

“형님, 내 말 들리쇼? 형씨 말에 답 좀 해보라니까! 내가 누군지 알아볼 수 있는 거요?”

“그래, 괜찮다, 덕구야. 그러니까. 지금…… 내가…….”

“거, 아무것도 생각하지 마쇼. 저, 정신적으로 안정이 필요하다고 합디다. 거, 엘레나 님! 형님이 깨어났다니까. 형님이! 빨리 이리로 와서 상태 좀 봐주쇼! 빨리이!”

“이기영 님!”

틀림없이 박덕구가 엘레나를 부르는 소리가 들려왔건만 이쪽으로 몸을 날린 것은 뜻밖의 선희영.

‘뭐야. 애는 또 왜 이래. 원래 이런 포지션 아니었잖아.’

은근히 티를 내기는 했지만, 표면적으로는 이렇게까지 달라붙어 오지 않았다. 항상 한 발자국 뒤에서 지켜보는 포지션에 있던 그녀가 다른 길드원들을 밀치면서까지 안겨 오는 것은 상상도 못 한 상황.

아마 그만큼 이쪽을 걱정하고 있었다는 이야기였겠지만, 나로서는 어안이 벙벙했다. 그녀의 평소 행동과 어울리는 행동이 아니었으니까.

상이라도 치른 것처럼 가슴에 얼굴을 파묻은 채 어깨를 들썩이고 있는 모습은 무척 초라하게 보인다. 얼마나 서러워 보였는지 내가 다 민망할 정도. 얼굴이 엉망이 된 것은 물론 눈물 콧물을 다 흘리는 모습은 세상 모든 걱정과 불안감을 가진 이의 얼굴처럼 보였다.

"허어어어어엉……."

"……."

"흐어어어어어엉……."

물론 다른 이들 역시 마찬가지다.

유아영과 김창렬, 안기모, 김예리. 내 친구 조혜진과 박덕구의 그녀 황정연, 카스가노 유노와 엘레나까지 자리한 모습에 약간의 뿌듯함이 밀려 들어왔다.

물론 김현성과 정하얀, 박덕구는 두말할 필요도 없었다.

몇 발자국 떨어진 곳에서 아직 눈치를 보는 정하얀의 표정은 아직도 불안해 보였고, 박덕구는 또 얼마나 울었는지 눈이 부어올라 있었다.

이전과의 차이점은 입가에 희미한 미소를 담고 있었다는

것. 아직 모든 일이 마무리된 것은 아니지만, 최소한 자신들이 아끼는 부길드마스터를 되찾았다는 안도감은 이들에게 편안한 기분을 느끼게 하기에 충분했다.

"다행이다, 다행…… 신이시여 감사합니다. 신이시여……."

"……."

"어떻게, 형님은 괜찮은 거요? 희영 누님. 형님은……."

"몸, 몸은…… 크게 이상이 없으신 것 같습니다. 머리에도 크게 이상이 없으신 것 같고. 단기적인 기억 상실이 있으신 것 같기는 한데, 이대로 휴식을 잘 취하신다면 본래의 상태로 금방 회복하실 수 있으실 겁니다."

"엘레나 님이 보기에는 조금……."

"다행히 그들의 기운이 느껴지지는 않아요. 하지만 조금 더 경과를 지켜봐야…… 정확한 판단을 내릴 수 있을 것 같아요."

"그게 무슨 소립니까. 기억 상실이라니. 그리고 지금 여기가……."

이쪽의 한마디에 서로를 쳐다보는 파란 길드원들의 표정은 가관이다. 어떻게 설명해야 할지 판단을 내리지 못하고 있는 게 눈에 보인다. 아마 나였어도 저런 반응을 보였으리라.

'아……. 그러니까 부길드마스터가 악마의 기운을 받아들이고 타락해 린델이 이 모양 이 꼴이 됐습니다. 악마도 이런 악마도 없었다니까. 길드마스터 상처 보이십니까? 그거 전부 부길드마스터 작품이니 자랑스러워하셔도 됩니다'라고 말할 수는 없지 않은가.

짧은 시간이었지만 길드원들의 얼굴에는 수만 가지 표정이 떠오른다. 서로 눈을 마주치기도 하고 이쪽의 시선을 피하기도 하는 모습. 심지어 박덕구는 김현성과 함께 한 발자국 물러난 위치에서 둘만의 이야기를 나누는 중이시다.

"어떻게 할 거요? 아무래도 말하는 게……."

"아직은 받아들이기 힘드실 겁니다."

"그래도 언젠가는 알게 될 일 아니요. 먼저 맞는 매가 그래도 덜 아프다고 차라리 지금 상황을 설명하는 게 나을 거요. 형님 성격에 본인이 먼저 깨닫는 날에는 극단적인 선택을 할 수도 있다니까."

"하지만……."

'다 들린다, 덕구야.'

정신이 몽롱한 척, 아무것도 들리지 않은 척하는 것도 일이다.

"그리고 이후의 일도 생각해 봐야 하고, 그럴 일은 없겠지만 교국이나 다른 길드에서 우리 형님을 걸고넘어질 수도 있을 거요. 그런 상황은……."

"제가 두고 보지 않을 테니 안심하셔도 됩니다."

"만약 상상하고 있는 최악의 상황이 온다면 어떻게 할 거요?"

"교국을 벗어나야겠죠."

아마 그런 일을 벌어지지 않을 확률이 높다. 바젤 교황이 이쪽을 적대한다는 것은 김예리가 연기를 싫어한다는 것보다 더 설득력이 없는 발언이다. 베니고어까지 지지를 보내고 있을 테니 영웅으로 추대받으면 받았지 대륙 공적으로 몰리지는 않으리라.

거참 여러 가지 상상을 하는 게 귀엽게 느껴진다.

저 둘이 대화를 나누는 사이 나머지 길드원들은 영양가 없는 이야기로 최대한 시간을 끌고 있는 게 보였다. 혹시라도 내가 진실을 알아차릴까 무서워하는 얼굴을 보니 제대로 해냈다는 생각도 든다.

김현성과 박덕구의 작은 회의가 마무리된 것도 딱 그즈음. 일단은 김현성에게 모든 책임을 떠넘기기로 결정을 내렸는지 모두가 녀석의 얼굴을 바라보는 게 눈에 보였다.

괜스레 긴장된 장내, 얼마 지나지 않아 김현성이 천천히 말을 이었다.

"지금 당장 혼란스러워하는 것도 이해할 수 있습니다, 기영 씨. 하지만 지금 당장은 몸을 회복시키는 게 먼저입니다. 이후에 천천히 전부 설명해 드리겠습니다. 그러니……."

"하지만……."

"이번만큼은 제 말에 따라주세요."

"아, 네."

내 멘탈을 걱정하는 것 같았지만, 녀석이 생각하는 것보다 이쪽의 멘탈은 약하지 않다. 일단 회피하기로 한 것은 좋은 선택이었지만, 숨기면 숨길수록 마음고생하는 것은 녀석 쪽. 우리 사랑스러운 회귀자의 정신 건강을 위해서라도 하루빨리 기억을 되찾는 게 좋겠다고 여겨졌다.

알겠다는 듯이 푸근한 미소를 지으며 천천히 고개를 끄덕이자 그제야 안심한 듯이 파티원들의 얼굴이 밝아지기 시작했다. 물론 저들의 뒤쪽에서 일어나는 상황은 전혀 그렇지 않았지만…….

"그러고 보니 베니고어 님께서……."

"이것 역시 이후에 설명해 드리도록 하겠습니다."

"네……."

설명이 필요한 상황이라는 건 부정할 수 없다.

멀리 떨어지지 않은 곳에서 괴수 대격돌이 벌어지고 있는 것이 눈에 보인다. 아무것도 궁금해하지 말라고 말하는 것이 오히려 더 무리한 요구가 아닌가 싶다.

-빛이 너를 태울 것이다.

-해볼 테면 해보라. 더러운 빛의 탕녀여!

거대하게 모습을 드러낸 벨리알과 그런 벨리알을 막아내고 있는 베니고어. 형형색색의 빛과 아무것도 보이지 않은 어둠의 기운이 계속해서 부딪치고 있다.

그 와중에도 우리의 베니고어 님께서는 상처받은 인간들을 보호하기 위해 본인의 힘을 분배하고 있다. 여기저기서 베니고어에 대한 기도와 감사를 담은 목소리가 울려 퍼진다.

상처받은 대륙의 피조물들을 위해 눈물을 흘리며 고군분투하는 그녀의 모습은 어떻게 봐도 성스럽고, 고귀하게 느껴졌다.

벨리알의 모습은 또 어떠한가. 라이오스 때보다 더욱더 공포스러운 모습으로 거대한 검을 휘두르는 모습은 압도적인 공포심을 느끼기에 충분했다.

'와……. 쟤들, 진짜…….'

아무것도 모르고 본다면 정말로 벨리알과 베니고어가 최선을 다해 싸우는 것처럼 느껴질 것이리라.

'이거 모르고 보면 진짜인 줄 알겠네, 진짜. 와…… 이놈이나 저놈이나 쓰레기 같기는 마찬가지네, 진짜.'

당장에라도 대륙을 파괴할 것처럼 떠들어댔던 벨리알은 자신의 고객님께 충실한 상황. 눈물을 훔치며 계약서에 도장을 찍었던 베니고어도 나름대로 열연을 펼치고 있다. 어처구니가 없어 입이 벌어졌다.

사방에서 모여드는 기도 그리고 몇몇 인간들이 느끼는 공포심으로 인해, 두 초월적 존재에게는 계속해서 실적이 쌓이고 있다.

하지만 그것도 얼마 걸리지 않았다. 벨리알은 지옥으로 돌아가야 했고, 베니고어도 더 이상 현세에 머무를 수가 없었으니까.

시간이 얼마 지나지 않아 베니고어가 성스러운 창을 벨리알의 심장에 꽂아 넣었고.

-이, 이 내가…… 당하다니…….

-돌아가세요, 벨리알. 더 이상 이 대륙을 당신들의 뜻대로 하게 내버려 두지 않겠습니다.

-기억해라, 더러운 빛의 탕녀와 그녀를 따르는 필멸자들이여. 이 나는 다시 돌아올 것이다. 오늘의 승리가 너희들의 승리가 아님을 기억하라.

-이 대륙은 제가 지켜 나갈 것입니다.

-기억하라! 벌레 같은 인간 놈들! 나는 어둠이며, 공포이자 너희들의 악몽…… 이니라…….

'벨리알 연기는 역시나 수준이 다르다, 진짜. 키야…… 어떻게 저런 대사를 치는 데도 몰입이 될 수가 있냐.'

[그렇게 생각해 준다니 고맙군.]

'아이고, 벨리알 님.'

[아까도 작별 인사를 했다만, 이만 헤어질 시간이다. 작별 인사를 하지 못했다고 아쉬워하는 이들이 많아. 언젠가 다른 방법으로 연락을 취할 수 있도록 하지.]

'부디 뜻대로 하시옵소서.'

[즐거웠다, 구역질 나는 인간, 아니, 우리 27군단의 외부 고문. 또다시 만날 날을 기다리고 있으마.]

'저도 기다리고 있겠습니다요.'

[빨리 사라져, 벨리알.]

[너무 말이 거친 것이 아닌가, 베니고어. 이제는 파트너가 아닌가.]

[누가 너 따위랑!]

[어떻게 생각하든 네 마음이지만 방금 일어난 일은 변하지 않아. 즐거웠다, 베니고어.]

[다시는 오지 마.]

어둠이 걷히고 이형의 괴물들은 본래 본인들이 있어야 할 곳으로 돌아간다.

빛이 다시 한번 밝게 터지고 베니고어 역시 더 이상 버틸 수 없는지 그 자취를 감췄다.

-그대들은 강합니다. 포기하지도 쓰러지지도 마세요. 지금의 아픔은 언젠가 그대들에게 커다란 힘과 재산이 될 것이며 그대들

을 더욱더 단단하게 만들 것입니다.

라는 말을 남기며 말이다.

모든 것이 끝났다. 모두가 껴안거나 환호성을 지르며 빛의 승리에 취한다. 아직도 믿기지 않는다는 듯 두 눈을 비비는 녀석도 있었고, 풀썩 주저앉으며 허탈한 미소를 보이는 녀석도 눈에 비친다.

나 역시 미소를 보내고 싶었지만, 단기 기억 상실증에 걸렸다는 설정을 유지하기 위해 어안이 벙벙하다는 얼굴을 대중들에게 내비친다.

지금부터 어떤 포지션을 취하는 게 좋을지 고민되기는 마찬가지. 일단은 진실을 깨닫고 대국민 사과와 함께 즙을 뽑아내는 것이 먼저가 아닐까.

'여기가…… 린델…… 이걸…… 제가?' 따위의 쓰레기 같은 대사를 날리며 울부짖는 연기를 할 생각을 하니 벌써 입가에 미소가 피어나기 시작했다.

계획은 많지만 지금 당장은 잠이나 자도록 하자. 안 그래도 밤새도록 깨어 있느라 힘들었으니까.

"형님, 형님! 정신…… 정신 차리쇼!"

"기영 씨…… 괜찮으신 겁……."

"오빠아……. 끄윽…… 오빠아!!"

"……"

점점 희미해지는 목소리.

이후 눈을 떴을 땐, 창문 하나 없는 방이 가장 먼저 나를 반겼다.

153장
반감금

'…….'

'여기가 어디야?'

눈을 뜨자 익숙하지 않은 방이 가장 먼저 나를 반겼다.

고급스러운 실내는 마치 이전의 내 방을 떠올리게 할 정도였지만 왠지 모르게 달갑지가 않다.

정확히 말하면 거의 동일한 느낌이었다. 항상 사용하던 간이 연금 키트도 한쪽에 자리해 있었고, 올드 머니들이 조상에게 물려받은 것처럼 보이는 클래식하고 고풍스러운 가구들도 여전했다. 한쪽에 진열된 명품 컬렉션도 그렇다. 본래 가지고 있었던 샤넬리아 에르메스를 시작으로 꽤 재미있는 기능을 가진 명품들이 눈에 띈다.

저런 건 또 어디서 가져왔는지 모르겠다. 느낌상 김현성이 가지고 왔을 확률이 높지만. 아니, 분명히 그 새끼가 가져온 것이 맞다. 철저하게 가방 위주로 세팅되어 있는 걸 보면 말이다. 아무래도 무한의 가방을 받았을 때 너무 기뻐했었던 게 아직도 녀석의 기억 속에 남아 있는 모양이다.

물론 새롭게 들어온 녀석들은 그다지 눈에 들어오지는 않았다. 이전과는 다르게 엄청나게 커진 방 안이 시선을 사로잡았으니까.

'뭐야…….'

마치 작은 방 안이 답답할까 봐 억지로 방을 늘린 것처럼 보인다. 조금 과장해서 말하면 뛰어다닐 수도 있을 정도의 크기다. 조경이 되어 있는 화분들은 자그마한 정원을 연상케 할 정도였으니 다른 말이 필요할까.

커다란 책상 위에는 장인이 손으로 깎아낸 것 같은 체스 판이 놓여 있었고, 벽에 붙어 있는 책장에는 읽을 만한 책들이 꽉꽉 채워져 있었다. 심심하지 말라고 가져다 놓은 것만 같았기 때문에 왠지 모르게 불안한 심정을 뒤로 곱씹을 수밖에 없었다.

"뭐야, 이거."

천천히 몸을 일으켰다. 순간적으로 다리가 풀려 넘어질 뻔했지만, 다행히도 내 육체는 아직 걷는 방법을 잊어버리지 않은 것 같았다.

차분히 다시 한번 주변을 둘러본 것은 물론, 슬그머니 발걸음을 옮겨 문에 손을 뻗는다.

철컥. 철컥.

"뭐야, 뭐야."

아무리 힘을 줘도 열리지 않는 문. 뭐라고 설명이 안 되는 위화감.

'창문은 또 어디 있어.'

바깥이 어떻게 돌아가고 있는지 알고 싶건만, 이 커다란 방에 창문 하나도 없다.

아마 작은 방이었다면 별다른 위화감을 느끼지 못했으리라. 아무리 그래도 몇십 평이 넘어 보이는 방이다. 설계자가 정신이 나가거나, 극도의 도전 정신을 가진 게 아니라면 이딴 식으로 방을 설계할 리가 없다.

확실하지는 않지만, 조심스럽게 유추할 수 있는 결과는 하나.

'이거 시바, 감금당한 거 아니야?'

가장 먼저 정하얀과 저주받은 신단 때가 생각났다. 납치, 감금하면 가장 먼저 떠오르는 사건이라 할 만했으니까.

하지만 마지막의 마지막에 빛과 함께했던 정하얀의 모습을 떠올리자 금방 고개가 저어졌다. 그 사고를 터뜨리고도 정하얀이 이쪽을 납치해 여기로 옮길 리 없다.

물론 감금당했다는 것 역시 단순한 추측에 불과하다. 일단은 누가 와서 무슨 이야기라도 해줬으면 좋겠다. 사건의 진행과 결과보다 모든 게 끝난 이후의 마무리가 더 중요하다는 걸 아는 만큼 여기저기 손대야 하는 부분들이 많았으니까.

대국민 사과도 올리며 즙도 뽑아내야 했고 여기저기 싸돌아다녀야 했다.

완전히 폐허가 된 연방의 처리 작업과 복구 작업은 더욱더 문제다. 땅의 주인이 사라진 만큼 어디에 편입될 건지도 결정해야 한다. 전체적인 여론이나 이제 탄력을 받을 것으로 예정된 합동 훈련에 대한 문제도 빠르게…….

'재정비해야 하고.'

이지혜라면 믿고 맡길 수 있겠지만, 그 모든 문제를 그녀 혼자서 할 수는 없는 노릇이 아닌가.

모든 인류가 아픔을 딛고 상처를 치유하기 위해 하나가 되어야 한다. 그리고 그 가운데에는 린델의 3대 길드가 자리해 있어야 했다.

그동안 여러 가지로 머리가 아팠으니 그냥 마음 편하게 쉬고 싶다는 생각도 들었지만, 지금 당장은 쉴 타이밍이라고 볼 수 없다.

습관처럼 손가락으로 침대를 툭툭 건드렸을 때였다. 천천히 방문이 열리기 시작한 것. 슬그머니 소리가 들린 쪽을 바라본 것은 당연한 일이다.

문 앞에 서 있던 것은 뜻밖에도 선희영이었다.

깜짝 놀랐는지 손에 들고 있는 화분을 떨어뜨리는 게 시야에 비쳤다.

툭.

방 한구석에 자리해 있는 저 작은 정원을 관리해 주는 사람이 있기는 있었던 모양이다.

어떤 반응을 보이는 게 정답인지 아직은 알 수 없다. 일단은 살짝 미소를 짓는 것이 맞으리라.

"이…… 이기영 님."

깜짝 놀란 얼굴을 한 그녀가 허겁지겁 뛰어오는 것이 보였다. 이미 눈에 가득 고인 눈물은 볼을 타고 뚝뚝 떨어져 내리고 있었고.

이윽고 그녀가 돌진하듯 나를 껴안았다. 마치 식물인간 상태에 있었던 연인을 안는 사람과 같은 반응. 확실하지는 않지만, 그녀가 그동안 나를 간호하고 있었던 것이 틀림없으리라.

"이기영 님. 이기영 님."

"아…… 네. 저 여기에 있습니다."

"흐윽……. 이기영 님."

"네, 희영 씨. 그보다…… 조금 숨이 막……."

"이기영 님. 이기영 님……."

아직도 떨어지지 않고 있다. 기분이 딱히 나쁜 상황은 아니었지만, 정말로 숨을 쉬기가 힘들다.

어깨를 탁탁 두드리자, 그제야 자신이 한 짓을 깨달았는지 천천히 얼굴을 붉혔다.

"아! 아! 죄송합니다."

"아니요, 딱히 죄송할 필요 없습니다. 희영 씨. 그보다 지금 여기는……."

"궁금하신 게 많으시겠죠. 이럴 게 아니라 지금 당장 길드 마스터께 연락하겠습니다. 다른 분들도 모두 이기영 님이 깨어나시기만을 기다리고 있었습니다. 다행입니다. 정말로 다행이에요. 흑……."

"……."

"일단 몸의 상태를 먼저 확인해 봐도 되겠습니까? 아무래도 방금 깨어나신 것 같아서……."

"네, 물론입니다."

천천히 고개를 끄덕이자 여전히 울먹이는 얼굴로 이쪽저쪽을 살폈다. 굳이 확인하지 않아도 될 곳까지 손이 들어오는 것 같았지만, 무척 진지한 표정을 보니 진심으로 제대로 된 검사가 필요하다고 생각하는 것 같았다.

내 몸에 이상 따위는 없다고 확신하고 있었지만, 지금 그녀를 보니 조금 더 안심되었다.

'건강 검진 끝났네.'

이것보다 더 자세하게 몸을 살펴볼 수가 없다.

풀어 헤쳐진 앞섶을 잠깐 여민 이후에 다시금 그녀를 바라보자 커다랗게 한숨을 쉬는 모습이 보였다.

"딱히 이상은 없으신 것 같습니다. 건강 상태도 무척 좋고요. 본래 항상 체크하고 있었지만, 이렇게 깨어난 이후에도 변함없으신 걸 보니 마음이 좀 놓이네요."

"네. 저 희영 씨, 그보다."

"그보다 혹시 공복이 있으시거나 그렇지는 않으십니까? 일단은 물부터 드시고 천천히 죽 같은 것부터 시작하는 게 좋을 것 같습니다. 아무래도 오랜만에 드시는 만큼 위장에 부담이 될 수도 있으니까요. 아니면 바로 포션을 드시는 것도 나쁘지 않겠네요."

"……."

'얘, 말 돌리려는 것 같은데.'

이번뿐만이 아니다. 이쪽이 뭔가 질문을 날리려고 할 때마다 필사적으로 말을 돌리고 있다. 어떤 질문이 날아올지 알기에 저런 반응을 보이는 것 같았다.

대답을 억지로 회피하는 듯한 태도는 누가 봐도 이상하게 보였다. 그녀의 연기력이 어설펐기 때문에 더욱더 그런 모습들이 도드라진다.

'말하기 싫다, 이거지. 이거였나 보네.'

나를 이 방에 데려다 놓은 건 선희영도 아니고 정하얀도 아니다. 정확히 말하면 이 둘도 포함이 되어 있겠지만, 녀석을 위시한 파란 길드 전체라고 생각하는 것이 맞다.

'김현성, 이 새끼…….'

말이 끝나기가 무섭게 곧바로 오랜만에 보는 이들이 모습을 드러내기 시작했다.

어디서 뭘 하다가 연락을 받고 왔는지는 모르겠지만, 다들 무장을 하고 있었다. 정하얀도 그렇고 박덕구도. 모두가 눈물 훔치고 있는 건 당연했고, 이쪽에 몸을 던지듯 날리는 것도 여전했다.

특히나 정하얀은 무척이나 감격했는지 눈물, 콧물을 질질 짜고 있었는데도 불구하고, 이전보다 더 어른스러워진 모습이었다.

"일어나셨군요."

"오랜만입니다. 혜진 씨."

"정말로 오랜만입니다. 부길드마스터."

"반갑습니다. 안기모 씨."

"부길드마스터……."

'유아영, 김창렬, 우리 병아리들도…….'

한소라도 눈에 띈다. 엘레나는 자리에 없는 것을 보니 엘프들의 문제로 잠깐 출장이라도 나가 있는 것 같았다.

한쪽 품에 거의 안기다시피 한 정하얀의 머리를 살짝 쓰다듬어 준 후 다시금 고개를 돌리자, 뜻밖에도 처음 보는 얼굴들이 자리해 있었다.

'뭐야, 쟤네는…….'

심지어 가슴에 파란 길드의 휘장까지 박고 있다.

'쟤네 뭐야. 길드 직원 새로 뽑았어?'

무장 상태와 스텟을 보니 길드 직원들처럼 보이지도 않는다.

'파티원, 새로 뽑은 거야?'

의아한 표정으로 멀찍이 떨어져 눈치를 보는 무리를 바라보자, 김현성이 힘없는 이쪽의 손을 꽉 잡는 것이 느껴진다.

어지간히 감격한 표정. 며칠 전에 봤던 것 같은데 마치 10개월 이상을 보지 못한 사람 같은 반응이다. 역시나 이번에도 눈물을 글썽거리고 있다.

'그만 좀 울어라, 진짜.'

"일어나셨군요."

"네, 혹시 여기는…… 아니, 현성 씨. 무슨 일이 있었는지, 그…… 설명해 주실 수 있으십니까?"

"크게 신경 쓰실 일은 아닙니다. 이제는 전부 마무리된 일이기도 하고요."

"네……."

"악마들이 나타났고, 대륙 연합이 그들과 전투를 벌인 것이 전부입니다. 그 과정에서 기영 씨를 구할 수 있었고요. 마지막에 베니고어 님의……."

'부딪친 게 전부긴 개뿔…….'

"……그렇게 해서 전투를 승리로 이끌 수 있었습니다. 다른 사람들과 함께 있었던 기영 씨를 구출하는 데도 성공했, 했고요."

어째서 나를 여기에 박아 넣었는지 그제야 눈치챌 수 있었다.

모두가 한마음, 한통속이다. 김현성의 말도 안 되게 생략된 스토리텔링에 고개를 끄덕이기에 여념이 없다. 단체로 사람 하나를 바보로 만드는 몰래카메라라도 기획하고 있는 것 같았다.

'와, 단체로 거짓말하는 거 봐라……. 진짜.'

원하고 있고, 생각하고 있는 부분이 너무나도 뻔하다. 이쪽이 혼란스러워하지 않게 천천히 기억을 되찾아주는 것. 언젠가는 공개할지도 모르겠다만 지금으로써는 시기상조라고 생각하는 것이리라.

'그냥 전부 기억났다고 말하는 편이 나을까.'

그게 질질 끄는 것보다는 나을 수도 있다. 조심할 거라는 건 알고 있었지만 내 생각보다 더욱더 조심하고 있는 것 같다.

김현성의 말에 호응하는 파티원들의 모습은 가히 가관. 그나마 김예리와 안기모 그리고 황정연은 나쁘지 않은 연기를 펼치고 있었지만, 무대의 주연이라고 할 수 있는 김현성의 거짓말은 마치 국어책을 읽는 것처럼 어색하고 개연성 없다.

"시간이 조금 흘렀지만, 바깥에는 아직도 칠흑 같은 마력이 떠다니고 있습니다."

'거짓말하지 마, 이 새끼야. 무슨 어두운 마력이 떠돌아다니긴…….'

"전문가들이 말하길 이 마력이 기영 씨에게는 치명적으로 작용할 우려가 있다더군요."

'너무 설정이 안 좋다.'

"그래서 말입니다만……. 당분간은 이곳에서 지내시는 게 좋을 것 같습니다."

꾸역꾸역 이쪽을 이곳에 처박아 두기 위한 빌드업을 쌓고, 결국에는 본인이 대사를 마무리.

약간의 불안감은 있었지만, 며칠 걸리지 않을 거로 생각했다.

'설마 진짜로 여기에 계속 가둬두겠어?'

라는 생각이 머릿속에 깔려 있었으니까.

'바람 좀 쐬고 싶다고 하면 바로 나가게 해주겠지, 뭐. 지가 뭐 별수 있어?'

그렇게 시발, 2주가 흘렀다.

솔직히 이 2주가 그리 고통스러운 시간은 아니었다. 나도 모르게 머리카락이 잘려져 있거나 삼시 세끼 모두 군만두가 나오는 상황은 아니었으니까. 식사는 두말할 것도 없이 퀄리티가 높았고, 방 안 생활 역시 쾌적했다.

어느 쪽이냐고 묻는다면 당연히 대접받는 쪽. 이럴 수가 있나 싶을 정도로 호화스럽고, 사치스러운 생활이었다. 이런 편의가 기분 좋았다는 것 역시 부정할 수 없는 사실이었고…….

그야말로 손가락 하나 까딱할 필요가 없었으니, 이런 생각을 하게 되는 것도 무리가 아니리라. 아무것도 할 필요도, 심지어 몸을 움직일 필요도 없다. 배가 고프면 밥을 시키면 되고, 필요한 게 있으면 사람을 부르면 된다. 시도는 해보지 않았지만 아마 먹여달라고 하면 먹여줄 가능성도 크다. 최근까지 선희영과 엘레나, 정하얀이 번갈아가며 죽을 먹여줬다는 걸 생각해 보면 더욱더 그렇다.

답답하기는 하지만, 적당히 즐거운 면도 있었다. 침대에 누워 편안한 시간을 보내는 것을 싫어할 사람이 어디 있을까. 아무것도 하지 않고 무기력하게 누워서 책이나 읽는 시간이…… 사실 딱히 싫지만은 않았다.

물론 채울 수 없는 답답함은 분명히 존재했다. 방이 넓다고는 한들, 행동반경이 제한되어 있다는 건 굉장히 불편했으니까. 내 의지대로 이 방에 틀어박혀 있는 것과 나갈 수 없는 것의 차이는 크다.

처음 1주일 정도는 순순히 말에 따라주는 게 좋을 것 같아

잠자코 있었지만, 그 이후부터는 이 방에만 갇혀 있는 게 조금씩 불편하게 느껴지기 시작했다.

조혜진과 체스도 하고! 마! 밥도 묵고! 사우나도 하고! 마! 수영도 하고! 마! 틈틈이 놀기는 했지만, 한 장소에 2주 동안 있는 게 쉬운 일은 아니다. 버틸 만큼 버텨보려고 했지만, 이 반감금 생활이 언제 끝날지 기약이 없는 것이 문제였다.

사실 몇 주 노는 것 정도야 나도 상관없었지만, 흘러가는 상황을 보고 있자니 저도 모르게 초조해지기 시작했다.

'시바…….'

혼자 빨빨거리면서 돌아다니다 악마에게 붙잡혀 모진 고문을 당했던 게 트라우마가 됐는지는 모르겠지만, 이쪽을 둘러싸고 있는 환경이 변하고 있다는 게 눈에 보일 정도.

방 안에만 틀어박혀 있어서 외부 상황이 어떻게 돌아가는지 알 수 없었지만, 표면적으로 드러나는 것만으로도 불안감을 느끼기에는 충분했다.

가장 대표적이라고 할 수 있었던 것은 역시 이기영 친위대. 그래, 그 친위대가 맞다. 이기영 친위대란다. 이제는 하다 하다 이기영 친위대까지 만들어주셨단다.

'말이 친위대지, 시바.'

현재도 저 바깥에서 묵묵히 문을 지키고 있는 놈들. 파란 길드의 휘장을 달고 있는 그 새끼들이 자칭, 타칭 이기영 친위대라고 불리는 녀석들이다.

물론 나는 이 새끼들을 뽑은 적도 없고 내 친위대로 임명한 적도 없다. 어디까지나 김현성을 비롯한 파란 길드원들의 작품이다.

남자 2명과 여자 2명의 상위 모험가들이 각각 조장을 자처하고 있었고, 이들 밑에는 각각 15명의 조원이 있다고 들었다. 모든 인원을 본 적은 없었지만, 구성원 모두가 상위 모험가에 랭크될 정도로 능력이 있는 이들. 김현성은 또 이런 애들을 언제 어디서 구해왔는지 모르겠다.

정리하자면 이기영 친위대는 4명의 조장과 60명의 조원으로 구성된 셈. 심지어 그들을 지원하는 길드 직원들의 숫자를 고려하면 이기영 개인 친위대는 그 덩치가 파란 내에서도 가장 커다랗다고 할 수 있었다.

당장 던전 뺑뺑이를 돌리면 상상할 수도 없는 금전적 이득을 취할 수 있는 상위 모험가들에게 고액의 연봉을 주며 쓸데없는 경비에 시간을 쏟고 있으니 답답해 속이 터질 지경. 김현성은 뿌듯해하는 것처럼 보였지만, 내게는 인력 낭비 그 이상도, 그 이하도 아니다.

'이거 너무 심했던 건가.'

이쯤 되니 일을 너무 크게 벌인 것은 아닌지에 대해 깊은 고민을 할 만했다. 감금 보호 조치 카드를 꺼내 든 것으로 모자라 친위대까지 창설했을 줄은 누가 알았을까.

혹시나 하는 마음으로 슬그머니 몸을 일으켜 문을 열어보려고 했지만 역시나 철컥철컥하는 소리 외에는 들려오는 게 없다.

반대편에서 문이 열린 것은 바로 그때였다.

'얘는 잠도 안 자고 뭐 해?'

시야에 비친 것은 친위대의 2번대 조장. 김예리와 동갑내기로 쌍검을 사용하는 검사. 김현성만큼은 아니지만, 높은 민첩을 가지고 있는 밸런스형으로…… 이름은…….

'박리안.'

얼굴의 한쪽에 긴 흉터가 있지만, 기본적으로는 미인이라고 할 수 있는 외관이었다.

전체적으로 차가운 인상을 보이는 게 문제이기는 했지만 스텟 자체는 꼬맹이 김예리와 비견될 정도. 어린 나이답지 않게 이상하게 사람을 주눅 들게 하는 아우라 같은 게 있다.

심지어 흘러나온 목소리는 괜스레 몸을 작아지게 만든다. 뭔가 관상 자체가 왕이 될 관상이라고 해야 하나. 모르긴 몰라도 1회차 때 한자리해 먹던 녀석이라는 건 확실할 것이다. 그러니까 김현성이 불러온 거겠지.

"무슨 일이십니까? 부길드마스터."

"그러니까…… 리안 씨."

"말 편하게 해주셔도 됩니다. 부길드마스터. 항상 말씀드리는 거지만 저희들은 부길드마스터의 손과 발입니다. 그 어떤 것을 명령하셔도 받아들일 준비가 되어 있습니다."

'그럼 여기에서 나가게 해주라, 좀.'

"뭔가 필요하신 것이라도 있으십니까?"

"그게 아니라…… 조금 답답해서 말입니다. 바깥에 좀 나가고 싶은데……."

"……."

"이 근방만 잠깐 돌아다녀 보고 싶습니다. 리안 씨도 함께 계시니 아마 별문제가 생기지는 않을 겁니다."

"……현재는 길드마스터가 부재중입니다, 부길드마스터. 곧 길드마스터께 연락을 취해 곧바로 야간 산책 스케줄을 잡을 수 있도록 하겠습니다. 잠시만 기다려 주시면 감사하겠습니다."

살다 살다 야간 산책 스케줄이란다. 이미 몇 번 들어본 말이었지만 다시 한번 저 말을 들으니 어처구니가 없어 헛웃음이 나온다.

"산책 스케줄 말고…… 린델은……."

"아직 린델은 일반인들의 출입도 허락하지 않고 있는 지역입니다. 정하얀 님을 비롯한 일부 마법사들만이 연방 복구 작업에 투입되고 있는 상황이고, 현재 부길드마스터의 상태로는 바깥의 마력을 견디기 힘드실 거라고 길드마스터님께서 말씀하셨습니다."

"건강해진 것 같은데……."

"엘레나 님과 선희영 님께서도 이기영 님의 바깥출입을 추천하지 않으셨습니다. 현재 경과가 무척 좋으니 아마 조금만 더 요양하시면 자유롭게 활동하실 수 있으실 겁니다. 지금은 아무 생각하지 말고 몸의 회복에 집중해 주셨으면 좋겠습니다."

"아니, 그러니까……."

"죄송합니다, 부길드마스터. 다른 부탁은 전부 들어드릴 수 있지만……."

"……."

"길드마스터께서도 말씀하셨습니다. 부길드마스터의 명령이라면 길드마스터를 공격하라는 명령이라도 수행하라고 하셨지만, 혹시나 건강에 피해가 갈 수 있는 행동은 무조건 배제해야 한다고…… 그렇게 말씀하셨습니다."

'이미 건강하다니까.'

"아, 위로가 될지는 모르겠지만, 곧 길드마스터께서 오신다는 전갈을 받았습니다. 산책을 준비할 수 있도록 할 테니 조금만 기다려 주셨으면……."

'무슨 산책 스케줄이야, 싀바…….'

바깥 공기를 마시고 싶다는 것 역시 통하지 않는다. '내가 떼쓰면 네가 뭐, 나를 이길 수 있겠어?'라는 마음으로 임했던 게 바보 같이 느껴질 정도였다.

“힘드신 것 이해할 수 있습니다. 부길드마스터. 하지만 이 모든 게 부길드마스터를 보호하기 위한 길드마스터의 뜻이라는 걸 잘 알아주셨으면 좋겠습니다.”

‘너무 보호하려고 해서 문제지.’

상황 자체는 고개를 끄덕일 만하지만 모든 게 이해되지는 않는다.

일단 녀석이 무슨 생각을 하고 있는지는 알겠다. 정보와 위협으로부터 보호하겠다는 굳은 의지도 알 수 있었고, 내가 상처받을까 봐 무서워하는 것도 알 수 있었다. 하지만 이 정도까지일 거라고는 전혀 생각하지 못했다. 개인적으로 판단하건대 ‘제발 날 죽여줘’가 제대로 먹혀들었던 모양이다.

물론 김현성의 표정은 한결 편해졌다. 녀석이 정말로 그 무거운 짐을 내려놓았는지는 모르겠지만 확실한 것 하나는 무척 마음이 가벼워 보였다는 것. 본인에게 책임을 강요하지 말라고 절규했던 상황과 대조하면 비교조차 할 수 없을 정도로 극적인 변화였다.

하지만 모든 치료에는 부작용이 있게 마련이다. 그리고…….

‘이게 그 부작용인 거고…….’

본인이 자각하고 있는 건지는 모르겠지만, 이쪽에 대한 녀석의 신뢰는 더욱더 강해졌다. 아마 김현성에게 나는 자신의 책임을 대신 들어줄 수 있는 형제이자 친우가 아닐까. 그래서 더욱더 이쪽의 보호에 집착하고 있다고 생각하는 게 맞다.

만약 이기영이라는 인간이 사라지거나 다친다면, 자신은 다시 한번 책임을 강요받아야 할 테니까. 김현성은 그게 무서운 게 틀림없으리라.

'그렇긴 해도…… 아무리 그래도 이건 너무 심했지, 시바.'

녀석에 대해 떠올리기가 무섭게 방문이 열리며 김현성이 들이닥쳤다. 옆에 정하얀이 함께 따라온 것을 보니 오늘도 산책 스케줄은 그곳으로 잡혀 있는 게 틀림없다.

문을 연 것은 김현성이었지만 몸을 던져온 것은 정하얀 쪽.

'얘는 요즘 신났지.'

"오빠."

"왔어?"

"네. 오, 오빠가 산, 산책가고 싶다고 해서요……."

"아, 응. 아무래도 여기만 있기 너무 불편해서."

"불편해도 어, 어쩔 수 없어요. 아직 바깥이 어수선하니까요. 지금은 바깥에 안 나가는 게 좋아요. 건강을 위해서요……."

'얘는 진짜 대리 만족하는 것 같다, 진짜.'

"하얀 씨 말이 맞습니다. 기영 씨."

'너도 만족하고 있는 것 같고…….'

"네……."

"마음 같아선 저도 활동하실 수 있게 돕고 싶지만, 지금은 시기가 좋지 않습니다. 많이 고생한 만큼 이번 기회에 푹 쉬셨으면 하는 바람입니다. 혹시나 뭔가 필요한 건 없으십니까? 그러고 보니 최근 경매장에 샤넬리아 에르메스 시리즈가 등장했다더군요. 기뻐하실지는 모르겠습니다만 길드 예산으로 사전 입찰을 해놓은 상태입니다."

'그러니까 가방 그렇게 안 좋아한다니까.'

물론 있으면 좋기는 하다.

"장식장에 빈 공간이 조금 신경 쓰였었는데 채울 수 있어서 다행입니다."

'그렇게 흐뭇하게 바라보지 마, 이 새끼야.'

모든 근심, 걱정을 날려 버린 싱글벙글한 표정. 이 방에 틀어박혀서 안전하게 있는 게 어지간히 기쁜 것 같았다.

"이거 제가 말이 조금 길었군요. 기다리고 계셨을 텐데……. 하얀 씨, 마법 준비해 주시겠습니까?"

"네."

이윽고 천천히 주문을 외우기 시작하는 정하얀의 모습이 시야에 비쳤다.

익숙하게 위치 추적 마법이 내재된 목걸이를 목에 걸자 다시 한번 김현성이 기분 좋게 고개를 끄덕이는 모습이 눈에 보인다. 야간 산책 시간에는 목걸이를 목에 거는 게 룰 이었으니까.

정하얀이 주문을 완성한 이후, 마력이 터져 나왔고 곧이어 눈앞에 보이는 풍경이 순식간에 변했다.

커다란 방에서 이동된 곳은 길이 잘 닦여 있는 울창한 숲, 길드에서 마련한 산책로다. 반경 50㎞ 안으로는 개미 새끼 한 마리 보이지 않는 장소.

김현성 오피셜로는 엘프의 숲에서 가장 깊은 이곳만이 악마들의 마력이 침입하지 못하는 장소란다. 그래서 산책로는 이곳밖에 활용하지 못한다는 설정이었지만, 애초에 어둠에 침식된 마력 따위가 대기를 돌아다니고 있지 않다는 걸 알고 있는 나로서는 헛웃음만 나올 뿐이었다.

'꼭 이렇게까지 했어야 했냐…….'

산책로를 관리하는 것은 이기영 친위대 4번대.

혹시나 불편할까 봐 모습을 드러내진 않고 있었지만, 아마 김현성과는 유기적으로 연락을 취하고 있으리라. 나와 함께 외부에 나올 때면 녀석은 상시 전투태세에 들어가 있었으니까. 겉으로는 그걸 표현하지 않고 있었지만, 항상 허리춤에 손이 가 있는 걸 보면 금방 깨달을 수 있었다.

마치 둘만의 데이트인 것처럼 정하얀은 찰싹 옆쪽에 달라붙어 왔고 김현성 역시 반대편에 자리를 잡는다.

시원한 바람이 느껴지기는 하지만 속은 여전히 답답하다. 그동안 '너 좋을 대로 해봐라, 어디' 하고 지켜보고 있었지만,

이 새끼가 뭘 깨닫긴 깨달아야 했다.

일단은 위풍당당하게 입을 열었다.

"현성 씨."

"네?"

잠깐 침을 삼킨 이후에 당당하게 담아뒀던 말을 내뱉는다.

"저 박리안 씨에게 전해 들으셨겠지만, 슬슬 활동해도 되지 않을까 생각하고 있습니다."

"……."

"2주 동안이나 쉬었으니까요. 파손된 린델의 복구도 궁금하고, 바깥이 어떻게 돌아가는지가 제일 궁금합니다. 마력에 대해서 걱정하는 건 이해합니다만, 아마 저를 필요로 하는 곳이 많을 겁니다. 급한 상황이라면 더욱더요."

"안 됩니다."

"네?"

"어떻게…… 지금 상황에서도 그런 생각을 하실 수 있으십니까. 어쩌다가 그들에게 그런 꼴을 당하게 된 건지 벌써 잊으셨습니까?"

"아니……."

"기영 씨도 조금 이기적으로 행동해야 할 필요가 있습니다. 타인보다는 자신을 먼저 생각해 주셨으면 좋겠어요. 번거롭고 복잡한 일은 제게 맡기시고 최대한 푹 쉬어주세요. 제가 전부 알아서 하도록 하겠습니다."

"아니, 그게…… 그래도……."

"불가합니다."

'이 새끼, 진짜…….'

"지금은 절대로 불가합니다."

'그럼 도대체 언제 되는 건데…….'

단호할 거라고는 생각했지만, 내가 생각했던 것보다 더 단호한 표정과 말투. 더 이상의 반론은 듣지 않겠다는 듯이 딱 끊어 말하는 건 내가 알고 있던 김현성답지 않았다.

내 안전에 집착해 주는 게 나쁜 기분은 아니었지만, 아무리 생각해도 정도가 너무 심하지 않은가.

'그냥 기억났다고 말하는 게 좋을까.'

적당한 타이밍에 입을 여는 게 오히려 더 괜찮을 것 같은 느낌이다. 하지만…….

'말해도 문제야.'

충격받고 실신하며, 눈물을 흩뿌리는 연기에 들어갔을 때 녀석이 어떤 반응을 보일지 예상할 수 없다는 것이 문제였다. 커다란 정신적 충격을 받았다는 리액션을 보여줬을 때, 이 새끼가 진실에 마주하도록 내 등을 떠밀 수 있을까. 오히려 더욱더 꽁꽁 싸고돌 확률이 높지 않을까? 더욱더 강력한 보호 조치가 필요하다고 생각할 수도 있다.

혹시 모를 날파리들이 있다면 더욱더 그렇다. 이기영 명예추기경을 다시 한번 살펴봐야 하고 심문해야 한다고 외치는 녀석들 말이다.

물론 많지는 않겠지만, 아예 없다고도 단정 지을 수 없다. 베니고어의 상징이었다고는 한들 한번 악마에게 넘어가 타락했다는 사실 자체는 변하지 않을 테니까.

최소한 교국 내에서는 그런 개소리를 지껄이지 않겠지만, 외부에서는 충분히 나올 법한 소리다. 김현성으로 인해 그 가치가 천정부지로 떠오르고 있는 현재의 린델이라면 아마 조금 더 많은 견제를 받고 있지 않을까.

같은 당내에서도 네가 옳다, 내가 옳다. 싸우는 게 현대의 정치판이다. 전쟁이 끝난 이후 연방이라는 파이를 나눠 먹어야 하는 권력자들의 입장상, 아무리 파란이라도 정치적인 견제를 안 받을 수는 없다. 인류가 한뜻으로 힘을 모으자고 단결했어도 국가와 집단의 이득을 위해 움직이는 것은 어쩔 수 없는 부분이라는 거다.

'그게 인간이니까.'

조금만 고민해도 파란을 견제할 수 있는 수단으로 가장 적합한 것이 이기영 명예추기경이라는 계산이 나온다.

김현성이 이쪽을 싸고도는 데는 그런 이유가 있을지도 모른다고 생각했다. 외부의 잡음이 들려오는 상황에 나를 밀어 넣는 건 내게 좋지 않을 거라고 느끼는 것이다.

'생각보다 이야기가 많이 나오고 있나?'

그럴 리가 없다. 제정신이 박혀 있다면 적극적이고 원색적인 비난은 하지 못할 테니까. 갈등이 존재한다고 한들, 아주 스케일이 작은 갈등일 것이 분명하다.

'궁금해서 미치겠네, 진짜.'

현재 바깥 여론이 어떻게 돌아가고 있는지, 피해 복구 작업은 얼마나 이루어지고 있는지, 대륙 합동 훈련은 유지되고 있는지, 궁금해서 돌아버릴 지경이다.

베니고어가 등판했으니 모든 대륙의 시스템이 정상적으로 돌아가게 될 거라는 건 당연한 거고……. 닫혀 있었던 던전과 네임드 몬스터들이 활성화되는 것은 물론 소소한 변화가 펼쳐질지도 모른다. 신력을 꽤 벌었을 테니 대륙에 새로운 던전과 콘텐츠들을 등록했을 수도 있다.

베니고어 2.0 패치가 시작됐을지도 모르는 상황에 여기 앉아 손가락만 빨고 있기에는 초조해서 견딜 수가 없다. 매일 매일 정보의 바다에서 헤엄치던 내게 오는 정보들이 모조리 차단되어 버렸으니 이런 감정을 느끼는 것도 무리가 아니리라.

현 상황에서 단 하나뿐인 아군, 이지혜와 만남을 오매불망 기다렸던 것 역시 그런 연유 때문이었다.

"적당히 좀 하지 그랬어요. 뿌린 대로 거둔다는 옛말, 틀린 게 하나도 없다니까. 그거 조금 적당히만 했어도 이렇게까지는 안 갔을 텐데……. 괜히 연출에 힘주고, 상황에 힘주고, 연기에 힘주고……. 그러니까 한 방에 훅 가는 거 아니에요. 조강지처 버린 것도 그래. 참나, 어떻게 그 지경이 되도록 연락 한 통도 없었어요?"

"……."

"내 꿈에도 나타나 줄 수 있었던 것 아닌가?"

"미안해, 누나. 충분히 반성하고 있어."

"사과 듣고 싶어서 칭얼거린 것 아니에요, 오빠. 질투한 것도 아니고. 믿을지는 모르겠지만, 당시에 마음고생 조오금 했었거든요. 대충 상황이 어떻게 돌아가는지 깨닫고 난 이후에는 즐거워졌지만. 큼큼, 그래서 궁금한 게 뭐예요?"

"바깥 상황이 어떤지, 기왕이면 자세하게 정보 좀……."

"……그거 아쉽게 됐네요. 지금은 말씀드릴 수 있는 상황이 아닌데……."

"그게 무슨 소리야?"

"말 그대로예요. 금제가 걸려 있거든요."

"……."

"제 혓바닥 좀 보세요. 기본적으로 오빠 면회 오려면 외부인들은 이걸 박아야 한대요. 예외는 없어요. 그나마 오빠랑 밀접하게 관계되어 있는 사람이라고 판단이 돼서 이 정도지, 조금 애매한 사람은 심사가 더 까다로울 걸요. 아, 추가로 말씀드리면 말할 수 없을 뿐만 아니라 오빠가 질문하고 제가 답하는 것도 금지되어 있어요."

"뭐 그런 것까지 해?"

"혹시 모를 상황을 방지하고 싶다는 것 아니겠어요. 사람이 이야기하다 보면 말실수도 할 수 있으니까. 미리 예방하자는 차원인 거겠죠. 물론 조금 빡세기는 했어요."

"……."

"서류로 미리 정리해서 가져오려고 했었는데 몸수색까지 한다고 하지 뭐예요? 쌍검의 박리안인가 하는 계집애가 아주 물 만난 물고기처럼 이곳저곳 수색하는데 조금 불쾌했다니까."

"정확히 무슨 금제가 걸려 있는데?"

"특정 단어를 사용하는 건 금지, 글로 쓰는 것도 금지. 위험하거나 트리거가 될 수 있는 물품을 가지고 가는 것도 금지. 지금 당장 말씀드릴 수 있는 건 '천재 검사와 연금술사가 사랑하는 법' 신간이 나왔고, 불티나게 팔리고 있다는 것 정도밖에 없어요. 근데 있잖아요."

"응?"

"솔직히 이해는 돼요."

"뭘……."

"생각해 봐요. 반시체가 돼서 죽을 뻔한 사람이 깨어난 지 2주만에 활동하고 싶다고 하는데 누가 납득할 수 있겠어요. 의사의 고견으로도 반년 정도는 푹 쉬는 게 낫다고 판단했을 걸요. 물론 이런 방식은 아니겠지만. 이 건은 멘탈적인 부분도 걱정돼서 주의를 기울이는 거로 보여요."

"아무리 그래도."

"더군다나 트라우마까지 더해지면 이렇게 감금 보호 조치하려는 것도……. 고깃덩이 영상이랑 촉수 영상 그리고 타락까지. 눈에 안 띄면 불안하고 무섭고 무슨 일이 일어날 것 같이 느끼는 건 인간이라면 당연할 걸요. 오빠를 그렇게 아끼는 파란 길드마스터인데…… 어련하겠어요."

"……."

"누가, 누구 멘탈 걱정을 하는 건지. 이렇게 쓰레기 같은 사람도 드문데……."

'네가 할 말은 아니야.'

"항상 하는 생각이지만 오빠 때문에 매번 안심해요. '그래도 나는 아직 덜 썩었구나……' 같은 생각하면서 자위도 하고 그런다니까요. 이번에는 특히 더 많이 했고……. 아무튼 간에 제가 말씀드릴 수 있는 건 이것 하나예요."

"뭐?"

"오빠가 무슨 생각을 하고 있는지는 정확히 모르겠는데. 아마 거의 다 들어맞을 거예요. 대처도 나름 잘하고 있고요. 자세한 이야기를 드리고 싶기는 한데 이 부분은 금제가 걸린 게 많아서 입 밖으로 내뱉을 수가 없네요. 그것보다 우리 오랜만에 섹! 아, 정하얀 얘는 쓸데없는 것까지 걸어놨네……."

"뭐?"

"19금 단어는 모조리 금제가 걸려 있네요. 이런 건 서약서에 없었는데, 얘 변한 거 맞기는 해요?"

"확실히 달라지기는 했지. 예전과 비교하면, 뭐. 그래도 사소한 부분은 어쩔 수 없다고 봐. 사람이 하루아침에 달라지는 게 아니니까."

"아무튼, 파란 길드마스터보다 얘가 더 문제라니까. 지가 제일 즐기고 있을걸, 아마."

그건 동의할 수 있다.

사실 다른 이들의 반응도 별반 다르지 않았다. 최근에 한번 들른 차희라도 동의하는 것처럼 보였고, 길드 관계자들 역시 마찬가지였다. 모두가 아직은 시기상조라고 생각하고 있었기 때문에 내가 여기에 갇힌 것이다.

아쉽기는 하지만 일단은 린델이 복구되거나 날파리들이 사라질 때까지 이곳에 있는 게 나을 것 같다는 생각도 든다. 애초에 나갈 방법 자체가 없었으니까.

필살기라고 생각했던 '너는 내가 왜 화 난지 모르겠어?'조차 통하지 않을 정도로 현재의 김현성은 단단했다. 이미 본인 나름대로 정신 무장을 마친 것이다.

'시벌…….'

믿을 만한 소식통이라고 생각했던 이지혜조차 별다른 도움을 주지 못하는 상황.

물론 내가 예상하는 게 대부분 맞을 거라는 말은 들을 수 있었지만, 그래도 현장과 실무의 분위기는 다른 법이 아닌가.

영혼의 동반자가 여기서 이러고 있는데도 불구하고 이지혜는 그리 심각하게 생각하지 않는지, 다시 한번 쓸데없는 이야기를 해왔다.

"그래도 오빠 새장 속에 갇힌 새 같네요. 왠지 조금 섹…… 아…… 정말? 이것도 금지라고?"

"……."

"무슨 말을 할 수가 없네. 제길, 그냥 식사나 하죠, 우리. 슬슬 배고픈데."

"오늘은 안 먹을 거야."

"네?"

"단식 투쟁. 입맛이 없다고 버티는 중이거든. 아마 며칠 내로 결과가 나오지 않을까 싶어."

"고전적이네요. 지금 이렇게 된 지 며칠이나 지났죠?"

"한 20일?"

"꽤 기네요. 그래도 할 건 다 하잖아요. 산책도 하고, 맛있는 것도 먹고. 저기 장식장에 있는 명품들 좀 봐요. 예전에 인터넷에서 유행하던 놀이 생각나지 않아요? 방 안에서 아무것도 안 하고 1년 동안 갇혀 있는 대신 1억 받기, 이런 거 있잖아요. 뭐, 그런 거 하고 있다고 생각해요. 적당히 즐길 것도 많고……. 조금은 여유를 즐길 줄도 알아야죠."

"여유는 개뿔……."

"나는 오빠가 이렇게 나를 가둬줬으면 좋겠는데. 기왕이면 다른 모습으로."

"마음에도 없는 소리 하지 마, 누나."

"정말이라니까요, 오빠. 어, 이거 금제 안 걸려 있네요. 얘는 정작 중요한 건 안 걸고, 이상한 걸 걸어놨네. 하긴 저도 오빠랑 밀접한 관계에 있는 사람 중 하나니까 굳이 이런 이야기를 꺼낼 리 없다고 생각한 모양이네요. 잘됐다."

"……."

"지금도 그 다른 모습 할 수 있어요?"

"가능해."

"정말요? 한번 보여줄 수 있어요?"

눈에 띄게 흥분한 것 같은 모습은 평소의 이지혜와는 조금 거리가 멀어 보였다. 지금까지 가까이서 그녀를 봐왔지만, 내가 본 이지혜의 모습 중 가장 흥분한 것 같은 모습.

어떻게 할까 고민해 봤지만 보여줘도 별로 상관없을 것 같다는 느낌이 든다. 안 그래도 미안한 마음이 있는 만큼 순순히 직업 전환을 시전하자 몸에 변화가 오는 것이 느껴졌다.

"미쳤다, 진짜. 미쳤어. 가면은 없어요? 저번에 깨졌나?"

"다시 복구되긴 했어. 별다른 기능은 없지만, 자체 복구가 되고…… 소환, 역소환도 가능한 전설 등급의 아이템이라. 추가로 다른 사람이 벗기려고 하면 벗겨지지도 않아."

"아이템 설명은 됐고. 가면도 빨리, 빨리요."

"갑자기 왜……."

"진짜. 와, 분위기가 다르네요. 진짜로…… 확실히 달라…… 진짜. 너무 섹…… 하다, 진짜. 카메라를 가져왔어야 됐는데. 그것도 못 가져오게 되어 있어서……. 이건 파란 길드원들도 알아요?"

"당연히 모르지. 이걸 어떻게 이야기하겠어, 누나."

"전투 능력은 써먹을 수 있어요?"

"물론, 하지만 저번처럼은 불가능해. 벨리알이 직접 현세로 내려와 있는 게 아니니까. 그래도 나쁘지는 않을 것 같아. 압도적일 정도는 아니지만, 마력을 전해 받을 수는 있거든. 사실 지난 2주 동안 심심해서 실험해 본 게 몇 가지 있었어. 유령들도 만들어낼 수 있고, 간단한 흑마법 같은 것들도 가능하다고 보면 되겠네. 이제 써먹을 일은 없겠지만 없는 것보다는 낫지 않겠어?"

"이걸 왜 안 써먹어요? 무조건 써먹어야지. 대충 설정들 때려 박고 비공식적으로라도 사용해요. 기왕이면 나랑 있을 때는 그 모습으로 있는 게 더 괜찮을 것 같고……. 이건 그냥 개인적인 욕심이지만요. 아무튼, 오빠 지금 밖으로 나가고 싶죠."

"물론."

"이거 저한테 맡겨볼래요?"

"응?"

그녀가 해결해 줄 수 있다면 당연히 그녀에게 맡기는 것이 맞다.

흔쾌히 고개를 끄덕였을 때였다. 갑작스레 이지혜가 허벅지를 꽉 꼬집은 것은 심지어 마력 보호막까지 풀어버린다.

"아악!"

저도 모르게 비명이 나온 것은 당연한 일이다.

그러자 쾅 하는 소리와 함께 김현성이 내부로 들어왔다.

'이…… 미친…….'

순간적으로 황급히 녀석을 바라봤다.

설마 이 미친년이 꿈에 나타나지 않았다고 이쪽을 보내려고 한 건 아닌가 생각했지만 그럴 리가 없지 않은가.

벌써 배우의 얼굴을 하고 있는 이지혜의 표정을 본 순간, 그녀가 무슨 생각을 하고 있는지 깨달을 수밖에 없었다.

'얘는 진짜 쓰레기다, 진짜. 회복한 지 얼마 되지도 않은 애

한테…….'

일단은 합을 맞추는 것이 급선무.

의문이 가득한 김현성을 향해 입을 열자 다시금 녀석의 얼굴이 창백해지는 것이 시야에 비쳤다.

"현성 씨. 제…… 제가 조금 이상해진 것 같습니다."

154장
둥기화

'사실 이렇게 빨리 튀어나올 줄은 생각 못 했는데…….'

얼마나 빨리 달려왔는지 친위대보다 더 빠르게 도착했다.

'이럴 거면 친위대는 왜 임명한 거야. 걔네 그냥 던전 돌리라니까.'

거칠게 숨을 헐떡이는 걸 보면 거의 최대 속도로 달려왔다고 해도 믿을 수 있을 것 같았다.

아악 소리가 튀어나오기도 전에 방으로 도착한 모습은 육체적으로 충격이 왔을 때 신호가 간 게 아닌가 하는 의심이 들 정도였으니 다른 표현이 필요 없으리라.

시야에 비친 김현성의 표정은 갑작스레 흉작을 맞이한 농부의 표정이다. 인정사정없이 구겨진 얼굴은 솔직히 내가 보기에도 무섭다.

나에게로 곧바로 뛰어올 것 같아 빠르게 입을 열자, 의아한 표정으로 나를 바라봤다. 내가 제정신을 유지하고 있다고 확신한 것이다.

아마 목소리가 나오기 전에도 대충 눈치채지 않았을까. 가면을 쓰고 겉모습이 변화하기는 했지만, 표정은 확연히 다르게 비칠 테니까.

둠기영의 트레이드마크였던 비릿한 미소와 광기에 물든 눈 대신 자리한 것은 혼란스러운 표정과 두려움에 떨리고 있는 입. 추가로 아무것도 모르겠다는 토끼 같은 눈이다.

얼굴이 여우 혹은 뱀 상이라는 말을 자주 듣기는 하지만, 나라고 해서 토끼 같은 눈을 하지 말라는 법은 없다. 현재 무슨 일이 일어난 건지, 이게 도대체 무슨 상황인 건지, 나조차도 모르겠다는 순진무구한 얼굴을 일발 장전한다.

건드리면 쓰러져 기절해 버릴 준비가 된 개복치처럼 최대한 연약하고 약해 보이는 모습으로 나 자신을 포장하는 것도 잊지 않는다.

"기영 씨? 기영 씨가 맞습니까?"

"네……."

아직도 믿기지 않는다는 표정. 한시름 놨다는 얼굴이었지만, 복잡해 보이기도 했다.

"정말로, 정말로 기영 씨가 맞는 겁니까?"

"네, 제가 맞습니다."

"머리는 조금 어떠십니까."

"잘 모르겠습니다. 무척 혼란스럽고, 조금 무섭다고 해야 할지. 갑자기 왜 이렇게 된 건지. 저, 저는 잘 모르겠어서……."

"일단은 마력을 운용하지 마세요. 아무것도 하지 마시고 그 자리에 가만히 계시는 게 좋을 것 같습니다."

"하지만……."

"그 가면은……."

"저도 잘 모르겠습니다. 갑자기 시야가 검어지면서 갑자기…… 벗으려고 해봤지만, 벗겨지지 않습니다."

'황당하겠지.'

갑자기 들려온 비명에 깜짝 놀라 튀어 와봤더니 눈앞에 둠기영이 자리해 있는 상황이다. 심지어 제정신을 유지하고 있는 모습이란다. 상식적으로 이해가 가지 않는 게 당연하다. 어째서 갑작스레 모습이 변한 건지, 어떻게 의식을 유지하고 있는 건지, 머리가 아파 오는 것도 무리가 아니다.

황급히 이쪽으로 다가온 녀석이 내 어깨에 손을 올린 채로 나를 바라본다. 한쪽 얼굴을 덮고 있는 가면을 벗기려고 손을 뻗지만 고통스럽다는 제스처를 취하자 심각한 얼굴로 안절부절 당황하는 게 시야에 비쳤다.

하지만 그것도 잠시. 바들바들 떨고 있는 이지혜를 향해 커다란 목소리로 소리를 지르는 것이 들려왔다.

"이게 도대체 어떻게 된 일입니까!"

녀석 역시 대한민국 청소년들이 그러하듯 피시방에서 남 탓이라는 패시브 스킬을 배워온 모양이다.

"저…… 저도 잘 모르겠어요. 대화하는 도중에 갑자기 머리를 부여잡더니……."

"지혜 씨는 잘못 없습니다. 현성 씨. 저도 갑자기 제가 왜 이러는지……."

"제길……."

입술을 꽉 깨문 것은 물론 당황한 기색이 역력하다. 이게 도대체 어떻게 된 일인지, 어떻게 이럴 수가 있는지 믿을 수 없다는 듯한 슬픈 얼굴로 나를 바라보고 있었다.

"지금 당장 이 주변 통제하고 이 방으로 아무도 들이지 마세요. 희영 씨와 엘레나 님 바로 호출해 주시고요. 그리고 지혜 씨는 저 좀 봅시다."

"네?"

"여기에 들어온 그 순간부터 지금 이 지경이 될 때까지 무슨 이야기가 있었고, 무슨 말을 했었는지 하나도 빠짐없이 이야기하세요."

"아, 네, 알겠어요. 마침 저도 조금 마음에 걸리는 게 있어서……."

"제길, 제기랄……."

"지혜 씨 잘못이 아닙니다. 그러니 너무 나무라지 마세요. 아마 지혜 씨도 깜짝 놀랐을 겁니다. 제가 갑자기……."

"알겠습니다. 알겠으니까. 제발…… 침대에 누워 계세요. 제발, 제발요."

'아, 진짜 이거 하기 싫었는데.'

역시나 똥줄이 타는 얼굴로 방방 뛰는 듯한 모습이다. 실제로 방방 뛰고 있지 않았지만, 극도로 초조해하는 게 눈에 띄었다. 손톱을 깨문다거나 한쪽 손을 가만히 내버려 두지 못하는 종류이기는 했지만, 녀석의 속이 타들어 가고 있다는 건 눈치챌 수 있었다.

이윽고 선희영과 엘레나, 심지어는 정하얀까지 방 안으로 들어온 후, 다시금 방은 혼란의 도가니로 빠져들기 시작했다.

김현성은 나를 엘레나와 선희영에게 맡기고 잠깐 이지혜와 함께 바깥으로 나갔는데, 둘이 무슨 이야기를 하고 있는지 제법 신경 쓰였다.

자세한 이야기를 듣지 못했지만 아마 대략 유추하자면 이 정도 이야기일 것이다.

'기영 씨가 많이 괴로워하고 있다. 많이 답답해했고, 실제로 뭔가 의심하고 있는 것 같았다. 길드원들 전부가 자신을 속이

고 있는 것 같다는 불안감을 이야기했을 때 갑작스럽게 머리를 부여잡았다.'

추가로.

'얼굴 쪽에서 가면이 스스로 생성되고, 머리카락 색깔이 바뀌는 걸 봤다. 처음에는 둠기영이 아닌가 생각했지만, 확실히 제정신을 유지하고 있어서 당황하고 있었던 찰나였다. 그 순간 현성 씨가 방 안으로 들이닥친 것이 이번 사태의 전말이다.'

정도가 아닐까 싶다. 그 외에도 뭐 개인적인 사견을 붙일 수도 있는 거고. 이를테면 마이너스 감정이 폭발해서 변화한 것 같다든지, 처음부터 제정신을 유지하고 있는 걸 보면 겉모습 외에는 크게 달라진 게 없을 수도 있겠다든지. 아마 이지혜가 알아서 잘 처리하고 있을 게 분명하다.

그사이 엘레나와 선희영은 이게 어떻게 된 일인지에 분석하기 여념이 없고, 정하얀은 몇 발자국 떨어진 곳에서 불안한 얼굴로 나를 바라보고 있었다.

내가 힘든 와중에서 정하얀에게 괜찮다는 사인을 보내는 것은 썩 나쁘지 않은 제스처였다.

너무나 어수선하고 혼란에 빠져든 장내. 천천히 입을 열자 무척 당황한 듯한 목소리가 돌아왔다.

"엘레나 님. 혹시 이게 어떻게 된 건지 알고 계십니까?"

"괜찮아요. 너무 당황하지 않으셔도 돼요. 이기영 님 탓이 아닌 걸요. 일단은 몸을 좀 살펴봐도 될까요? 몸에 혹시라도 신성력이 남아 있는지……."

신성력은 개뿔. 조금도 남아 있지도 않다. 아마 엘레나가 느낄 수 있는 것은 어둡고 칙칙한 마력이 전부일 터.

선희영도 함께 무언가 방도를 찾으려고 하고 있었지만 무슨 방법 같은 게 나올 리 만무했다.

"일, 일단 침착하세요. 초조해하지 않으셔도 돼요."

그렇게 말하는 엘레나 본인이 가장 초조해하고 있다.

"흐윽, 갑, 갑자기 왜……."

심지어는 눈물을 왈칵 쏟아내는 모습. 어떻게 해보겠다고 계속해서 신성력을 밀어 넣고 있었지만, 변화가 생길 리가 있겠는가. 다시 한번 직업 전환 버튼을 누르지 않는 이상, 빛의 연금술사로서 가지고 있었던 신성력이 회복될 리가 없다. 오히려 고통스럽다는 듯이 몸을 부르르 떨자 깜짝 놀라며 손을 놓아버린다.

또 하나의 주치의인 선희영은 내 몸 자체에 무슨 문제가 생긴 것은 아닌지 진단하고 있었는데, 건강에는 이상이 없다는 걸 깨닫고는 그나마 안도의 한숨을 내쉬었다. 하지만 그녀 역시 표정이 어둡기는 마찬가지다.

그사이에 김현성과 이지혜가 다시금 방 안으로 복귀했다. 김현성의 표정이 한결 어두워진 것을 보니 이지혜가 이야기를 잘 풀어낸 것 같았다. 무슨 이빨을 털었는지 사색이 된 얼굴은 내가 다 미안해질 정도였다.

"어떻게 됐습니까? 엘레나 님."

"저…… 도, 저도 잘 모르겠어요. 이런 경우는 처음이라……. 신성력에 거부 반응을 보이고는 있지만, 본래의 정신을 유지하고 계신 것 같고……. 일단은 경과를 지켜볼 수밖에 없을 것 같습니다."

"현성 씨, 뭔가 잘못된 겁니까?"

"아닙니다, 기영 씨. 잘못된 건 하나도 없습니다. 그러니 고개 드세요."

'당신, 아직 둠기영 아닙니다.'

"혼란스러워하실 필요도 없습니다. 무슨 일이 있더라도 제가 해결해 드리도록 하겠습니다."

호언장담하는 모습은 자랑스러웠지만, 김현성이 어떻게 이 사태를 해결하겠는가. 지금도 발만 동동 구르고 있는데.

이쯤에서 슬그머니 끝을 내는 게 어떨까 생각해 이지혜를 바라봤지만, 그녀는 여기서 끝낼 생각이 없는 것 같았다.

"교황청으로 함께 가보시는 게 좋을 것 같아요."

"그게 무슨……."

"아마 그곳이라면 조금 더 자세히 알아볼 수 있을 겁니다."

"지금 이 상태로 말입니까?"

“다른 방법이 없잖아요. 이대로 계속 영문도 모른 채 탁상공론을 하기보다는 움직이는 게 더 도움이 되겠죠. 바젤 교황님께서도 기영 씨에게 충분히 우호적이고, 베니고어 여신님의 사랑을 받고 계신다는 걸 생각하면 도움을 받을 수 있을지도 몰라요. 상정하시는 최악의 상황에 대해서는…….”

“…….”

“저희 검은 백조도 힘을 보탤 수 있도록 하겠습니다.”

“감사합니다. 그, 그럼 당장 하얀 씨가…….”

“불가합니다, 길드마스터. 그건 위험한 선택이에요. 아무래도 정신적이나 육체적으로 충격을 받을 수 있는 마법을 몸으로 감내하신다는 건 개인적으로 추천해 드리고 싶은 방법이 아닙니다. 마차로 천천히 이동하는 게 가장 좋을 것 같습니다.”

이지혜가 해줘야 하는 말을 대신 해준 선희영에게는 엄지를.

이곳에 모인 이들이 거의 동시에 고개를 끄덕인다. 교황청으로 가 좀 더 명확히 상태를 살피는 것에 모두가 동의한 것이다.

방에서 탈출하는 것치고는 스케일이 조금 큰 것 같아서 정말로 이래도 되는 건가…… 싶었지만, 결과만 좋다면 이쪽이야 아무 상관 없다. 둠기영이 아직 내면에 남아 있고, 빛기영이 그걸 다룰 수 있다는 설정 자체는 충분히 매력적이었으니까.

이윽고 김현성은 친위대를 향해 명령을 전달한 후 곧바로 이쪽을 부축했다. 혼자 걸을 수 있었지만, 그냥 몸을 맡기기로

했다. 조금 더 편하게 가면 좋지 않은가.

이미 준비를 마치고 있었는지 커다란 마차는 마치 경호 차량에 둘러싸인 대통령 차량처럼 친위대들에게 둘러싸여 있었다.

내 모습을 보지 말라고 전달받은 모양인지 박리안을 포함한 조장 2명만이 사태를 온전히 볼 수 있었는데, 놈 중 하나가 김현성에게 빠르게 다가오는 것이 시야에 비쳤다.

정하얀이 서둘러 나를 넘겨받고 마차로 이끌고 가려는 찰나 뒤에서 들려온 목소리.

"다시는 그딴 소리 하지 마세요."

슬쩍 뒤를 돌아보니 김현성이 인상을 구기며 입을 여는 것이 보인다.

무슨 상황인지는 모르겠지만, 눈치 없는 조장 한 놈이 움직이지 못하게 한 채로 이송시키는 게 좋지 않을까 하고 이야기를 꺼낸 모양이다.

합리적인 판단이기는 하다. 여기서 갑자기 내가 정신이 나가 버린다면 커다란 피해가 생길 수도 있었으니까.

하지만 김현성은 이쪽을 포박시킨 채 수도로 향하고 싶지는 않은 것 같았다. 가면을 쓰고 있지만, 정신은 온전히 이기영의 그것이었으니까.

'지는 방 안에 가둬놓고선…….'

포박은 불가하고 감금은 가능한 내로남불의 정석.

"괘, 괜찮으세요? 오, 오빠."

"응, 괜찮은 것 같아. 이렇게까지 할 필요 없어, 하얀아. 신성력이 사라지기는 했지만, 몸이 이상하지는 않아."

무척 정신없었던 상황인 만큼 이쪽을 둘러싸고 있는 이들 역시 뭐가 어떻게 돌아가고 있는지 혼란스러워하는 눈치다.

보이지 않을 거로 생각했는지 김현성이 혼자 머리를 꽉 부여잡고 있었다.

어느 정도 마음을 가다듬었는지 모든 정리를 끝내고 마차 안으로 들어온 김현성은 아무렇지도 않은 척, 애써 밝은 척하며 말했다.

"안심하셔도 됩니다. 별일 아닐 겁니다."

누가 봐도 나를 안심 시키려는 것 같은 어색한 웃음이었다.

'다른 애들도 다 오고 있는 것 맞나?'

함께 마차에 타지는 않았지만 아마 뒤따라오고 있을 확률이 높다. 너무 갑작스럽게 결정된 수도행이었으니까.

파란의 파티원들이 임무 수행 도중이었다면 조금 더 오래 걸릴 수도 있겠지만, 어떻게든 수도에서 만나도록 조치했을 것이다.

이지혜가 말한 최악의 상황을 염두에 두고 있을 테니 일단 모든 전력을 데려가야 한다고 생각하고 있을 게 틀림없다.

물론 그 최악의 상황이 펼쳐질 확률은 제로에 수렴하겠지만, 지금의 김현성은 돌다리도 두드려 보고 건너고 싶어 하기에 충분히 가능성 있는 이야기다.

굳이 이 마차에 함께 타고 있지 않은 건…….

'이 일이 무척 커다란 일이라는 걸 내게 알리기 싫다는 의도인 거겠지 뭐.'

방금까지 그 생난리를 쳐놓고 애써 의연한 척하는 게 솔직히 조금 우습다. 아무것도 아닌 척, 그냥 사소한 문제를 해결하기 위해 잠깐 마실 나가는 척, 걱정할 필요 하나도 없다는 척하고 있지만, 흔들리는 눈동자를 붙잡아두지 못한다.

다 알면서도 속는 척해주는 것도 힘들었다. 마음 약한 엘레나는 즙이 튀어나오려고 할 때마다 나가서는 눈물을 훔친 후 돌아왔고, 정하얀은 머리부터 발끝까지 극도로 불안해 보였다.

그녀는 항상 그러하듯 머리를 벅벅 긁거나, 입술을 오물거리는 신호를 계속 보내는 중이다. 김현성에게 언질을 받았는지, 최대한 옆에 붙어 밝은 이야기를 재잘재잘 쏟아내고는 있었지만, 누가 봐도 대화에 집중하고 있지 않다. 너무 말을 더듬어서 오히려 이상하게 느껴질 정도였으니 무슨 말이 더 필요하겠는가.

함께 마차에 올라탄 이 넷 중에서는 그나마 선희영이 가장 자신의 감정을 잘 숨기는 편이었다. 묵묵하게 자신의 포지션을 유지하며 할 일을 하는 걸 보니 확실히 그녀가 다른 이들에

비해 성숙하다는 걸 깨달을 수 있었다. 이건 원래 알고 있던 사실이었지만…….

하늘이 도왔는지는 모르겠지만, 갑작스럽게 온몸에서 열이 나기 시작한 것도 마차가 막 출발할 때 즈음.

'와, 진짜 사람 몸이 신기하기는 하다.'

아프다. 아프다. 아프다. 나는 힘들다. 힘들다. 힘들다. 계속해서 자기 세뇌를 하니 정말로 몸이 아픈 것 같았다.

땀이 비 오듯이 쏟아지거나 숨을 헐떡거릴 정도는 아니었지만, 미약한 두통 때문인지 안색이 한층 더 창백해졌다.

신성력으로 간단하게 해결할 수 있는 두통이건만, 현재의 두통이 혹시 엘레나가 쏟은 신성력 때문이 아닐까 생각하는 이들이 다시금 주문을 외울 수 있을 리 만무. 그저 안쓰럽게 쳐다보는 것이 이들이 할 수 있는 전부다.

커다란 마차에서 엘레나, 이지혜와 함께 무언가 심각한 이야기를 나누던 김현성이 다시금 모습을 드러낸 것은 출발한 지 얼마 지나지 않은 시점이었다. 내가 잠깐 눈을 붙일 때를 제외하고는 온종일 붙어 있는 수고를 해주시고 계시니 어찌 고맙지 않겠는가.

'얘 입장에서는 그럴 만해…….'

혹시라도 둠기영의 인격이 다시 한번 세상으로 튀어나왔을 때, 그걸 수습할 수 있는 건 자신밖에 없다는 책임감이 자리

잡은 게 분명하리라.

어색한 침묵만이 감도는 장내에서 내가 할 수 있는 행동은 최대한 연약한 척하는 것. 그래, 비극에 처한 히로인의 포지션이 가장 적절하다.

“몸은 조금 어떠십니까.”

“잘 모르겠습니다. 그냥 조금 어지러운 것밖에 없어서…… 혹시나 잘못된다면…….”

“아니요, 그렇게 심각한 상황은 아닙니다. 얼마 지나지 않으면 교황청에 도착할 테니 그때까지만 참아주시면 됩니다. 걱정하실 필요도, 당황하실 필요도 없습니다. 별것 아닌 일이니까요. 아마 간단한 저주일 겁니다.”

“하지만 조금 전에는…….”

“조금 놀랐을 뿐입니다. 겨우 그것뿐이니 한숨 더 주무세요. 고작 10분밖에…….”

‘이 새끼 그렇게 슬픈 표정으로 바라보지 마라. 형 슬퍼진다, 진짜.’

저도 모르게 눈가에 맺히고 있는 크로커다일의 눈물. 녀석은 조금만 버텨달라는 듯이 그저 손을 꽉 잡아 올 뿐이었다.

“아무 일도 아닐 겁니다. 네, 분명히 아무 일도 아닐 거예요. 기영 씨가 걱정하시는 일은 일어나지 않을 겁니다.”

‘본인한테 이야기하는 것처럼 그렇게 씁쓸하게 웃으면 안 되

지. 기본이 안 돼 있다. 진짜, 기본이…….'

어색했는지 선희영이 이미 수차례나 정리해 준 이불을 괜스레 한 번 더 정리하고 있다.

확실히 녀석은 거짓말에 재능이 없다. 아무리 밝은 척해도 패시브처럼 슬픔이 묻어나오는 얼굴과 표정. 근심 걱정을 도저히 숨길 수 없는 버림받은 강아지의 표정은 초조함과 불안함, 온갖 부정적인 감정이 뒤엉킨 느낌. 현재 무슨 생각을 하고 있는지 눈에 전부 다 보인다.

그 와중에도 마차 안에서 바깥을 볼 수 없게 암막을 쳐놓은 모습은 가관이었다. 본래부터 밖의 상황을 숨겨야 한다고 생각했겠지만, 현재 상태에서는 모든 걸 고백하는 게 더욱더 위험하다고 느끼는 모양이다.

'머리 아프겠네, 진짜…….'

이지혜를 통해 원인에 대해서 들었다는 건 일단 분명하다. 내가 가지고 있는 마이너스 감정에 의해 둠기화가 진행됐다는 소식을 듣고, 자신에게 일부 책임이 있다고 생각했을지도 모른다.

하지만 아무리 그렇다고 하더라도 현 상황에서 모든 걸 오픈할 수는 없는 노릇이 아닌가. 현재 상황을 아무것도 모르고, 그저 혼란스러워만 하고 있는 겁먹은 어린 양에게 완전히 폐허가 된 도시와 주변 환경을 보여주며 '사실…… 이거 당신 작품입니다'라는 말을 꺼낼 수 있는 사이코패스는 악마 소환사 진청이나 악마 숭배자 이토 소우타밖에 없다.

결과적으로 김현성은 잠깐이나마 과거를 숨기는 방법을 택했다는 게 정설.

저번과는 다른 방식으로 멘탈이 바스러지고 있는 게 아닐지 걱정되었지만 요망한 입은 다시금 말을 내뱉기 시작. 일단은 불안하고, 아무것도 모르겠다는 표정으로 입을 열어보자. 그게 더 맞을 테니까. 결정타를 날리려면 지금이 딱 좋은 타이밍이다. 애초에 암막이 쳐 있는 상태에서 이미 결과는 나온 것이나 다름없다.

최대한 슬픈 얼굴로 검은색 커튼이 쳐져 있는 창문 쪽을 애써 바라보자 불안한 듯 말을 돌리는 녀석의 목소리가 들려왔다.

"혹시나 불편한 점이 생기시면 아주 사소한 것이라도 말씀해 주셔야 합니다, 기영 씨."

"저기……."

"네."

"커튼 좀 치워주실 수 있으십니까? 빛을 조금 쐬고 싶은데……."

"……."

더 이상 무슨 할 말이 더 있을까. 고개를 푹 숙이는 김현성의 모습이 시야에 비친다. 현재 밖의 상황을 보여줄 수도, 보여주지 않을 수도 없는 최악의 상황. 심리적으로 힘들어하는 얼굴은 조금 불쌍해 보이기도 했다.

'그러니까 거짓말 같은 거 하면 안 되지, 이 새끼야.'

작은 거짓말은 큰 거짓말을 부르고, 큰 거짓말은 더 큰 거짓말을 부른다. 어떻게 손바닥으로 태양을 가리고, 진실을 외면할 수 있겠는가. 시간상으로는 몇 초일 뿐이었지만 시시각각 변하는 표정은 녀석의 심경이 얼마나 복잡한지 말해주고 있었다.

그런 녀석의 귓가에 들려온 것은 체념한 듯한 이쪽의 목소리.

"역시…… 뭔가 숨기는 게 있으시군요."

"……."

"감추고 계신 게……."

"그런 게 아닙니다. 그런 게 아니라, 단지 지금은…… 조금 보여 드리기가 곤란할 뿐입니다. 말씀드렸다시피……."

씁쓸한 웃음.

"그렇게 변명하지 않으셔도 됩니다, 현성 씨. 혹시나 현재의 제 모습과 관련이 있는 겁니까?"

굳게 닫힌 입. 녀석은 아무런 말도 하지 못한 채 고개를 숙였다.

"제가…… 뭔가 잘못한 겁니까?"

"아니요. 절대…… 절대로 아닙니다. 기영 씨는 잘못한 게 없어요. 이것 하나만큼은 확실하게 말씀드릴 수 있습니다."

"그렇다면……."

"단지 조금…… 개인이 감당하기에는 커다란 일이 생긴 것뿐 입니다. 그것뿐이에요……."

"잘 기억이 나지는 않습니다."

"……."

"잘 기억이 나지 않아요. 하지만 흐릿하게 보이는 것들이 있었어요. 꿈에서 본 것처럼 잡히지 않을 것 같은 기억이……. 무너진 건물들과 성벽을 기어오르고 있는 악마들, 폐허가 된 잔해. 그리고 디아루기아. 울부짖는 악마들의 목소리와……."

"악몽을 꾸신 겁니다. 지금 당장은 떠올리지 말아주세요. 부탁드립니다, 제발."

"저를 가둬둔 것은…… 제가 위험하기 때문이었군요."

"아니요, 절대 그렇지 않습니다."

"혹시나 다른 사람들에게 피해를 끼칠까……."

"아니요, 그런 게 아닙니다. 오히려 그 반대였어요."

"솔직하게 말씀해 주셔도 됩니다."

"솔직하게 말씀드린 겁니다. 절대로 그런 의도가 아니었어요. 기영 씨, 혼란스러운 건 이해합니다만, 일단…… 그 일에 대해서는 생각하지 마시고……."

"어떻게 생각을 안 할 수가 있어요."

"……."

"어떻게……."

"……."

"어떻게 생각을…… 안 할 수가 있겠습니까."

나조차도 놀라울 정도의 울먹이는 목소리. 녀석은 이미 모든 게 끝났다는 듯이 불안한 눈으로 나를 바라봤다.

'너무 쉽게 끝날 것 같은데, 이거.'

정신적으로 충격을 받는 것보다 담담하게 슬픔을 표현하는 게 더 나을 거라는 전략이 잘 들어맞았다.

곧바로 바깥을 볼 수 있다는 상황 자체도 괜찮았고, 스타트를 박아 넣는 게 어려웠지만, 확실히 한번 들어가고 나니 손쉽게 뚫리는 느낌이었다.

여기서는 다시 한번 힘 있게 목소리를 내뱉는 것이 맞다.

"창문 열어주세요."

"하지만……."

"창문 열어주세요. 부탁드립니다."

이쯤 되면 김현성도 진실을 감추기 힘들다. 입술을 꽉 깨문 녀석의 눈에 오만가지 감정이 스쳐 지나갔지만, 이윽고 천천히 커튼을 걷어 올렸다.

"아……."

도시는 당연히 황폐했다. 어찌나 피폐한지 미안함이라는 감정이 폭발했을 정도였다.

복구 작업이 거의 다 끝났을 거로 예상했지만, 아무래도 그렇게 쉽게 복구가 되지는 않은 것 같았다. 마법으로 건물을 빠르게 올릴 수 있을 거로 생각했지만, 그렇게 할 수 없었던 모양이다.

김현성의 말대로 대기 중에 떠돌아다니는 마력이 보인다. 벨리알의 마력과 김현성의 마력이 부딪친 여파 때문에 복구 작업에 시간이 걸리고 있는 것이리라.

모든 것이 무너져 내렸다. 우뚝 솟은 시계탑도, 사람들이 몰려들던 광장도 그곳에는 없다. 린델의 모험가들 역시 보이지 않는다. 마치 버림받은 도시처럼…….

자연환경도 예외는 아니다. 울창하고, 아름다웠던 숲은 칙칙하고 끈적한 물질로 뒤덮여 썩어가고 있었고, 푸른빛을 자랑하던 호수 역시 그 빛을 잃었다.

항상 맑은 하늘 역시 어딘가 평소와는 달랐다. 린델이 상상도 할 수 없을 정도의 물질적 피해를 입었다는 걸 실감하는 순간이기도 했다.

김현성은 불안한 눈빛으로 나를 바라보고 있었고, 다른 이들도 크게 다르지는 않았다.

나는 조용히, 계속해서 창문을 바라봤다. 마차 안에서 빠르게 지나가는 풍경을 단 한 차례도 놓치지 않겠다는 듯, 그렇게 멍하니 창문 밖을 바라보고 있었다.

"기영 씨…… 잘못이 아닙니다."

"……."

투명하고 순수한 죄책감의 눈물이 흘러내린 것은 당연했다.

나는 대답하지 않았다. 이 감정선을 지켜야 했으니까.

어깨가 간헐적으로 떨린다.

소리 없는 울림이 마차 안을 가득 채우기까지, 시간이 그리 오래 걸리지 않았다.

"저…… 기영 씨. 괜찮으시면 식사를 조금 하시는 게……."

"아뇨, 지금은 입맛이 없습니다."

"그래요, 이기영 님. 어제도 조금밖에 안 드셨잖아요."

"오, 오빠. 시, 식사 같이하세요."

"괜찮아."

"그, 그, 그래도……."

"놔두면 알아서 먹을게. 문 앞에 놔줘."

"네……."

분위기는 완전히 반전됐다. 이지혜의 쓰레기 같은 생각이 확실히 들어맞았다는 걸 인정할 수밖에 없었다.

김현성이 마음고생하고 있다는 건 너무나도 당연한 일. 숨기고, 또 숨기고 싶었던 진실이 본인이 가장 원하지 않았던 방법으로 밝혀진 셈이니 그럴 만했다.

모르긴 몰라도 별별 생각을 다 하고 있으리라. 자기가 실수했다고 생각한 건 당연한 거고, 아마 이쪽의 멘탈을 가장 걱정하지 않을까 싶다.

평생을 이타적으로 살았던 사람이, 자신도 모르는 사이에 대륙에 커다란 피해를 끼친 빌런이 되었었다는 사실을 깨달은 상황이다. 혹시나 극단적인 선택을 하지 않을까 걱정하는 것처럼 보였다. 내 성품을 생각해 보면 자해를 하거나 정신적으로 무너지더라도 이상하지 않다는 거다.

잠깐만 혼자 있고 싶다고 말했지만, 거의 3분 간격으로 이쪽의 기척을 살피러 오는 김현성의 모습은 어떻게 보면 가슴 아프기도 했다. 어지간히도 깨지기 쉬운 유리로 비친 모양이다.

그뿐만이 아니다.

'거짓말을 하려면 들키면 안 되는 거야, 현성아.'

짧은 시간이었지만, 이쪽을 속였다는 것 역시 무척이나 신경 쓰고 있지 않을까. 내가 자신을 어떻게 생각하고 있을지도 걱정하고 있을 게 분명하다. 당장은 정신적인 부분과 변화한 몸에 대한 생각으로 머릿속이 꽉 차 있겠지만, 사태가 아무리 다른 국면으로 흘러가더라도 날 속인 일이 없어지는 것은 아니니까.

'혹여나 파란 길드와 자신에게 깊은 실망감을 느끼고 있으면 어떡하지' 따위의 생각도 뇌 한쪽 구석에 자리 잡고 있을 거고, 녀석에게는 꼭 해결해야만 하는 과제처럼 느껴질 것이다.

마음고생하고 있을 길드원들에게는 미안하기는 했지만, 일단 원하던 바는 이뤄냈다. 엄지를 추켜올릴 만한 탈출. 지금은 거기로 돌아가고 싶다고 해도 돌아가자고 말하지 않는다. 이를테면…….

"현성 씨."

"네? 네, 기영 씨. 지금 가겠습니다. 뭐…… 필요하신 거라도 있으십니까?"

"아무래도…… 돌아가는 게 좋을 것 같습니다."

"아니……."

"부탁드립니다. 마차를 돌려주세요."

"……."

'뭐야, 이 새끼. 표정 왜 그래. 진짜로 마차 돌리려고?'

"제발……."

악어의 눈물을 장착하자 그제야 원하는 반응이 나온다.

"뭘 걱정하시는지 압니다, 기영 씨."

'그래! 이래야지, 시바.'

"하지만 기영 씨가 우려하시는 일은 절대로 벌어지지 않을 겁니다. 아니, 만에 하나 일어나더라도 제가 막도록 하겠습니다. 그러니까 너무 걱정하지 마세요. 기영 씨는 위험하지 않습니다. 최소한 제가 느끼기에는 그래요."

"하지만."

"믿어주세요. 저를 믿으시는 만큼 자신도 믿어주셨으면 좋겠습니다.”

대충 이런 상황이다.

내 안에 있는 또 다른 나를 믿지 못해, 스스로 방 안에 틀어박히고 싶어 하는 사람을 다시 감금할 미친놈이 세상 어디에 있겠는가.

정말로 그런 방식으로 이번 일을 마무리 짓는다면 정신적으로 망가진 이기영을 보게 될 거라고 확신하고 있으리라. 마이너스 감정을 집어먹으면 둠기화가 진행된다는 것 정도도 알고 있을 테니 아마 홀로 굴속에 들어가는 행동은 최대한 막지 않을까 싶다.

‘여기서 이제 팍하고 튀어나와 줘야지.’

단순한 추측이기는 하지만, 고백 타임도 얼마 남지 않았을 거다.

앞의 20일은 정신적 충격을 받지 않을까, 나를 배려하기 위한 기다림의 시간이었고, 지금은 또 사정이 달라졌다. 실의에 빠진 캐릭터에게 살아갈 용기를 주거나 살아가야 할 이유를 전해주는 건 주인공의 역할이 아니었던가.

‘대륙을 위기에서 구해야 한다든가.’

기영 씨의 힘이 필요하다던가.

녀석의 무의식 세계에서도 이 건에 관해 이야기를 나눈 적이 있으니, 김현성이 입을 열어오는 것 자체는 이미 확정된 이야기.

'시간이 어느 정도 걸릴지가 문제지.'

물론 그리 오래 걸리지 않을 것이다. 이후 일이 어떻게 벌어져도 어떤 식으로든 이쪽에서 회귀 고백 이벤트를 진행하도록 만들 테니까.

'둠기영의 공론화도 그렇고…….'

마음속에 있는 어둠을 컨트롤하는 그 흔한 클리셰를 어째서 지금까지 생각하지 못했는지, 스스로가 멍청하게 느껴질 지경이다.

교황청에 들어간 후에 현 사태를 대충 해결하고 나면 이 힘을 어느 정도 컨트롤할 수 있을 것 같다는 걸 소수에게 내비쳐야 했다. 베니고어의 공증이 있다면 더욱더 좋고.

물론 주변에서는 둠기영의 힘을 사용하는 걸 만류하겠지만, 본래 이런 위치에 서 있는 캐릭터들의 필살기는 치명적인 페널티를 떠안게 마련이다. 한 번만 더 사용하면 영원히 오른팔을 사용할 수 없다든가, 계속해서 사용한다면 결국, 어둠에 영원히 잠식될 수도 있다든가.

이런 떡밥 정도는 몇 개 가지고 있어야 조금 입체감이 살아나는 법이지 않겠는가. 주변 사람들의 걱정하는 마음도 조금 더 늘어날 거고……. 뭐, 이지혜 개인적인 욕심이 들어간 것 같기는 했지만, 결과만 좋으면 문제는 없다. 오히려 환영하고 싶을 지경이지.

혼자서 행복 회로를 돌리는 와중에 김현성이 다시금 조심스럽게 입을 열기 시작했다.

"곧 교황청에 도착할 것 같습니다. 어째서 본래대로 돌아갈 수 없는 건지는 알 수 없지만, 분명히 도움을 받을 수 있을 겁니다. 그러니…… 방금과 같은 말을 쉽게 입에 담지 말아주세요."

"……."

"그리고 제멋대로…… 쓸데없는 판단을 한 걸 진심으로 사과드리고 싶습니다."

"아니요, 현성 씨가 사과할 일이 아닙니다. 제가 현성 씨였어도 충분히 같은 선택을 했을 겁니다. 아니, 그렇게 하는 게 맞습니다."

"정말로 그런 게 아니라……."

"나무라는 것이 아니니 그런 표정 짓지 않으셔도 됩니다. 그럴 수밖에 없었다는 거…… 충분히 이해하고 있으니까요."

아까의 표정이 괜스레 신경 쓰였기 때문에 마음속에 작은 짐 하나를 떠미는 것으로 가볍게 마무리.

그 와중에 마차의 속도가 점점 느려지는 게 느껴졌다. 교국의 수도에 진입하는 것이다.

다시금 슬픈 표정을 일발 장전하며 교국을 바라봤지만, 역시나 이 지역은 별다른 피해가 없다. 아니, 애초에 교국 자체가 피해가 없다시피 했다.

엄밀히 따지면 개박살 난 건 연방과 린델이 전부. 수도 같은 경우에는 악마의 침입도 없었을뿐더러, 개미 새끼 한 마리와도 싸우지도 않았다. 린델이 복구 중인 현재, 이 장소는 교국 내에서도 가장 괜찮은 거주지로 손꼽히고 있지 않을까.

예상대로 검은 머리를 한 모험가들이 눈에 띄기 시작했다. 린델의 활기를 그대로 옮겨놓은 것 같은 광장은 절로 고개가 끄덕여질 정도였다.

대부분의 모험가는 갑작스레 나타난 파란 길드의 휘장에 멍하니 마차를 바라보고 있었지만, 굳이 커튼을 치지는 않았다. 애초에 창문에 선팅이 되어 있었으니까.

하지만 김현성은 어지간히 신경 쓰였는지 허락을 구한 이후 커튼을 치기 시작했다.

'교황청 앞까지 마차를 끌고 가려나? 아니, 아예 그 앞에서 내려줄 확률이 높겠네.'

지금 당장 대중에게 둠기화를 공개하는 건 올바른 선택이 아니었으니까.

아마 대부분의 모험가는 물론 수도에 터를 잡고 살아가는 이들에게는 좀 당황스러운 등장으로 비칠 것이다. 현재 린델 복구 작업에 매진하고 있어야 할 파란 길드가 거의 모든 전력을 이끌고 교국의 수도로 입성했다. 의아하게 느껴지는 게 당연하리라.

저 마차 안에 누가 탔는지, 아예 수도로 길드 하우스를 이전하는 것은 아닌지, 여러 가지 가설들이 오가는 것은 물론, 어쩌면 한 가지 결론에 다다를지도 모른다. 마차에 이기영 명예추기경이 타고 있을지도 모른다는 것.

'궁금하긴 궁금해.'

교국에서는 아직도 먹힐 거로 생각하고 있었지만, 어느 정도로 먹힐지 궁금한 것은 당연한 것 아니겠는가. 군중 앞에 모습을 드러냈을 때 환호를 받을지, 아니면 추앙을 받을지, 내 눈으로 직접 확인하고 싶어 견딜 수가 없다. 하지만 마차는 계속해서 이동했다.

이윽고 마차가 멈췄을 때, 나를 제외한 모두가 바깥으로 나가는 것이 느껴졌다. 교황청에 도착한 것은 물론 바젤 교황에게 이것저것 설명하고 있는 게 분명하리라.

살짝 창문을 여니 소수의 인원과 바젤 교황 그리고 그 심복들만 자리한 상태였다. 벌써 수심이 드리워지는 교황님의 얼굴은 30년은 더 늙어 보인다.

김현성은 최악의 상황을 경계하는 것처럼 보였지만, 내 예상대로 교황 성하는 무겁게 고개를 끄덕이며 마차 앞으로 다가왔다. 소수의 경호 인원들이 허겁지겁 그를 만류했지만, 오히려 커다란 노호를 내지르고는 그들의 팔을 뿌리쳤다.

'성격 어디 안 가네, 우리 교황님.'

마침내 마차의 문도 열어버렸는지 커다란 목소리가 들려온다.

"이것 놔라! 이 아둔한 것들!"

"빛의 검사가 한 말이 사실이라면…… 위험하실 수도 있습니다."

"위험한 것은 네놈들의 그 썩어빠진 생각이니라. 죽일 놈들! 이것 놓으라고 말하지 않았나!"

"교황님!"

"당장 내 눈앞에서 사라지지 못해! 당장 사라지거라! 이 쓸모없는 것들!"

"최소한……."

우당탕하는 소리가 들려오는 것을 보니 경비 하나가 나자빠진 모양이다. 그 높은 스텟을 가지고 있는 교단의 성기사가 노친네 하나 감당 못 하는 게 우스웠지만, 그만큼 바젤 교황이 흥분했다는 걸 보여주는 지표이리라.

이윽고 내가 있는 곳까지 달려들어 온 바젤 교황의 일그러진 얼굴이 눈에 들어왔다.

'심장에 무리 오면 안 되는데, 진짜.'

너무 놀라 가슴이라도 부여잡지 않을까 싶었지만, 오히려 담담한 표정이다. 아무렇지도 않다는 듯이 괜찮을 거라는 표정으로 나를 바라보는 얼굴이었다.

"바젤 교황님."

"고생 많았네. 정말…… 고생 많았어."

"죄송합니다. 이런 모습으로 찾아뵙게 돼서……."

"하하하. 아무리 그런 모습이라 한들, 우리 이기영 명예추기경 내면의 빛을 바래게 할 수 있겠는가. 아직도 내 눈에는 명예추기경이 빛을 잃고 있지 않은 모습이 보인다네."

"교황님……."

"여기까지 왔으니 이제 아무 걱정하지 말게나. 여신님께서 명예추기경을 살피실 게야. 아암, 그렇고말고. 자, 일어날 수 있겠나?"

심지어는 황급히 부축하려는 모습이 눈에 보인다.

뒤늦게 따라온 성기사들이 베니고어의 이름을 읊조리며 바젤 교황을 막으려고 했지만 막을 수 있을 리가 없다.

오히려 이쪽에서 은근슬쩍 교황을 피하는 액션을 보여준다. 더럽고 저주받은 몸이라는 듯, 혹시나 교황님 에게 해를 끼칠 수도 있다는 듯, 어색하게 몸을 뒤로 빼자 오히려 한 발자국 앞으로 다가와 이쪽을 일으키는 모습이 눈에 들어왔다.

"저, 저, 명예추기경…… 님의 부축은 저희가 하도록 하겠습니다. 교황 성하."

"아마 명예추기경님께서도 그게…… 더 편하실 겁니다."

성기사들의 뒤늦은 만류에도 바젤 교황은 꿈쩍도 하지 않는다.

"되었다. 내가 직접 명예추기경을 여신께 모시고 갈 것이다."

"하지만, 지금 그런 모습으로는…… 혹여나 여신님께 해가 될까 두렵습니다, 교황 성하."

"명예추기경님의 안전을 위해서라도…… 일단은 조금 더 여유를 가지고 생각해 보심이……."

"네이노옴들!!! 입조심 하거라!! 이 썩어빠진 것들아!! 저주받을 악마의 생각이 머릿속까지 꽉 차 있구나! 악마가 원하는 게 바로 그것이다! 이 멍청한 것들!! 정녕 네놈들의 눈에는 명예추기경 안에 있는 빛이 보이지도 않는 것이냐!! 어째서 명예추기경이 이런 모습으로 변한 건지……. 어째서 악마들이 이런 힘을 명예추기경에게 심어놓은 건지! 아직도 모르겠다는 말이냐! 이 아둔한 것들!!!"

"그, 그렇지만……."

"아무래도 너희 멍청한 것들의 머릿속이 악마로 꽉 찬 모양이구나!! 당장 내 둔기를 가져와라! 이 멍청한 놈들에 머릿속에 들어가 있는 마구니를 내가 직접 으깨 버릴 테니!!"

to be continued

Wish Books
밥만 먹고 레벨업
박민규 게임 판타지 장편소설
WISHBOOKS GAME FANTASY STORY
바사삭, 치킨. 새벽 1시에 먹는 라면!
그런데 먹기만 해도 생명이 위험하다고?
가상현실게임 아테네.
먹고 싶은 음식을 먹을 수 있는 유일한 방법!
[식신의 진가가 발동됩니다.]
[힘 1, 체력 1을 획득합니다.]
「밥만 먹고 레벨업」
“천년설삼으로 삼계탕 국물 내는 놈이 세상에 어디 있냐!”
“여기.”

Wish Books
막장 악역이 되다
크레도 퓨전 판타지 장편소설
WISHBOOKS FUSION FANTASY STORY
자고 일어나니 소설속. 그런데……
[이진우]
재벌 3세, 안하무인, 호색남, 이상 성욕자, 변태.
가장 찌질했던 악역. 양판소에나 등장할 법한 전형적인 악인.
"잠깐, 설마…… 아니겠지."
소설대로 가면 끔찍하게 죽는다.
주인공을 방해하면 세계는 멸망한다.
막장 악역이 되다
흙수저 이진우의 티타늄수저 악역 생활!

Wish Books
崑崙霸仙
곤륜패선
윤신현 신무협 장편소설
WISHBOOKS ORIENTAL FANTASY STORY
선대의 안배로 인해 시공간의 진에 갇힌
곤륜의 도사 벽우진.
"……뭐야? 왜 이렇게 되어 있어?"
겨우겨우 탈출해서 나온 그의 눈에 보이는 것은!
"정말, 정말 멸문했다고? 나의 사문이? 천하의 곤륜파가?"
강자존의 세상, 강호.
무너진 곤륜을 재건하기 위해 패선이 돌아왔다!
곤륜패선(崑崙霸仙)
'이왕 할 거면 과거보다 더 나은 곤륜파를 만들어야지.'